新装版

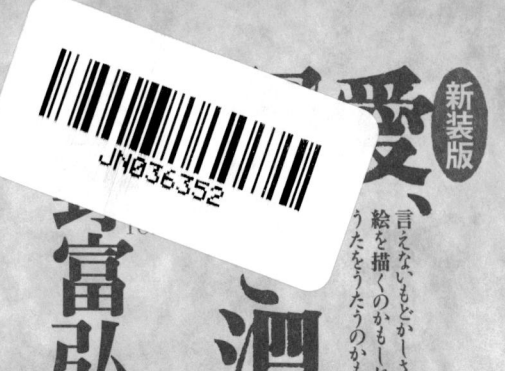

愛、深き淵より。

言えないもどかしさに耐えられないから
絵を描くのかもしれない
うたをうたうのかもしれない

星野富弘

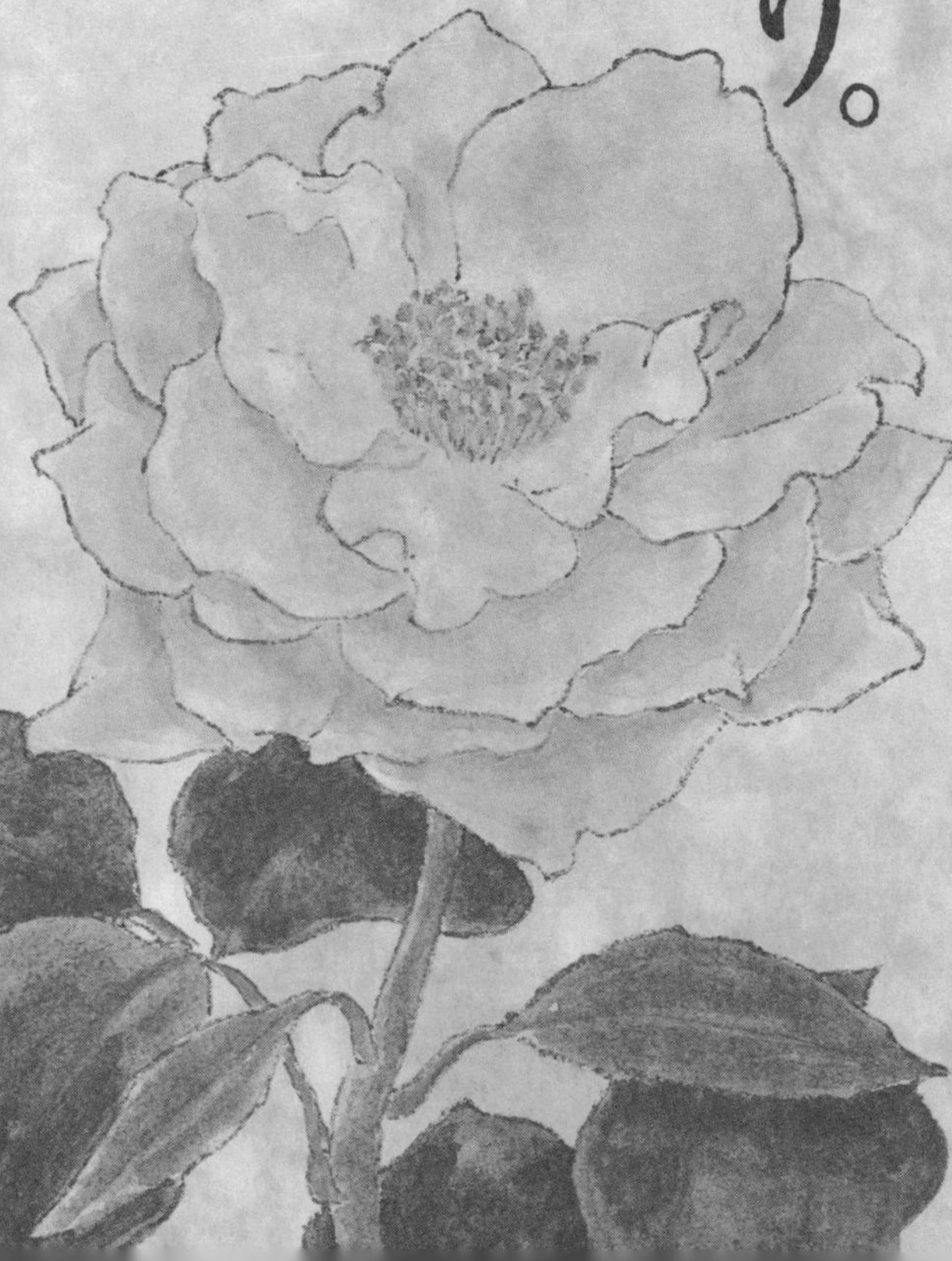

Gakken

愛、深き淵より。

私の首のように
茎が簡単に折れてしまった
しかし菜の花はそこから芽を出し
花を咲かせた
私もこの花と
同じ水を飲んでいる
同じ光を受けている
強い茎になろう

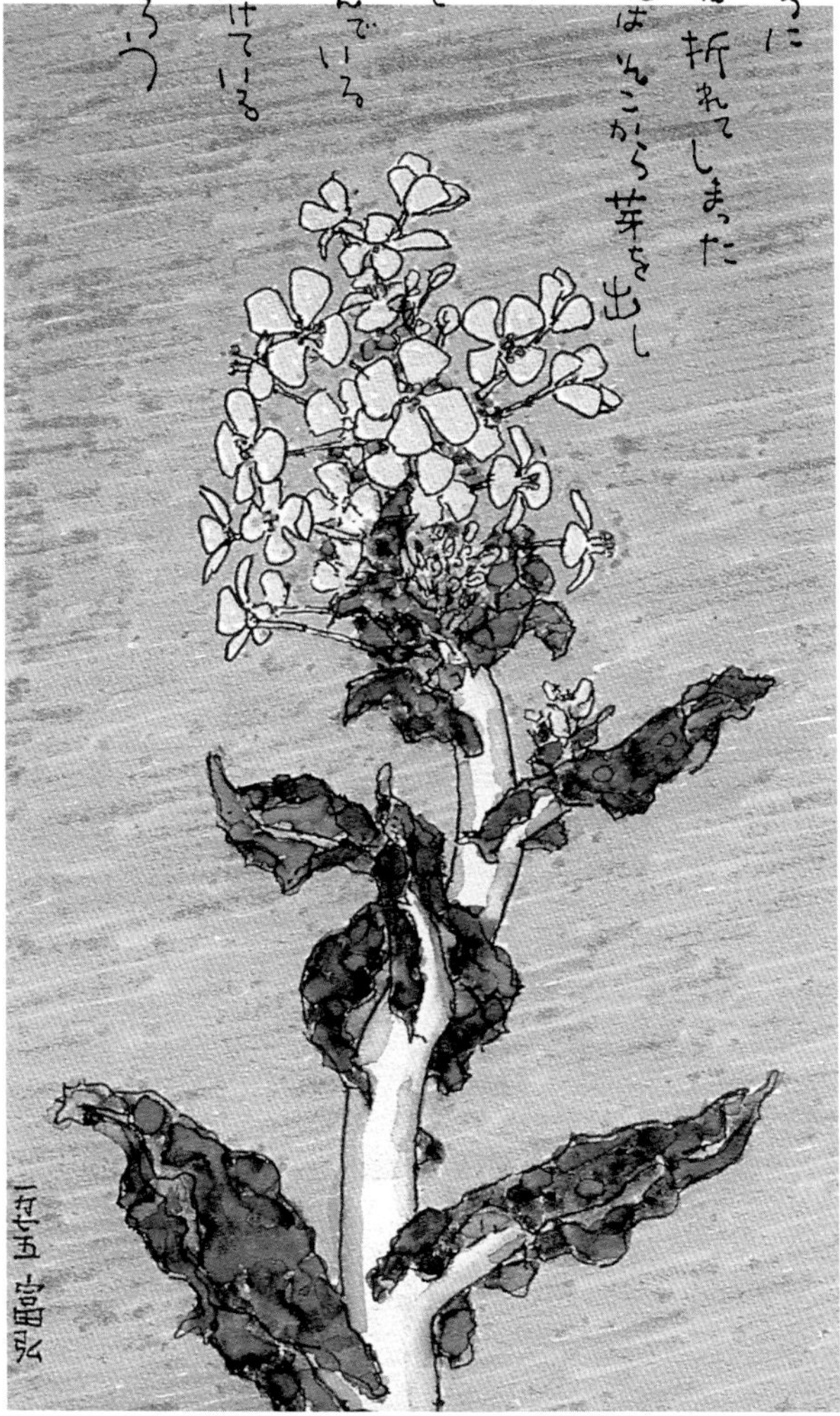

なのはな／1975年画

字を書きたい！

7冊のスケッチブックより

高久君をうんと驚かしてみたい！喜ばしてみたい。せきたてられるように、今までやってみたこともないサインペンを口にくわえてみた。

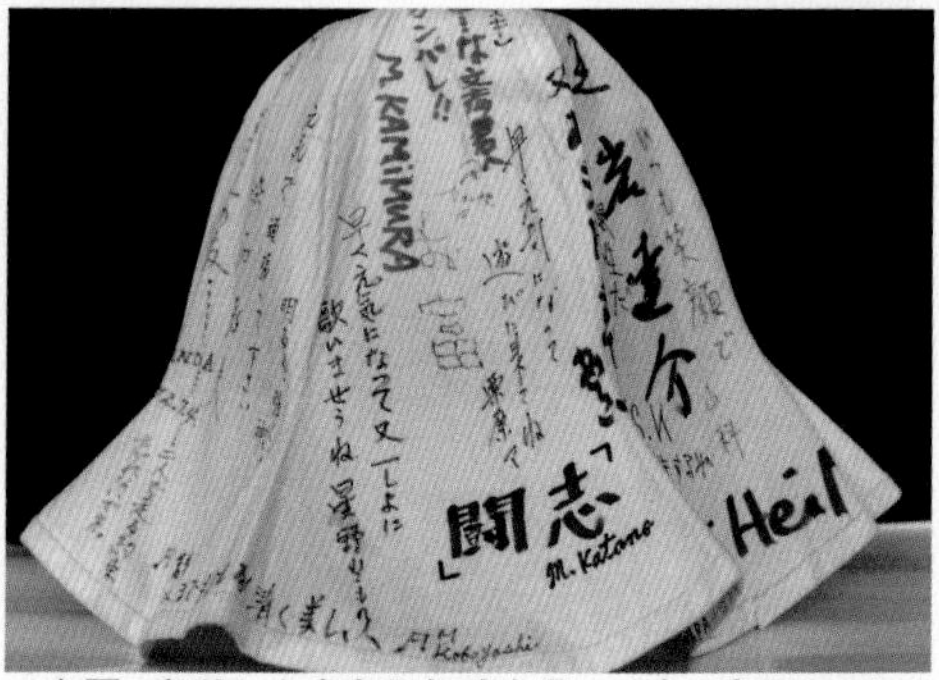

72年夏、転院した病床の友 高久君への寄せ書きに、初めてペンをくわえ、母が帽子を上から押しつけ左右に動かしてもらってできた「富」の字。（中央）

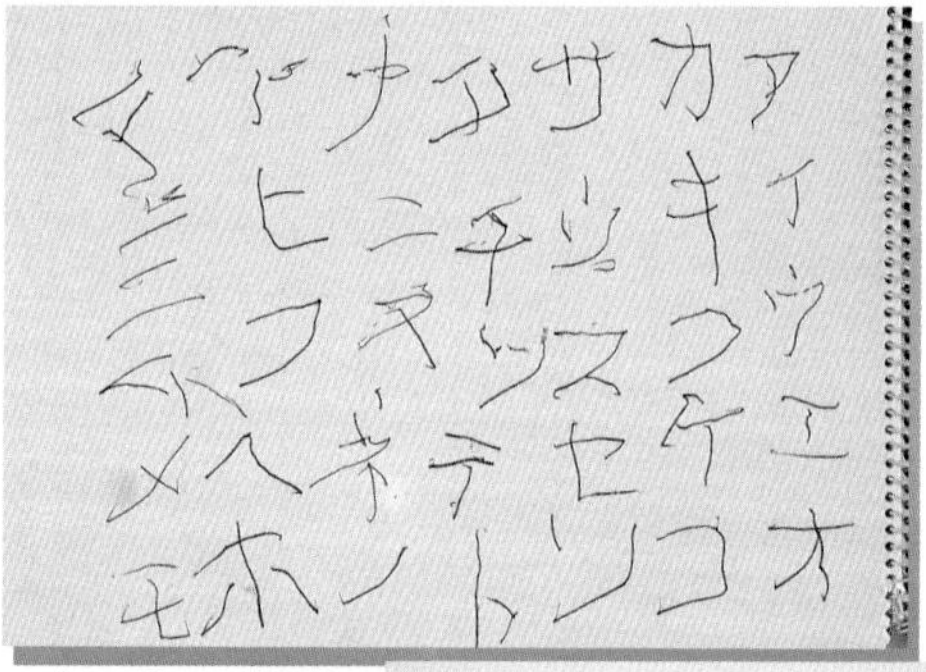

72年12月15日書いた！

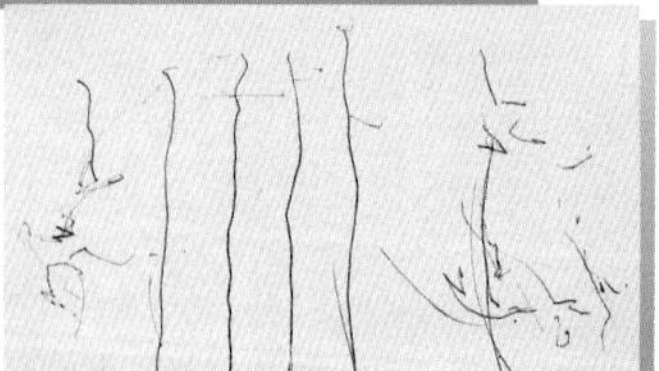

横向きになりサインペンにガーゼを巻いて口にくわえた。ペン先が紙にふれ、黒いしみができた。（中略）

初めて書いた文字はカタカナのアだった。吐き気もしてきたが、うれしくて…やめることができなかった。

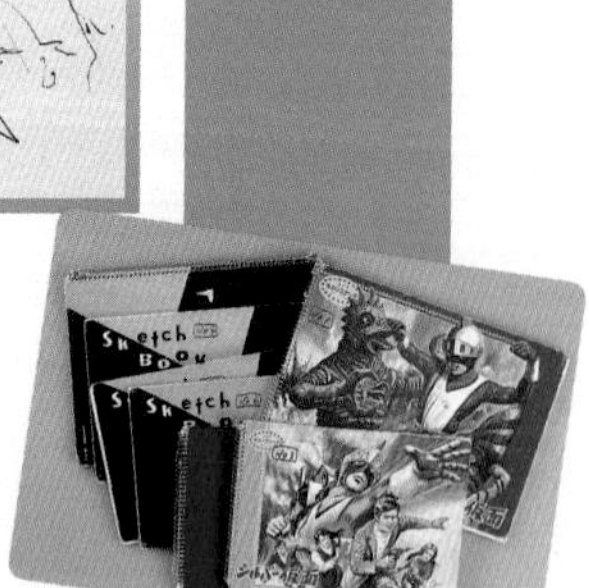

入院中に初めて字や絵の練習をしたスケッチブック

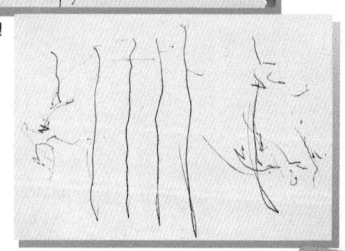

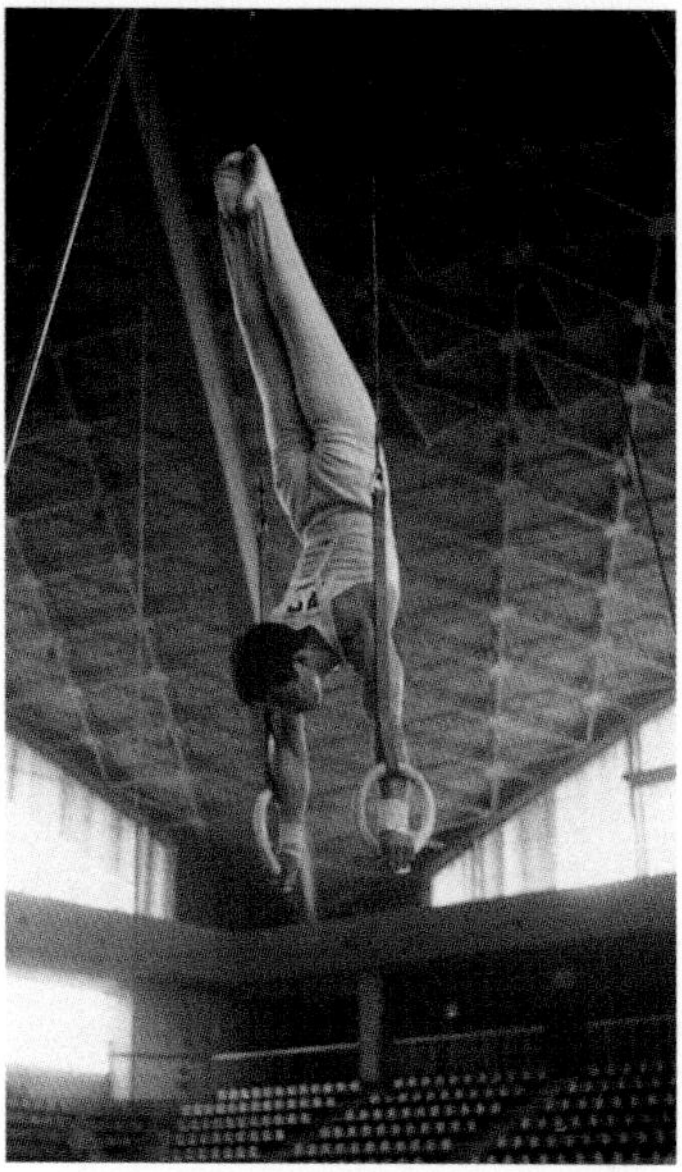

大学4年

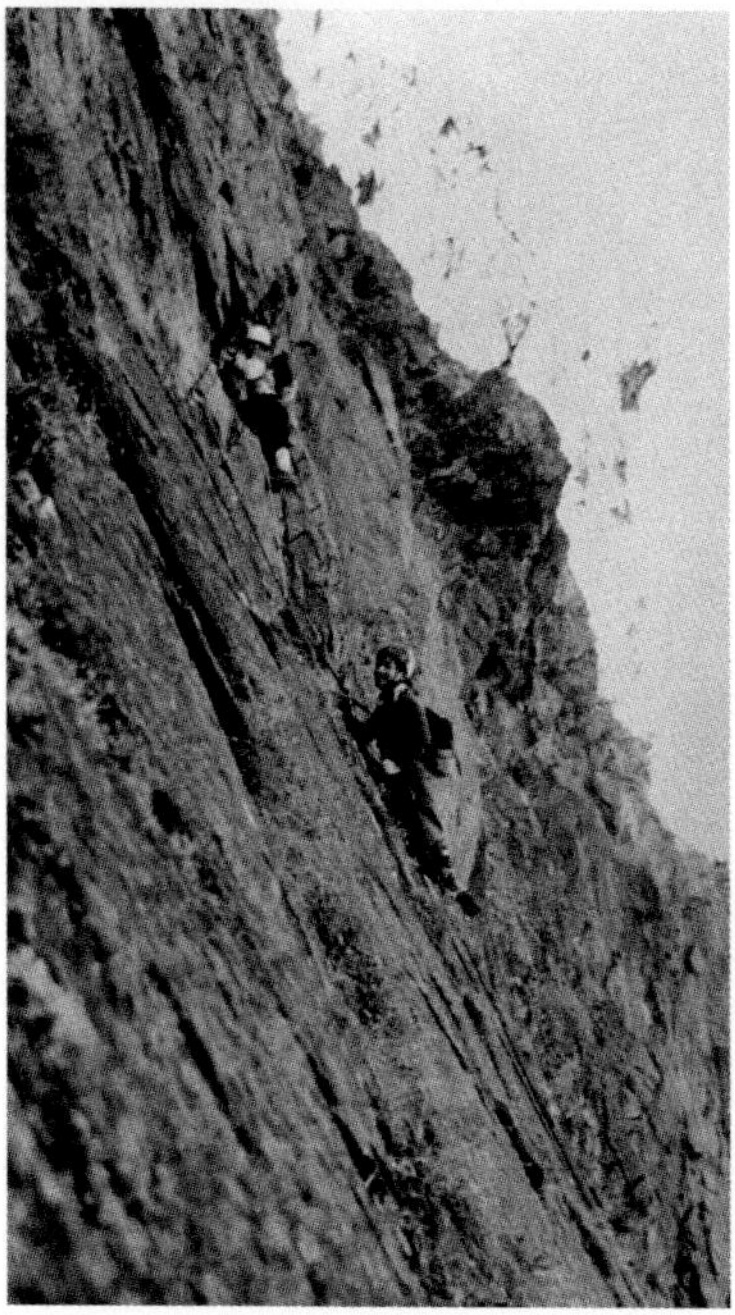

けがをする半年前の秋・前穂高岳東壁にて大滝君(下)と

私は高校1年から大学を卒業するまで、いやこのからだが動かなくなる瞬間まで、器械体操に親しんできた。(中略)

床、つり輪、鞍馬、跳馬、平行棒、鉄棒と、最初不可能とみえる技がなぜできるようになったかというと、やさしい技をくり返す基礎からやりはじめたからである。(中略)

へたでもいいじゃあないか、どんなにのろくてもいいじゃあないか。

初めてつり輪にぶらさがったときだってなんにもできなかったではないか。

(72年12月)

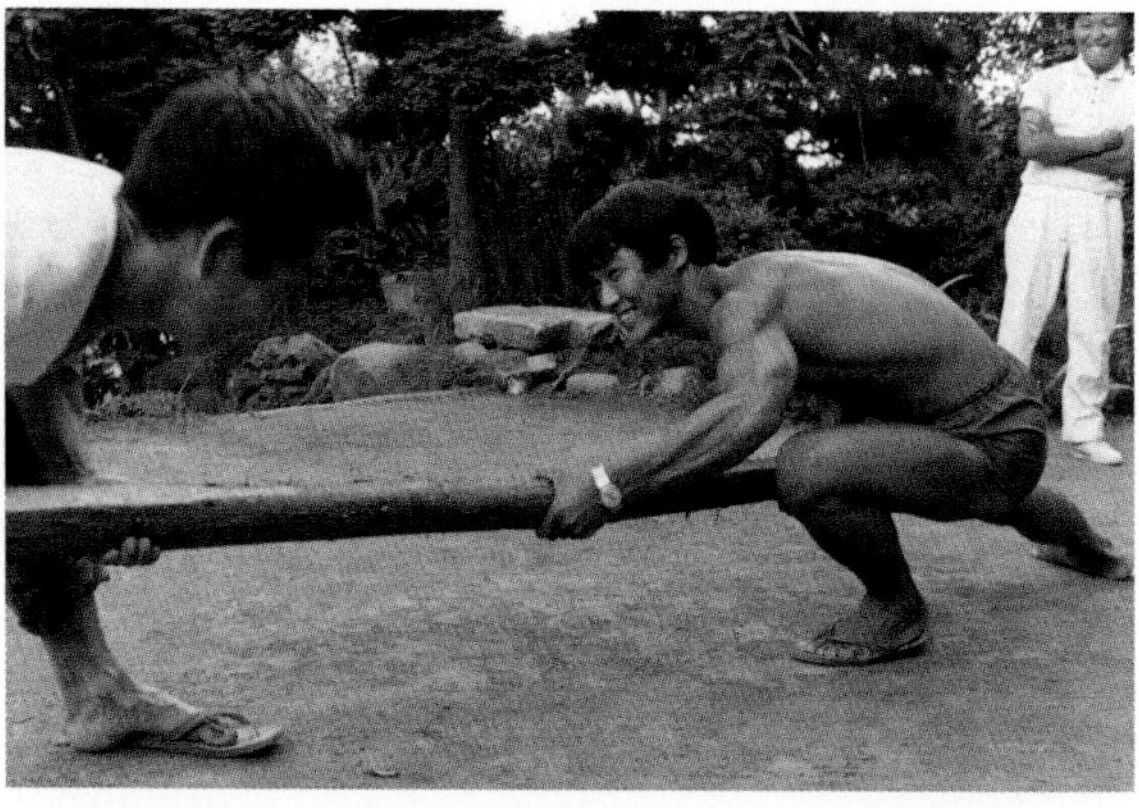

近くのおじさんと棒で力くらべ
けがをする前年の夏

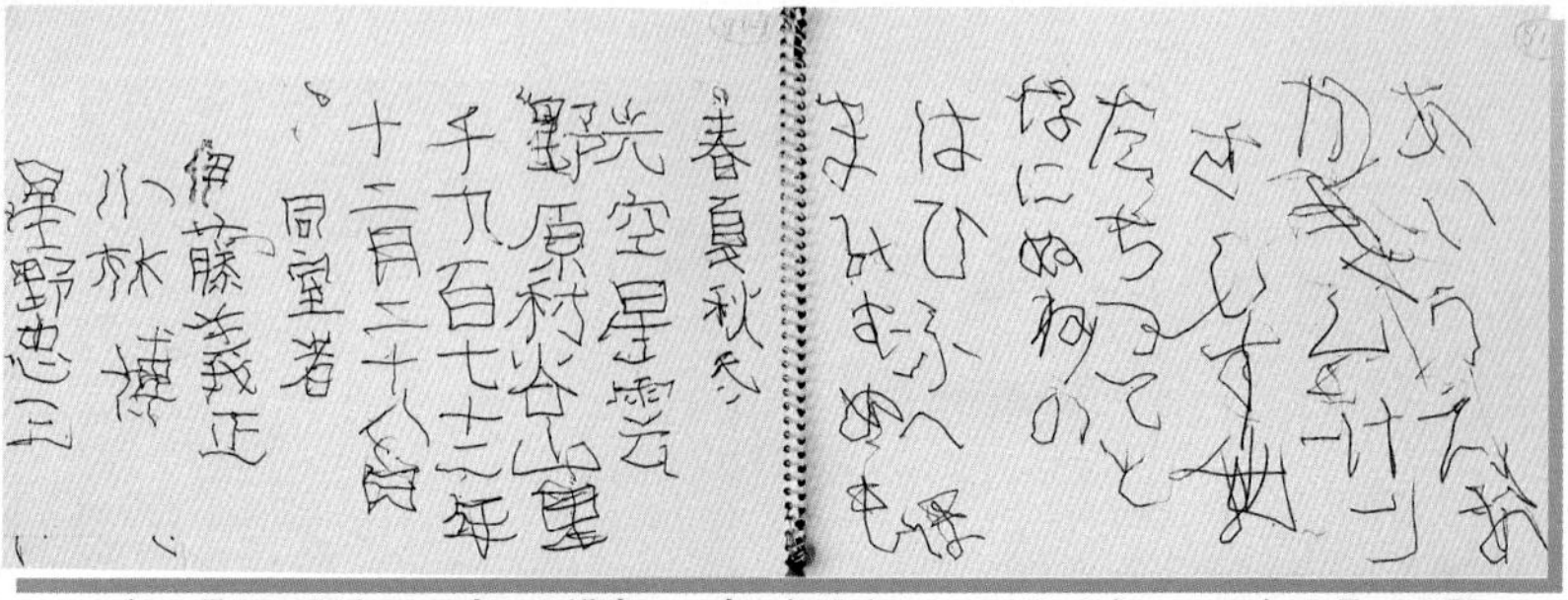

あいうえお
かきくけこ
さしすせそ
たちつてと
なにぬねの
はひふへほ
まみむめも

春夏秋冬
光空星雲
野原村谷山里
千九百七十二年
十二月二十八日
同室者
伊藤義正
小林博
星野忠三

72年12月28日記 初めて書いた漢字。一字に何分もかかってしまう。 72年12月20日記

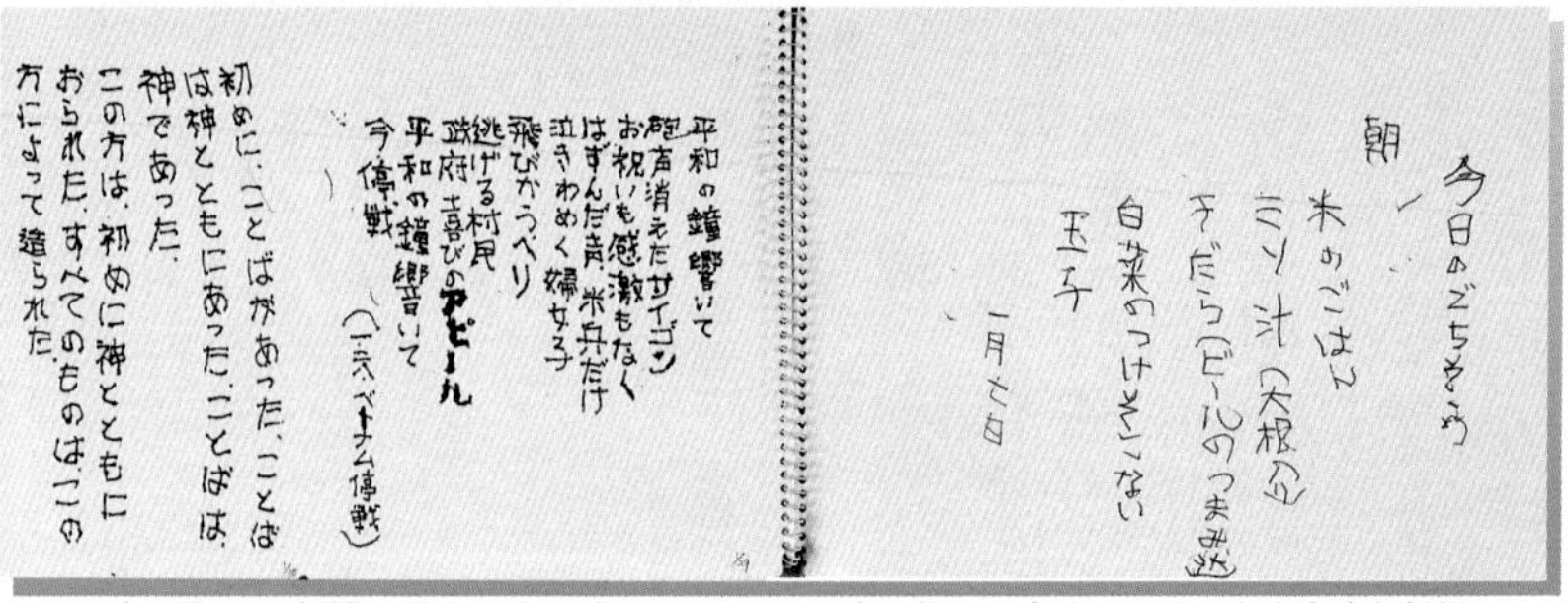

今日のごちそう
朝
米のごはん
ミソ汁(大根入)
チだら(ビールのつまみ用)
白菜のつけもの少ない
玉子
一月七日

平和の鐘響いて
砲声消えたサイゴン
お祝いも感激もなく
はずんだ声 米兵だけ
泣きわめく婦女子
飛びかうヘリ
逃げる村民
政府喜びのアピール
平和の鐘響いて
今停戦
(一面ベトナム停戦)

初めに、ことばがあった。ことばは神とともにあった。ことばは神であった。この方は、初めに神とともにおられた。すべてのものは、この方によって造られた。

73年1月29日 新聞の見出しを記す

食べ飽きた病院のメニュウも書くと新鮮
73年1月7日記

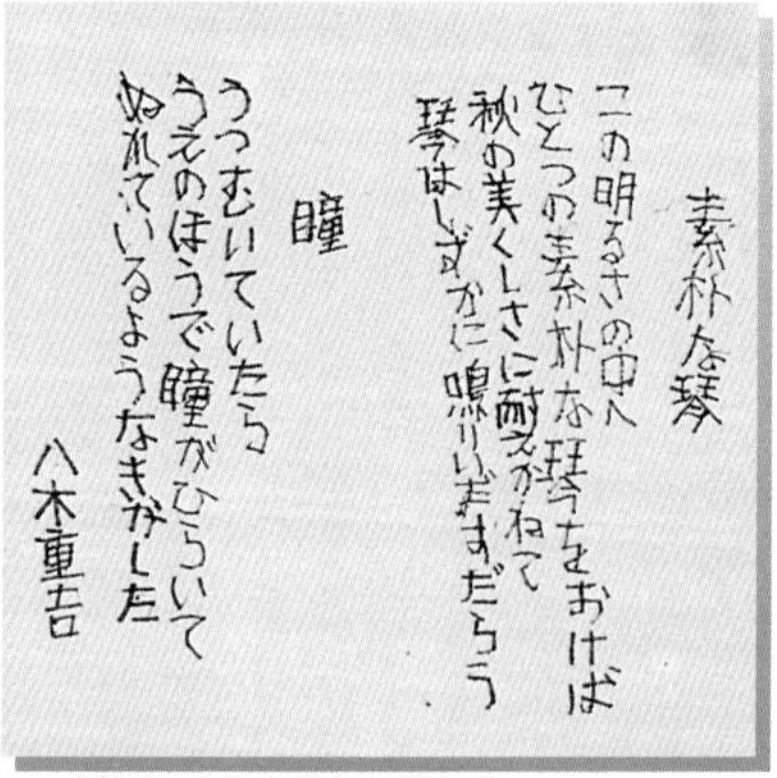

素朴な琴
この明るさのなかへ
ひとつの素朴な琴をおけば
秋の美くしさに耐えかねて
琴はしずかに鳴りいだすだろう

瞳
うつむいていたら
うえのほうで瞳がひらいて
ぬれているようなきがした
八木重吉

愛読した八木重吉の詩より
73年1月22日記

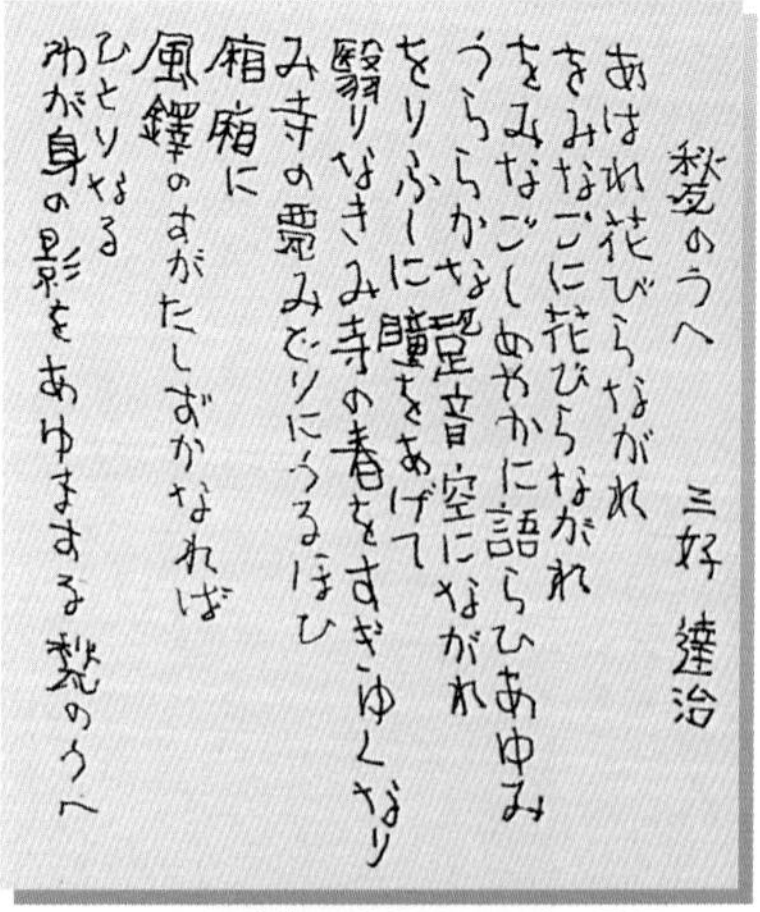

甃のうへ 三好達治
あはれ花びらながれ
をみなごに花びらながれ
をみなごしめやかに語らひあゆみ
うららかな跫音空にながれ
をりふしに瞳をあげて
翳りなきみ寺の春をすぎゆくなり
み寺の甍みどりにうるほひ
廂々に
風鐸のすがたしずかなれば
ひとりなる
わが身の影をあゆまする甃のうへ

三好達治の詩より 73年4月記

字を書きたい! 聖書や詩集のことばを手本に字の練習をした。

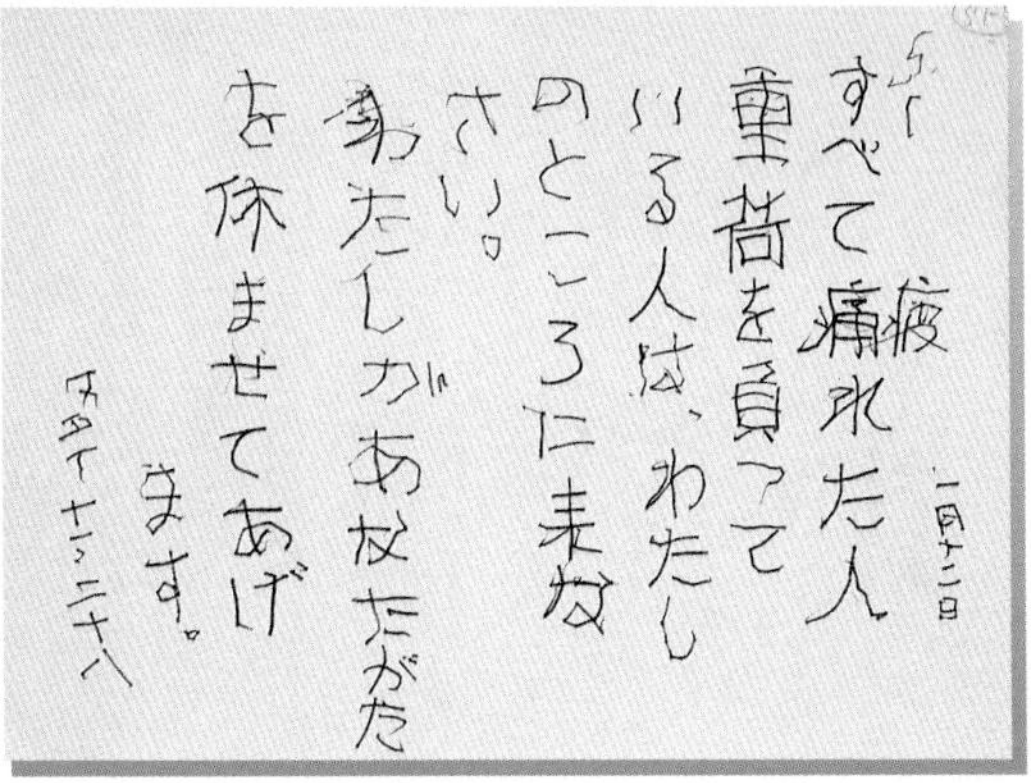
一月十二日
すべて疲れた人
重荷を負ってて
いる人は、わたし
のところに来な
さい。
わたしがあなたがた
を休ませてあげ
ます。
マタイ十一ノ二十八

初めて出会った聖書の言葉を書く。
1月12日記

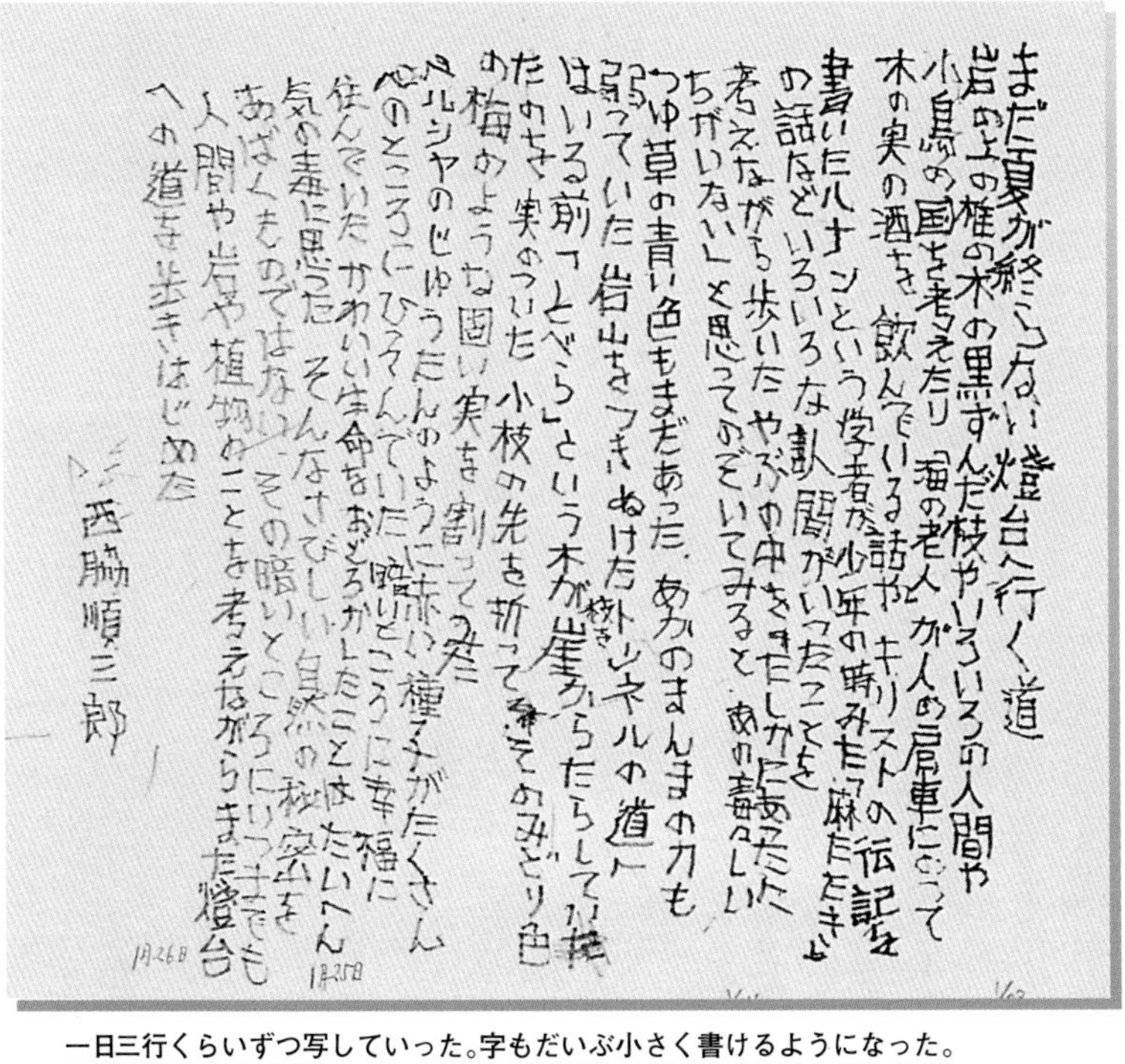
まだ夏が終らない燈台へ行く道
岩の上の椎の木の黒ずんだ枝やいろいろの人間や
小鳥の国を考えたり「海の老人」が人の肩車にのって
木の実の酒を飲んでいる話やキリストの伝記を
書いたルナンという学者が少年の時みた「麻たたき」
の話などいろいろな訪問がいったことを
考えながら歩いたやぶの中をたしかにあったた
ちがいない」と思ってのぞいてみると あの毒々しい
つゆ草の青い色もまだあった、あかのまんまの力も
弱っていた岩山をつきぬけたトンネルの道へ
はいる前「とべら」という木が崖からたらしていた枝
たの実のついた小枝の先を折ってそのみどり色
の梅のような固い実を割ってみた
ペルシャのじゅうたんのように赤い種子がたくさん
心のところにひそんでいた暗いところに幸福に
住んでいたかわいい生命をおどろかしたことはたいへん
気の毒に思った そんなさびしい自然の秘密を
あばくものではない その暗いところにいつまでも
人間や岩や植物のことを考えながらまた燈台
への道を歩きはじめた
西脇順三郎
1月25日
1月26日

一日三行くらいずつ写していった。字もだいぶ小さく書けるようになった。
西脇順三郎の詩より。　73年1月23日～26日記（日付は母のメモ）

自分の想いも日記のように書いた。

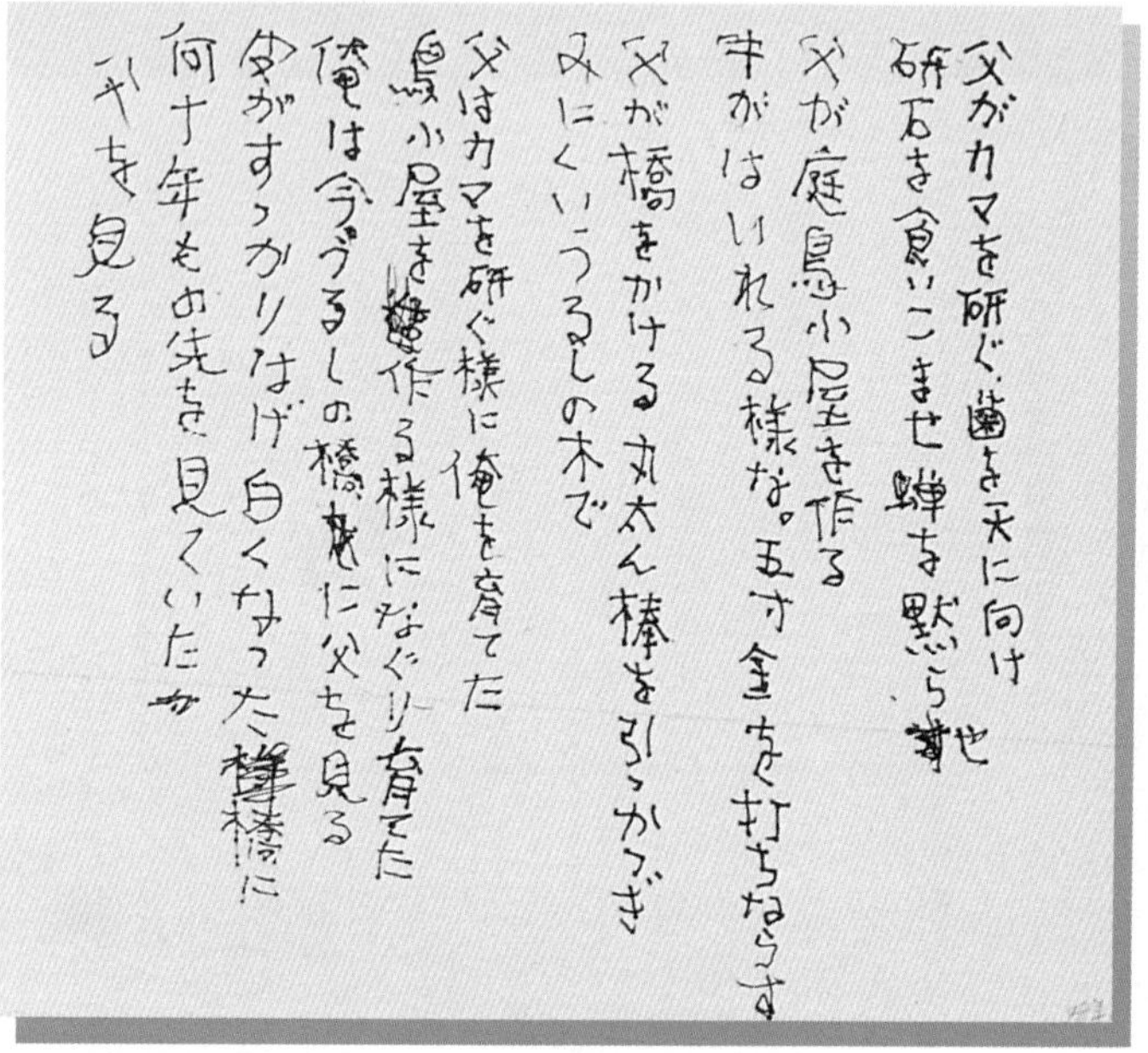
父がカマを研ぐ 歯を天に向け
研石を食いこませ 蝉を黙らせ
父が庭鳥小屋を作る
牛がはいれる様な。五寸釘を打ちならす
父が橋をかける 丸太ん棒を引っかつぎ
みにくいうるしの木で
父はカマを研ぐ様に俺を育てた
鳥小屋を作る様になぐり育てた
俺は今うるしの橋に父を見る
父がすっかりはげ白くなった橋に
何十年もお先を見ていたか
ハヤを見る

74年2月25日記

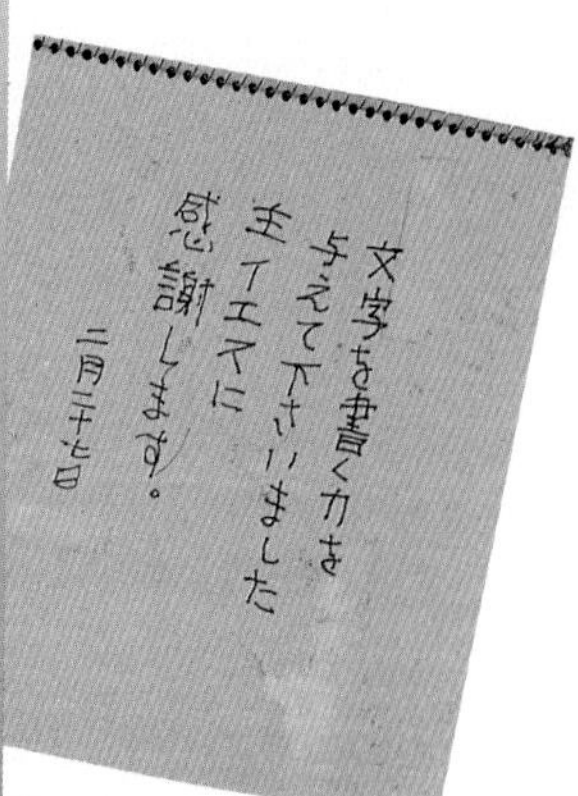
文字を書く力を
与えて下さいました
主イエスに
感謝します。
二月二十七日

スケッチブックの
裏表紙に記す
73年2月27日記

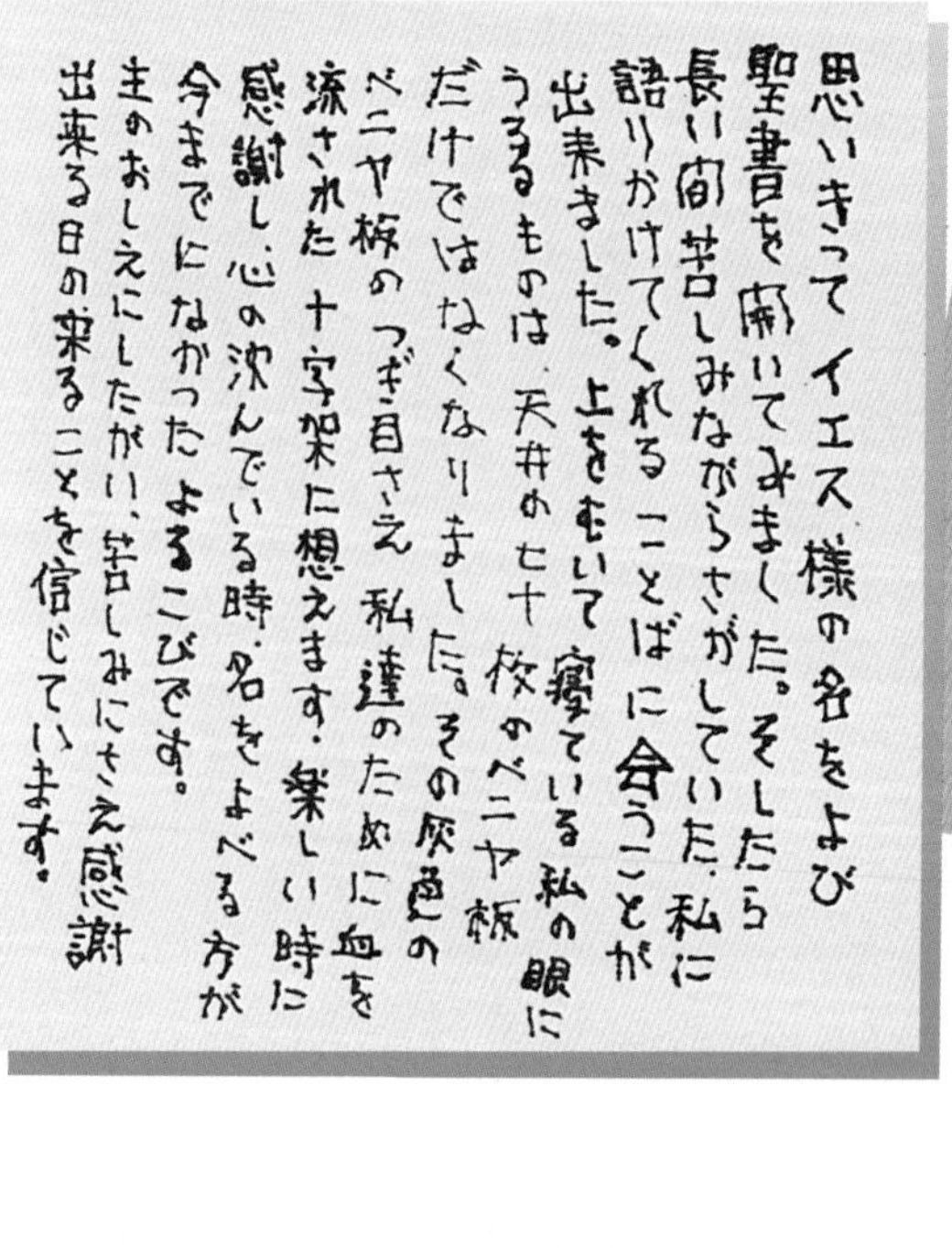
思いきって イエス様の名をよび
聖書を開いてみました。そしたら
長い間苦しみながらさがしていた、私に
語りかけてくれることばに会うことが
出来ました。上をむいて寝ている私の眼に
うつるものは、天井の七十枚のベニヤ板
だけではなくなりました。その灰色の
ベニヤ板のつぎ目さえ 私達のために血を
流された十字架に想えます。楽しい時に
感謝し、心の沈んでいる時、名をよべる方が
今までになかったよろこびです。
主のおしえにしたがい、苦しみにさえ感謝
出来る日の来ることを信じています。

73年2月10日記

字を書きたい！ 念願の手紙が書けるようになった。花も描き添えた。

字を書きはじめてから四か月。なんとか念願の手紙が書けるようになり、生徒や姉や友だちに書いた。

一つの手紙に一週間もかかってしまうこともあった。（中略）長い時間書きつづけると熱が出たが、（中略）精神と体力のかぎりをつくして書いた文字は、文字というより、私の分身のような気がして、それが汽車に乗り、遠いところへ出かけるのだと思いながら書いた。

（73年3月）

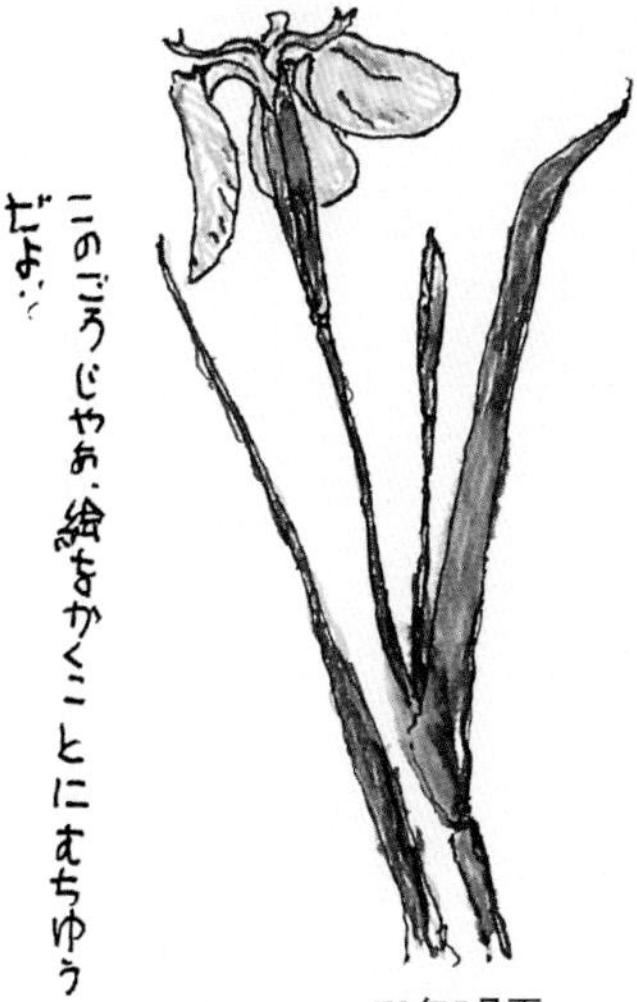

このごろじゃあ、絵をかくことにむちゅうだよ。

73年5月画

文字に花の絵も描き添えた。やがて花が字より大きくなっていった。この絵は出さずに手元に残った絵。

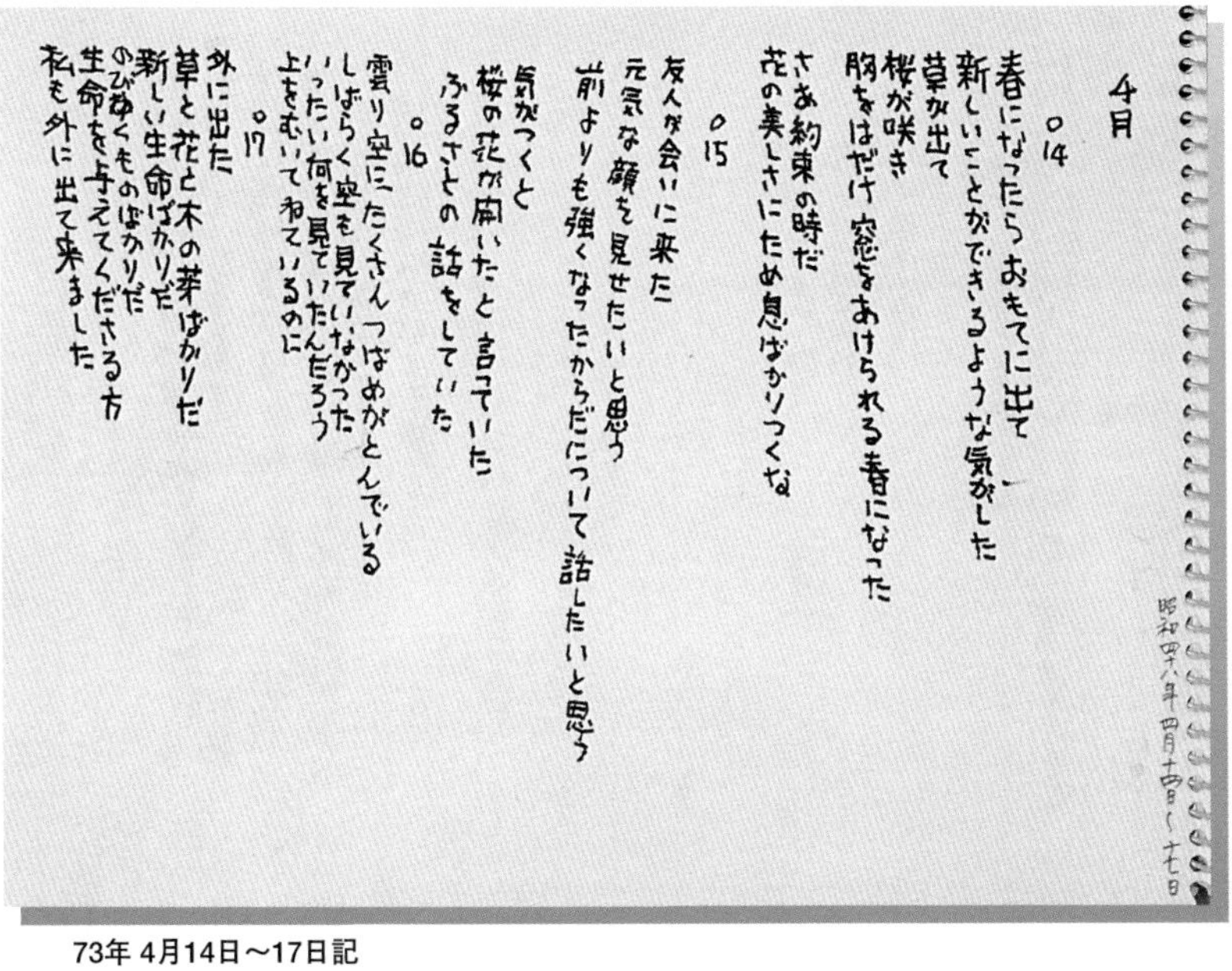
4月

。14
春になったらおもてに出て
新しいことができるような気がした
草が出て
桜が咲き
胸をはだけ窓をあけられる春になった
さあ約束の時だ
花の美しさにため息ばかりつくな

。15
友人が会いに来た
元気な顔を見せたいと思う
前よりも強くなったからだについて話したいと思う
気がつくと
桜の花が開いたと言っていた
ふるさとの話をしていた

。16
曇り空にたくさんつばめがとんでいる
しばらく空を見ていなかった
いったい何を見ていたんだろう
上をむいてねているのに

。17
外に出た
草と花と木の芽ばかりだ
新しい生命ばかりだ
のびゆくものばかりだ
生命を与えてくださる方
私も外に出て来ました

昭和四十八年四月十四日〜十七日

73年 4月14日〜17日記

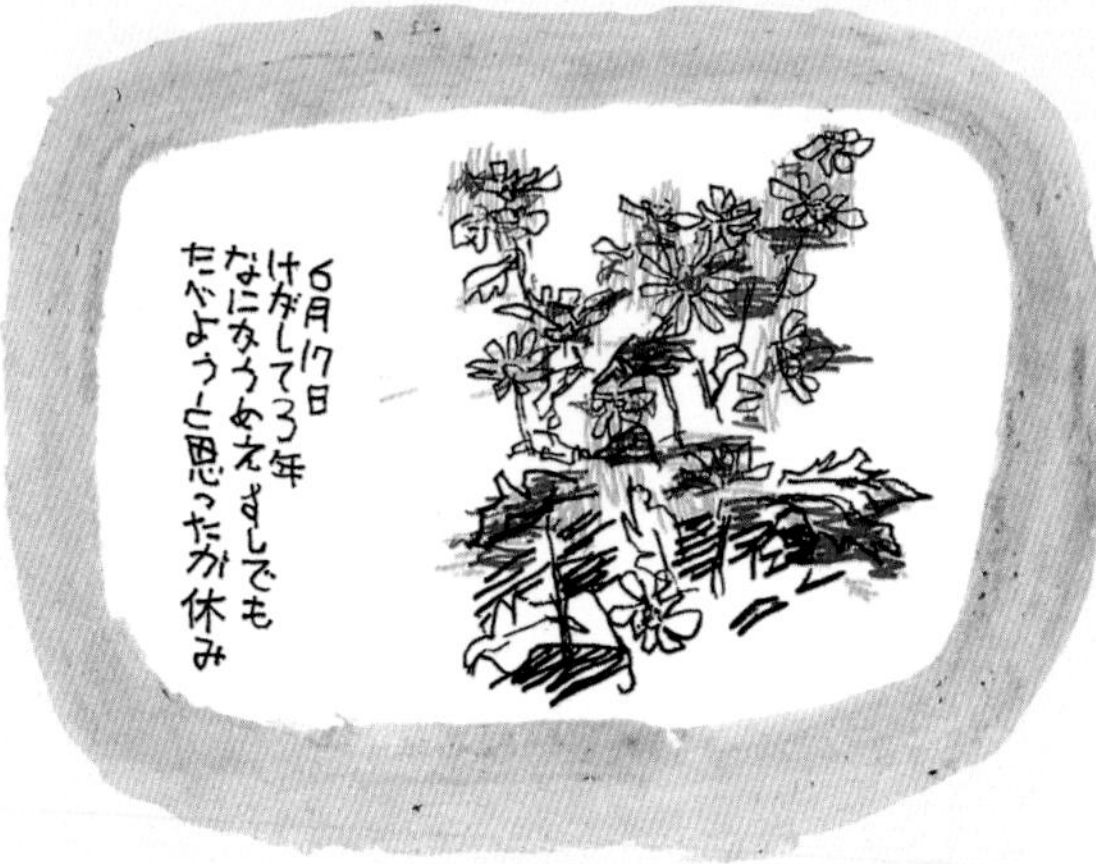

けがして3年
なにかうめえすしでも
たべようと思ったが休み

73年6月17日記

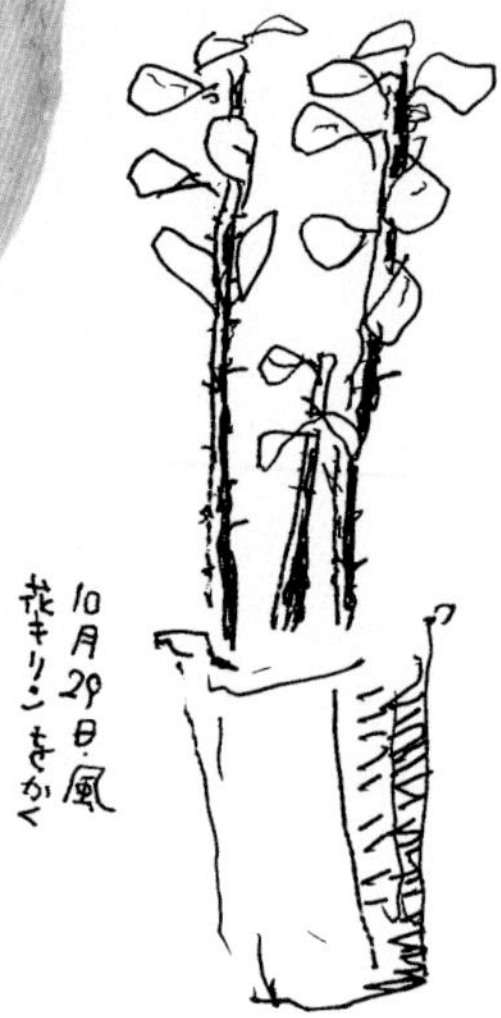

10月29日・風
花キリンをかく

73年10月29日記

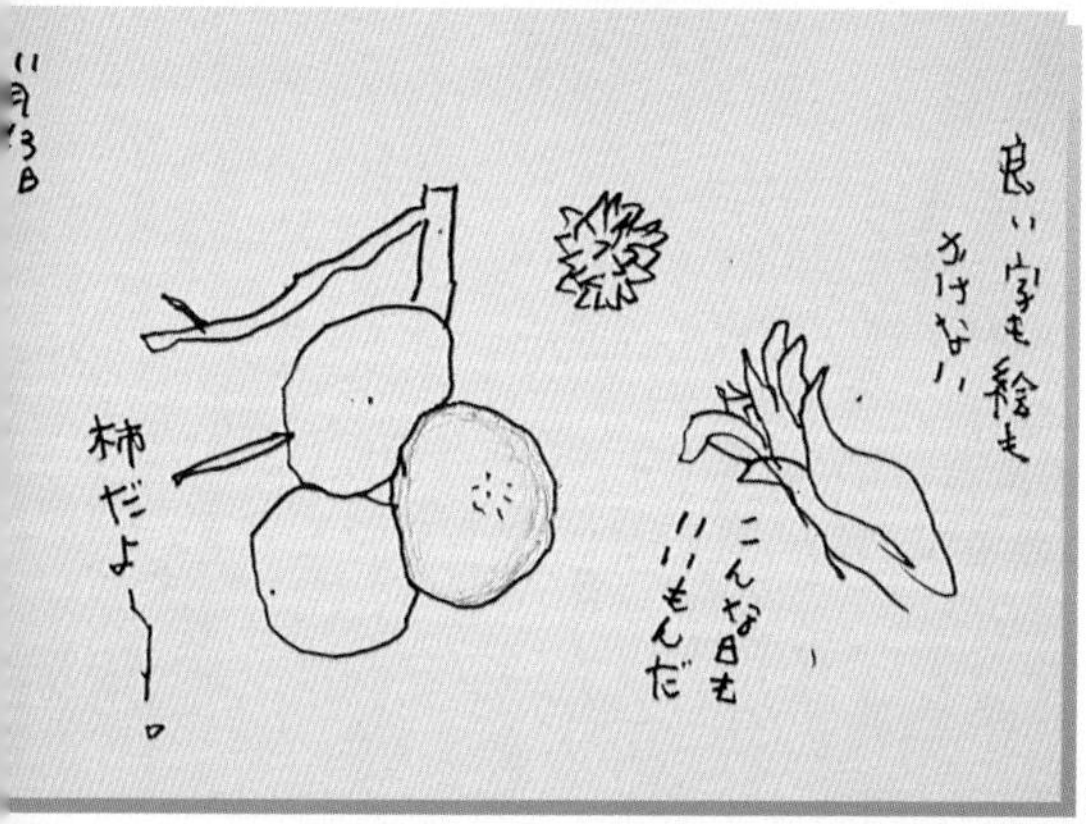

良い字も絵も
かけない
こんな日も
いいもんだ
柿だよ〜〜。

73年11月13日記

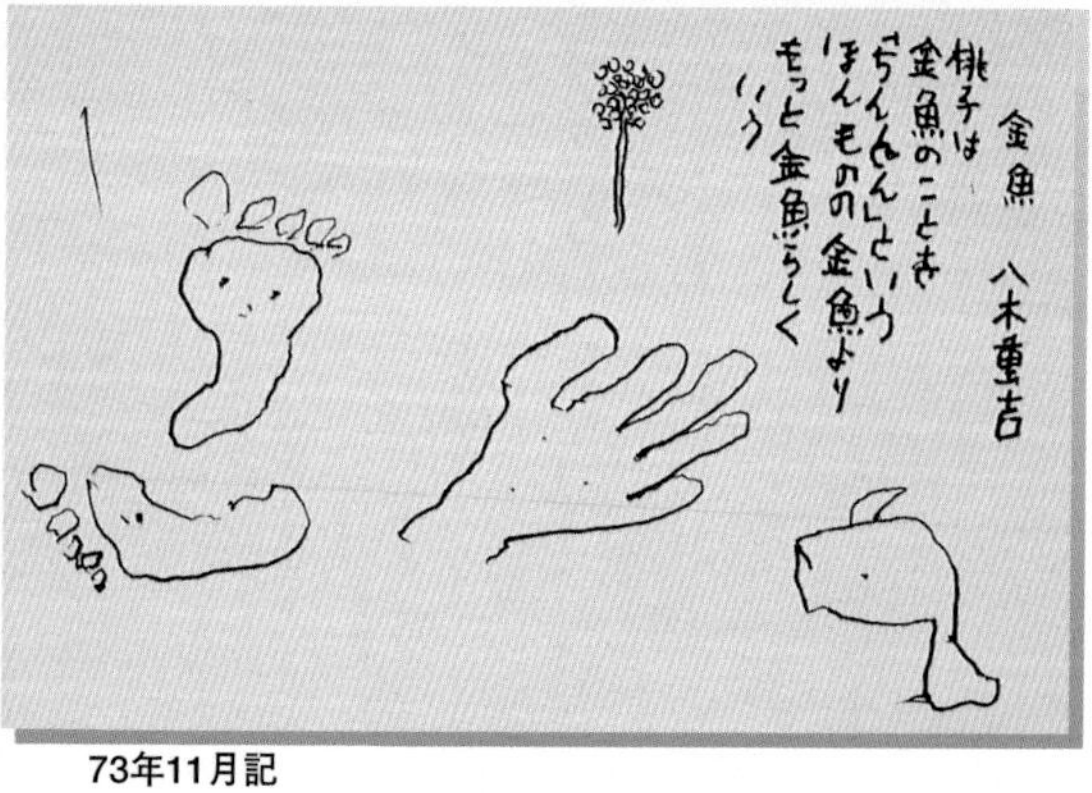

金魚　八木重吉
桃子は
金魚のことを
ちんちんという
ほんものの金魚より
もっと金魚らしく
いう

73年11月記

▼出た、出た、
出たよーっ、
尿が出た喜びを。
73年11月記

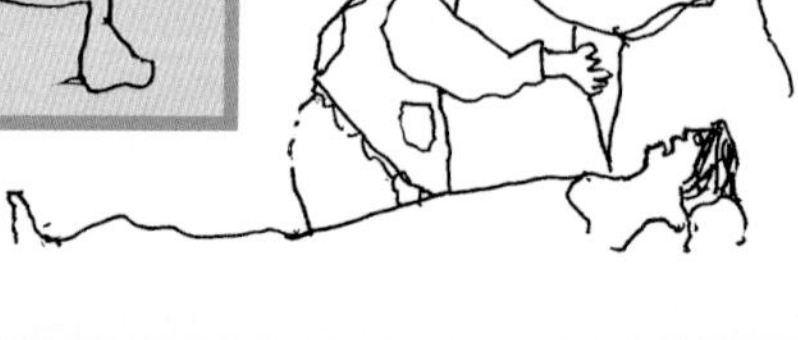

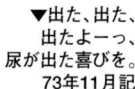

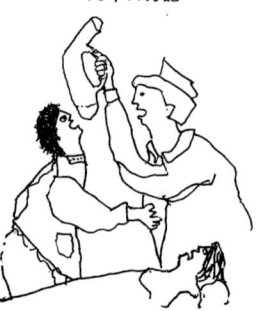

字を書きたい！ 絵を描くのが楽しくなった。

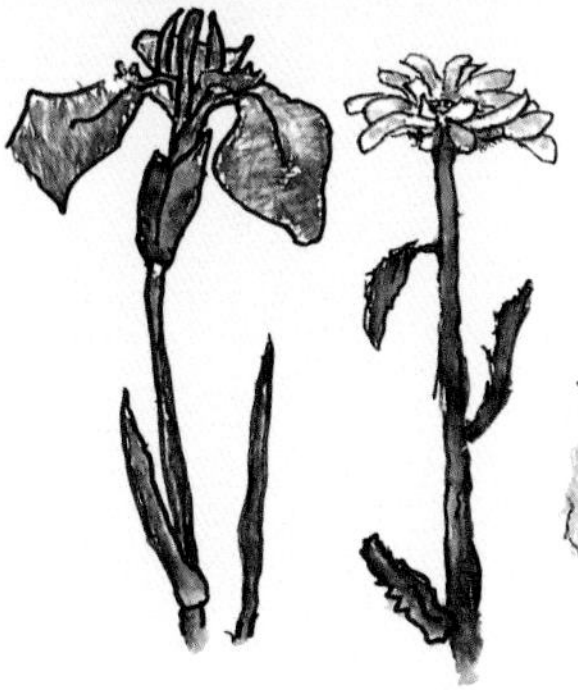

74年6月画

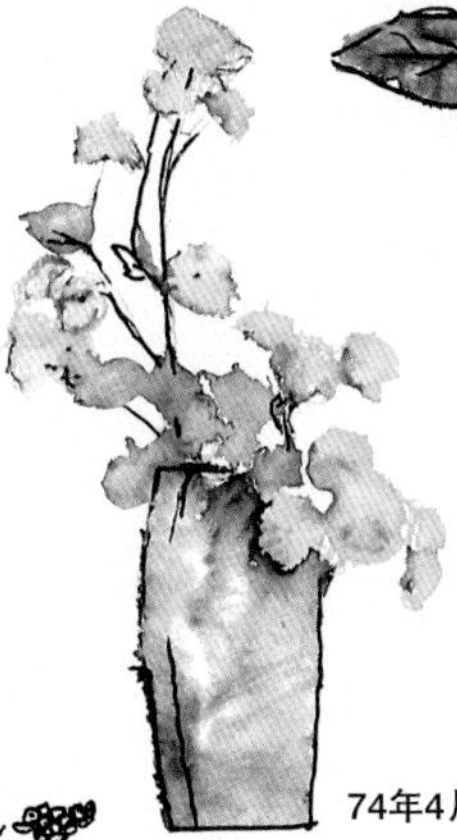

74年4月画

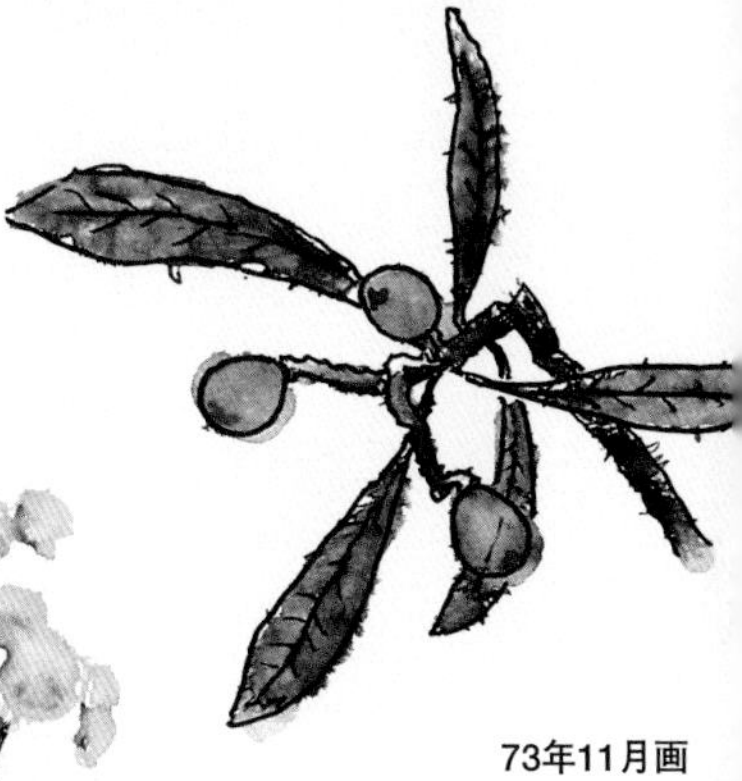

73年11月画

73年5月
ストレッチャーで
裏庭に行ってみた。（中略）
静かに空をみあげていた。
（中略）
首を横に向けると、
雑草の中に
小さな母子草もみえた。

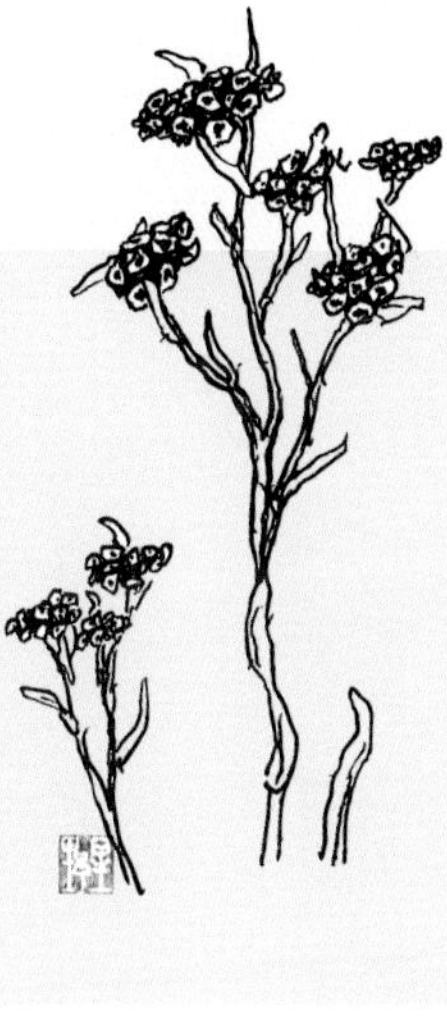

母子草 サインペン 73年5月記

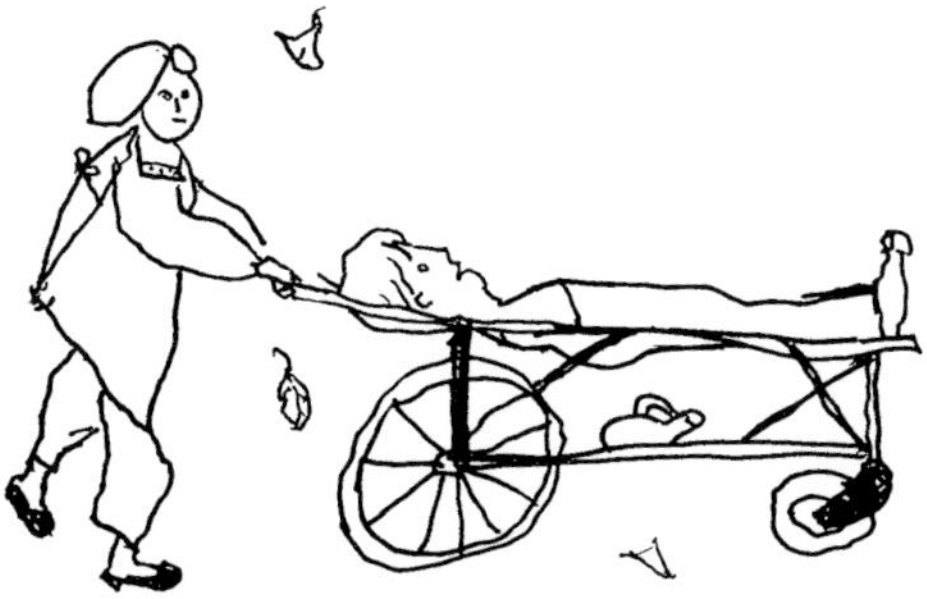

73年11月記

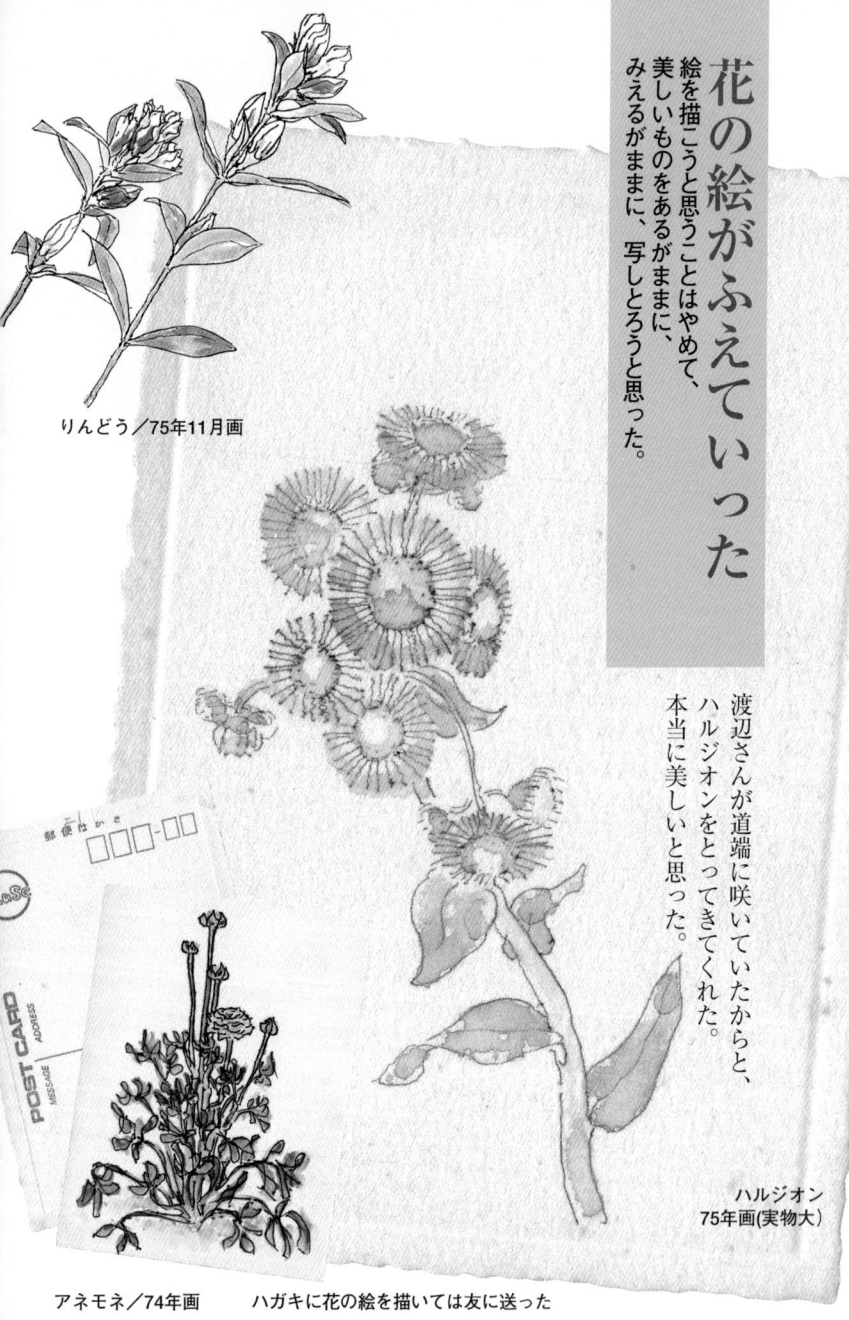

花の絵がふえていった

絵を描こうと思うことはやめて、
美しいものをあるがままに、
みえるがままに、写しとろうと思った。

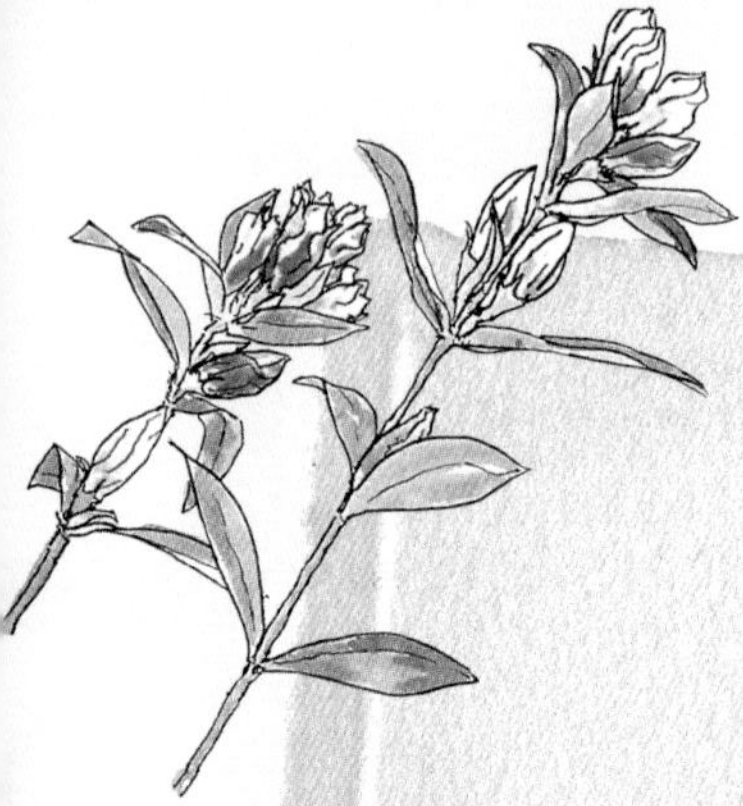

りんどう／75年11月画

渡辺さんが道端に咲いていたからと、
ハルジオンをとってきてくれた。
本当に美しいと思った。

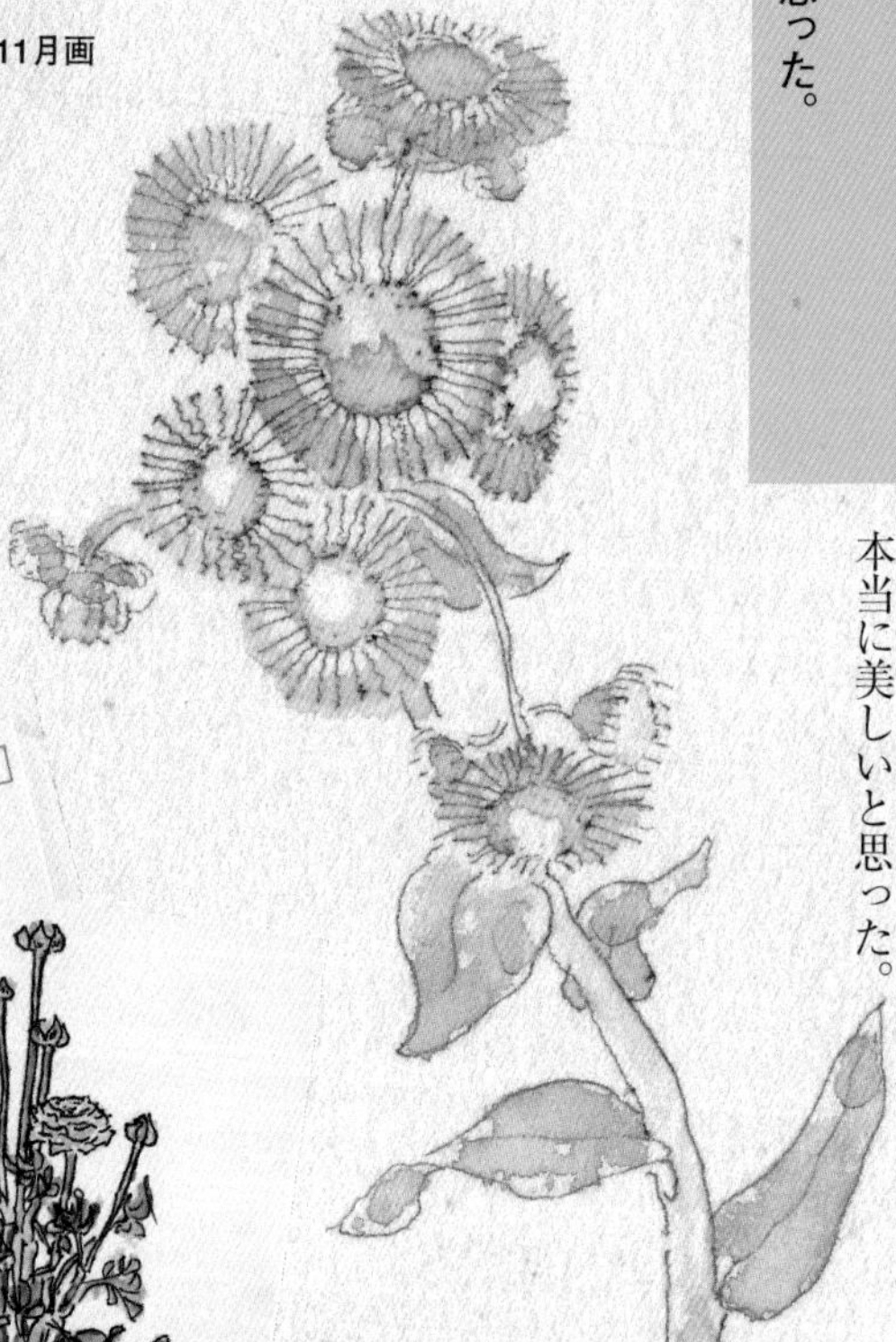

ハルジオン
75年画(実物大)

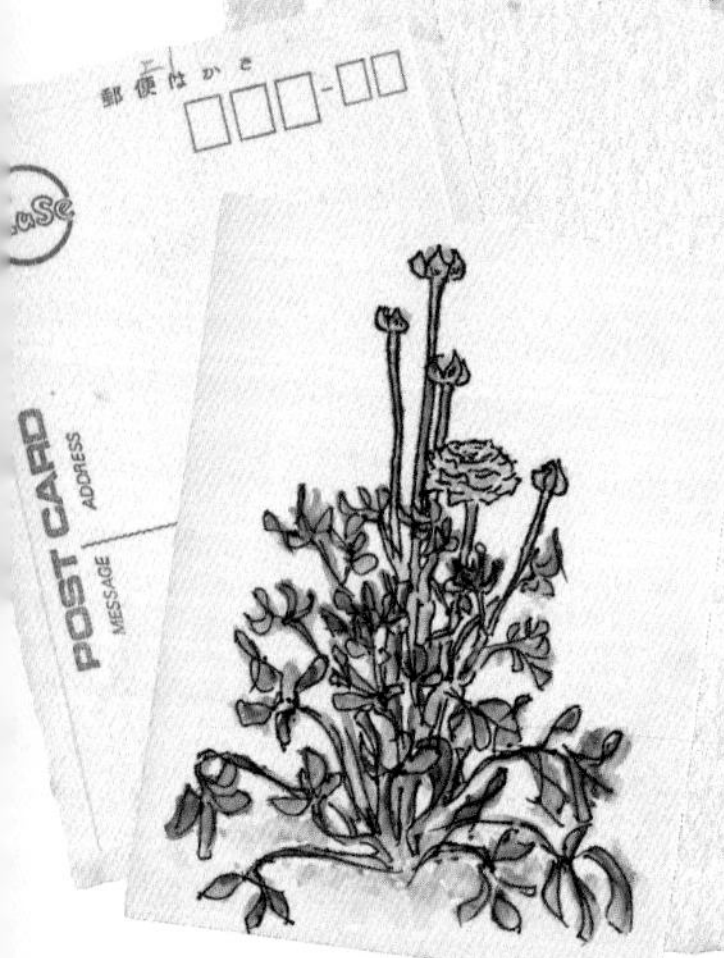

アネモネ／74年画　ハガキに花の絵を描いては友に送った

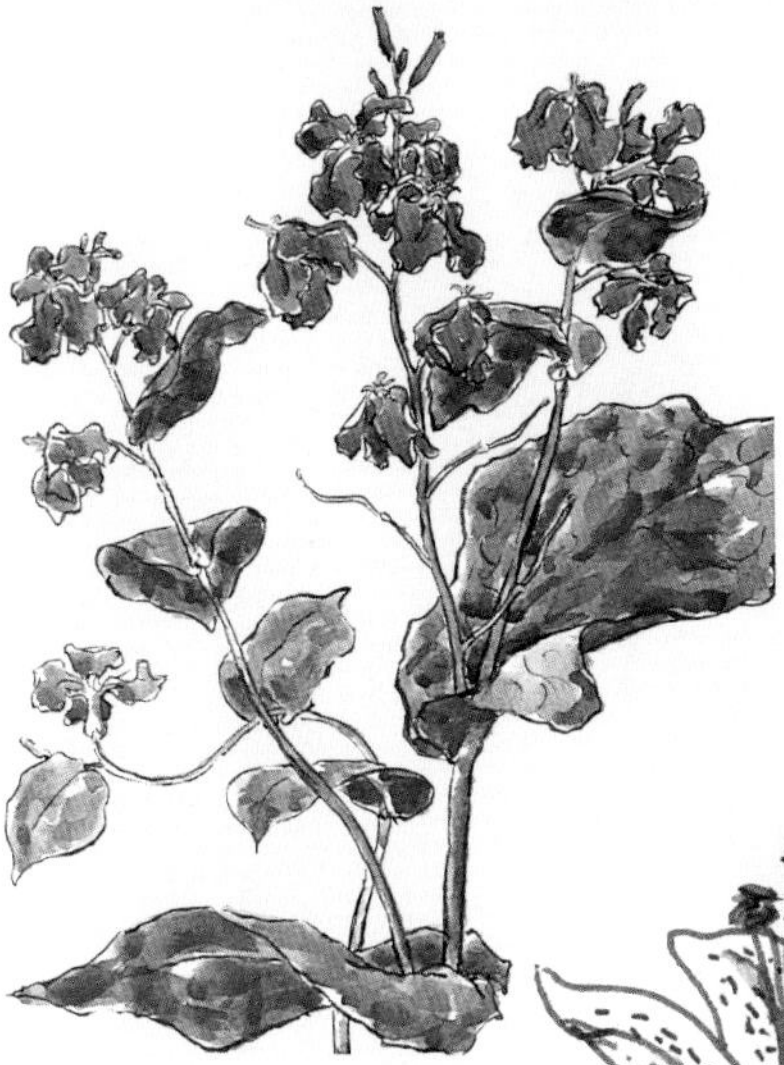

花だいこん／75年画

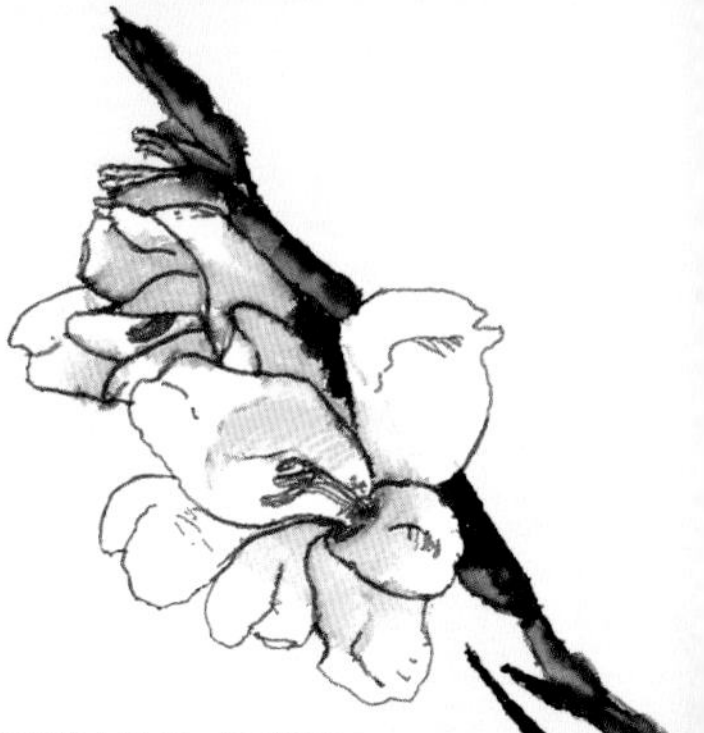

グラジオラス／74年画

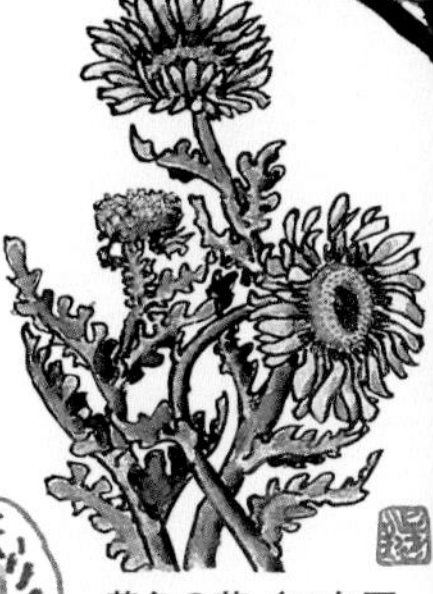

黄色の花／75年画

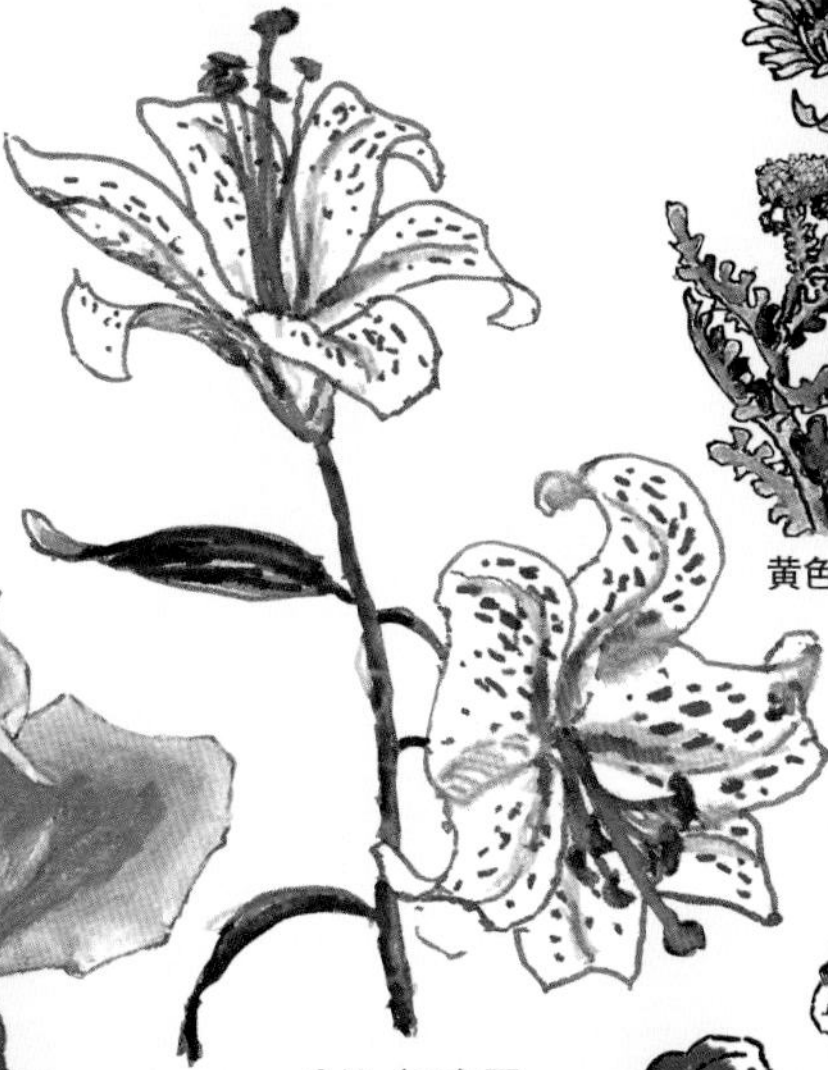

ゆり／74年画

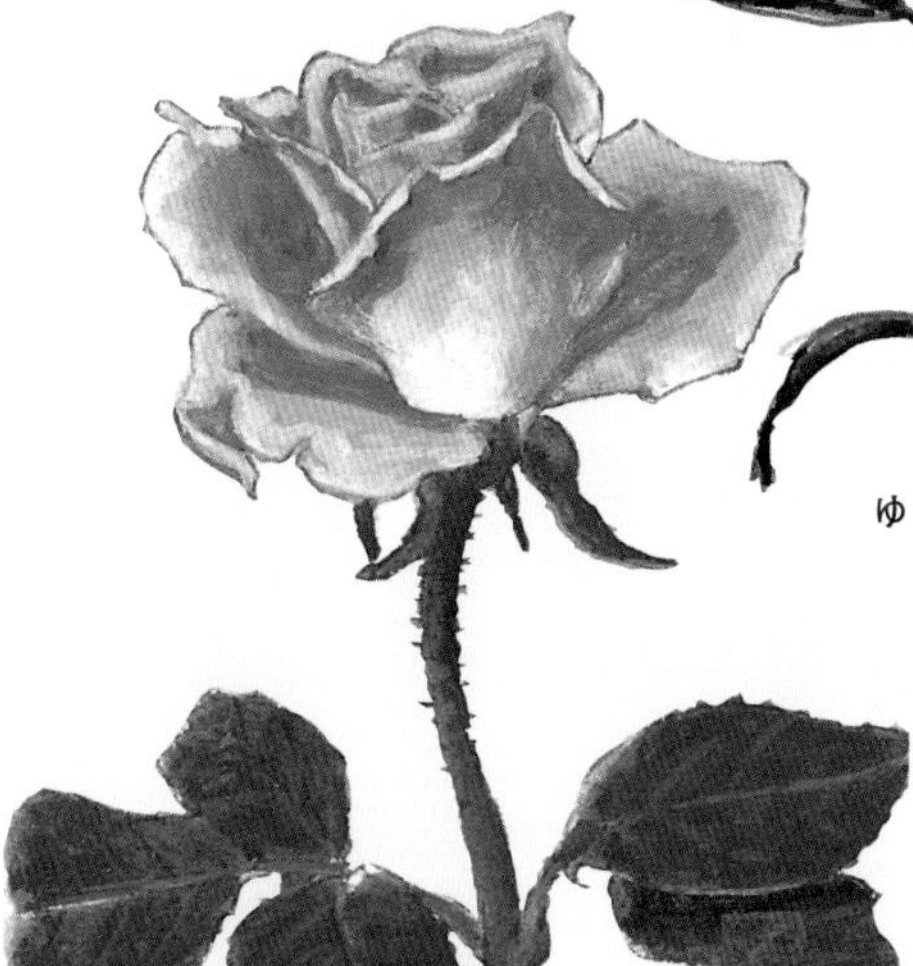

黄ばら／75年画

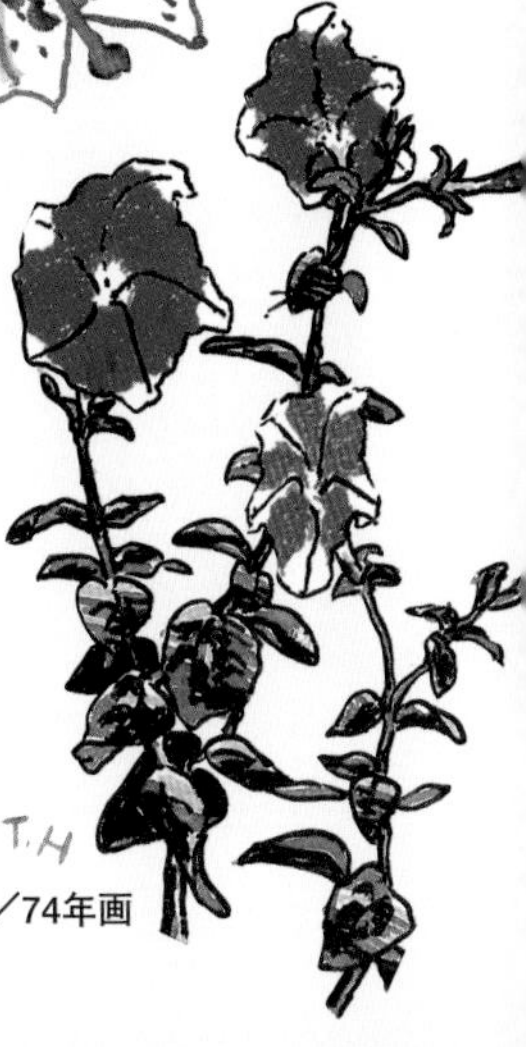

ペチニア／74年画

花に描かせてもらおう

葉は花の色を助け、花は葉の色と形をそこなわずに咲いていて、一枝の花とはいえ、広大な自然の風景をみる思いがした。

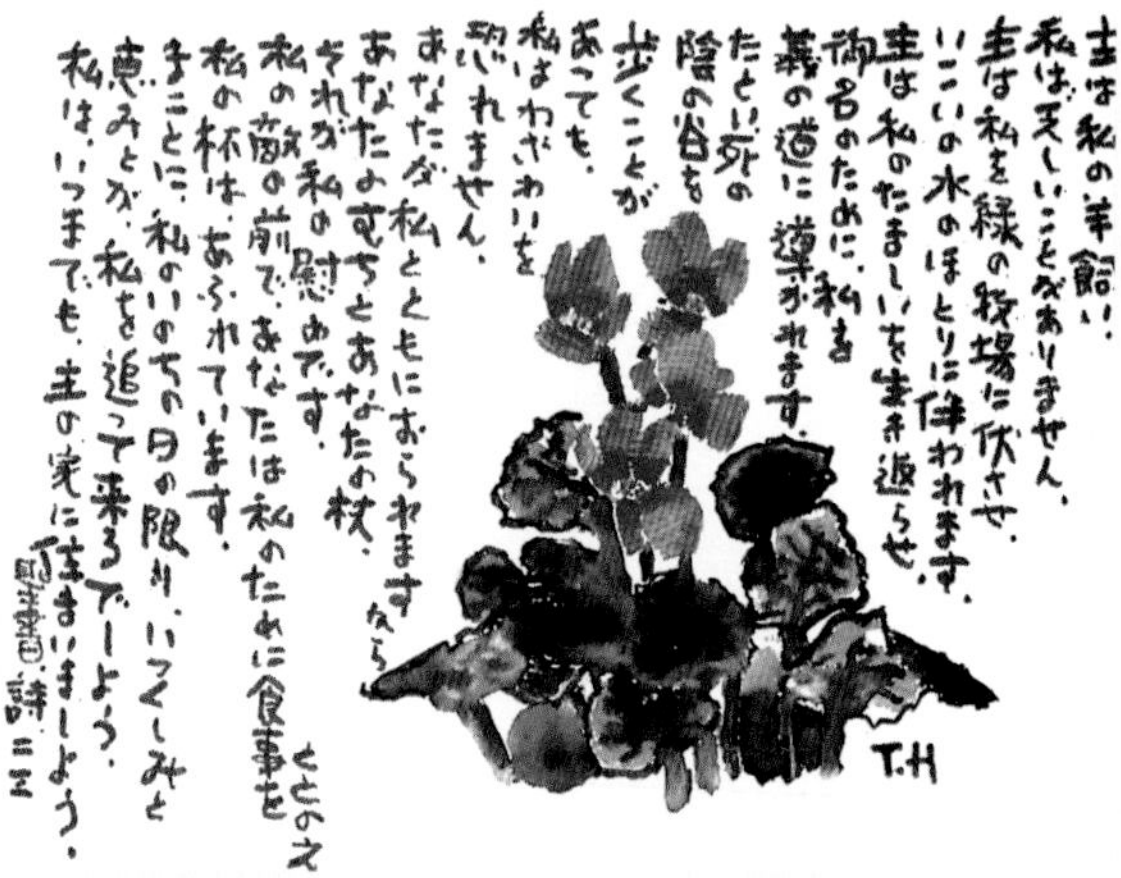

主は私の羊飼い。
私は乏しいことがありません。
主は私を緑の牧場に伏させ、
いこいの水のほとりに伴われます。
主は私のたましいを生き返らせ、
御名のために、私を
義の道に導かれます。
たとい死の
陰の谷を
歩くことが
あっても、
私はわざわいを
恐れません。
あなたが私とともにおられますから
あなたのむちとあなたの杖、
それが私の慰めです。
私の敵の前で、あなたは私のために食事をととのえ
私の杯は、あふれています。
まことに、私のいのちの日の限り、いつくしみと
恵みとが、私を追って来るでしょう。
私は、いつまでも、主の家に住まいましょう。
聖書 詩二三
T.H

聖書の詩篇を添え、詩画のように仕上げた最初の頃の絵。
シクラメン／76年画

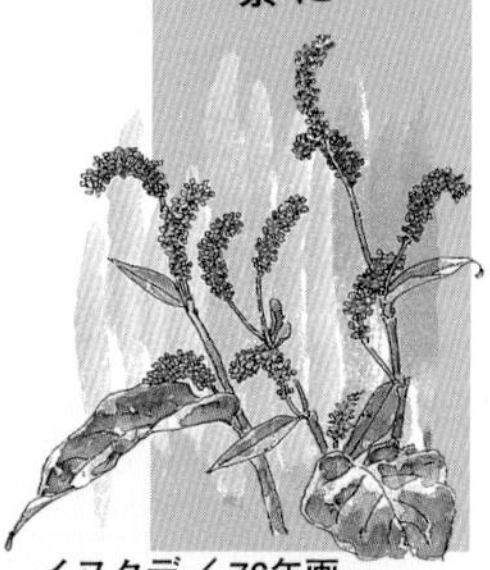
イヌタデ／ 76年画

『すべて疲れた人、重荷を負っている人は私のところに来なさい。私があなたがたを休ませてあげます。』

この神の言葉にしたがってみたいと思った。

クリスチャンといえる資格は何も持っていない私だけれど、「来い」というこの人の近くに行きたいと思った。

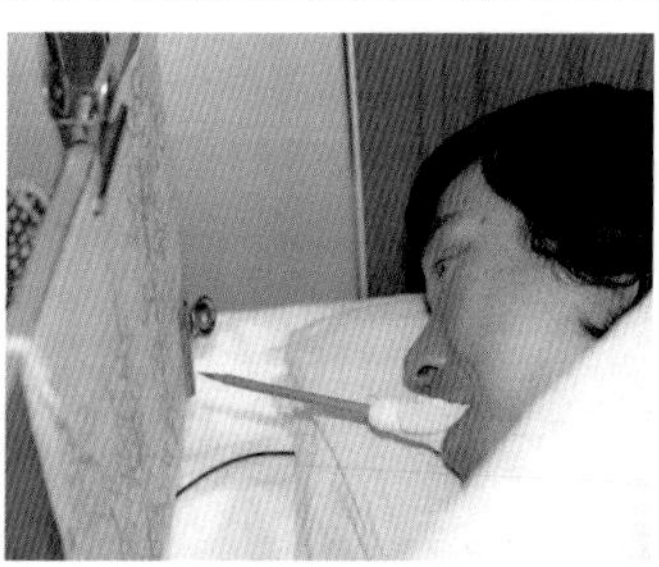

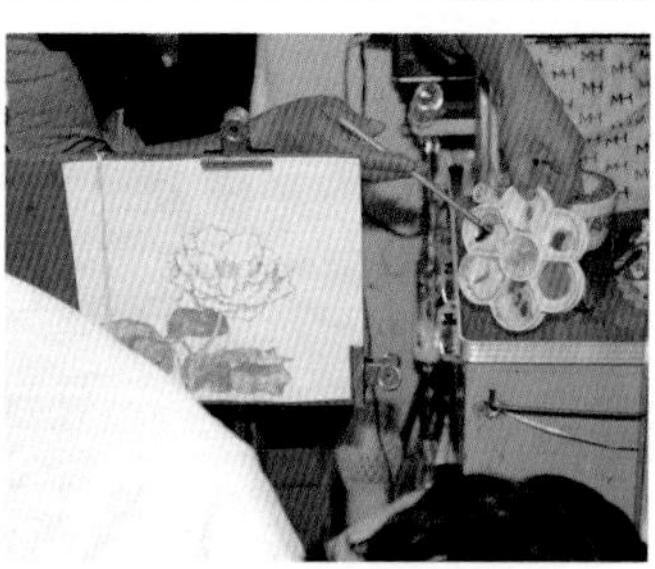
一日に一時間、一筆一筆、一色一色、淡く濃く、母に希望の色を筆に含ませてもらっては、ガーゼに巻いて口にくわえさせてもらって、弟が作ってくれた特製の台にとりつけた紙に向かう。 群馬大学病院にて／75年撮影

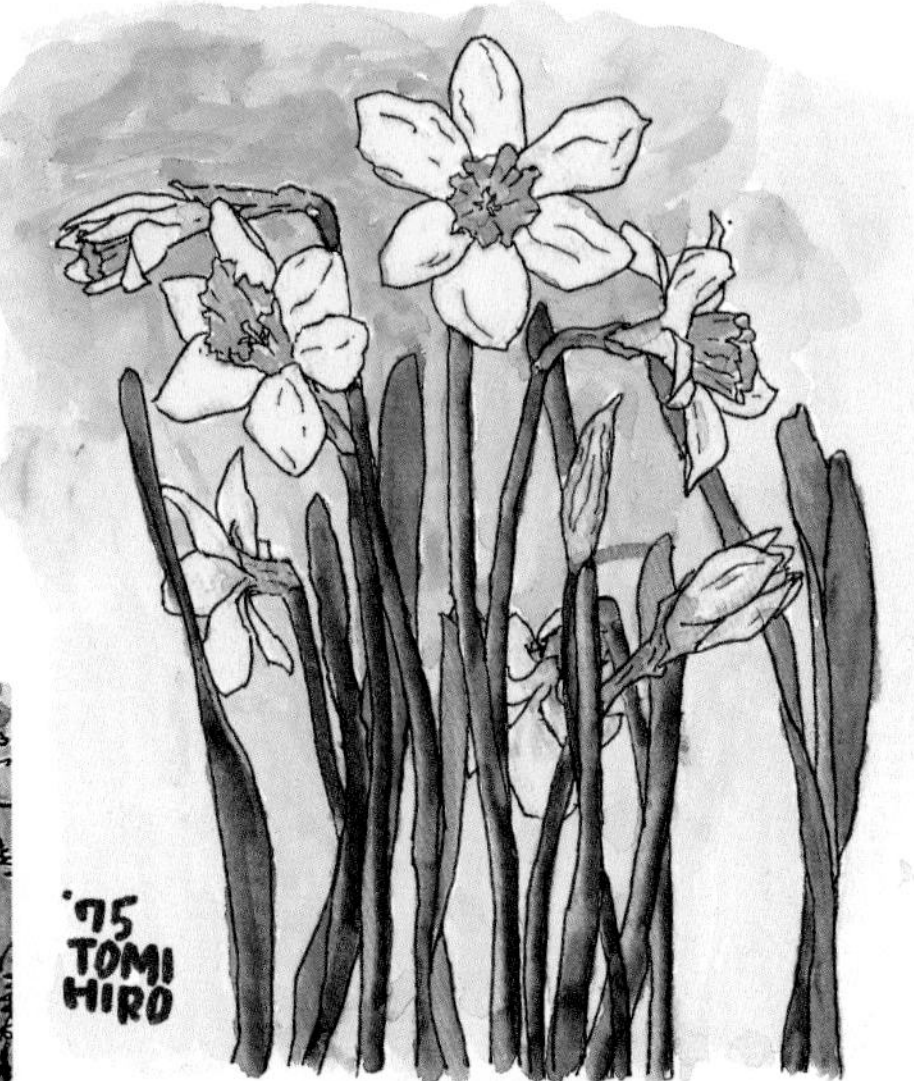

はじめて水彩絵の具を使って描いた絵
すいせん／75年画

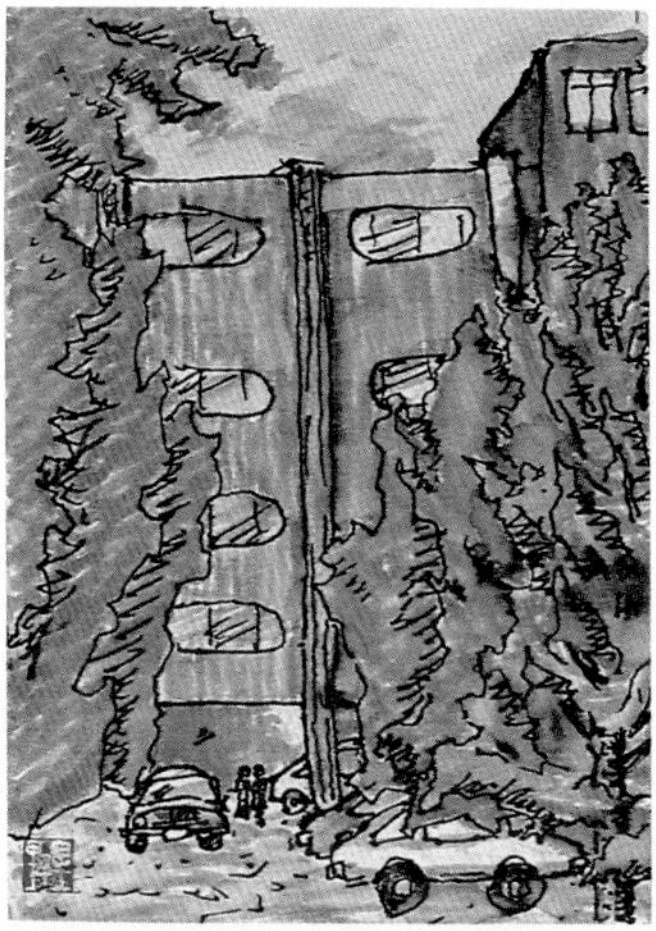

群馬大学病院の秋の景／76年画

黒い土に根を張り
どぶ水を吸って
なぜ きれいに咲けるのだろう
私は大勢の人の愛の中にいて
なぜみにくいことばかり
考えるのだろう

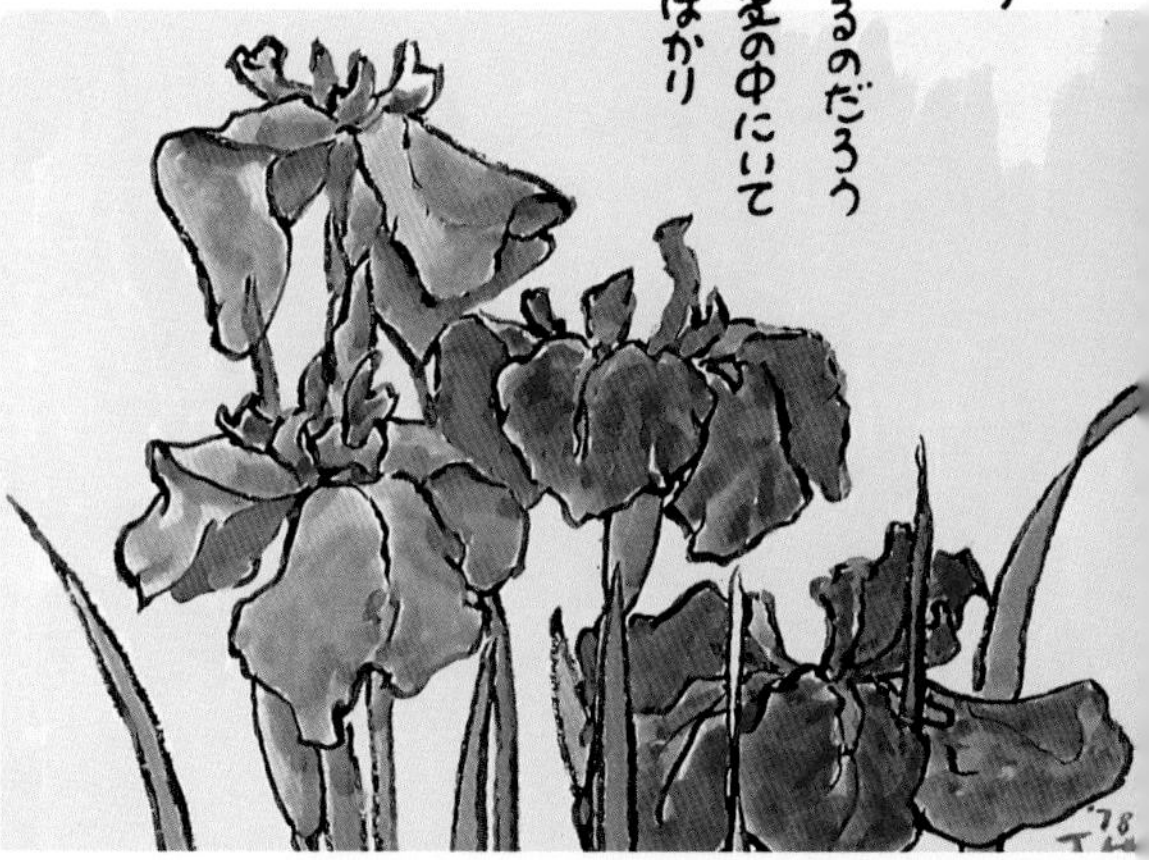

はなしょうぶ／水彩
78年画

母とふたりだけの小さな展覧会

自然のままに咲く花をそのまま写していれば、よい絵が描けるようになるのではないかと思った。絵を描きためると、病院の渡り廊下のベンチに人目を忍んで絵をならべ、小さな展覧会を開いた。

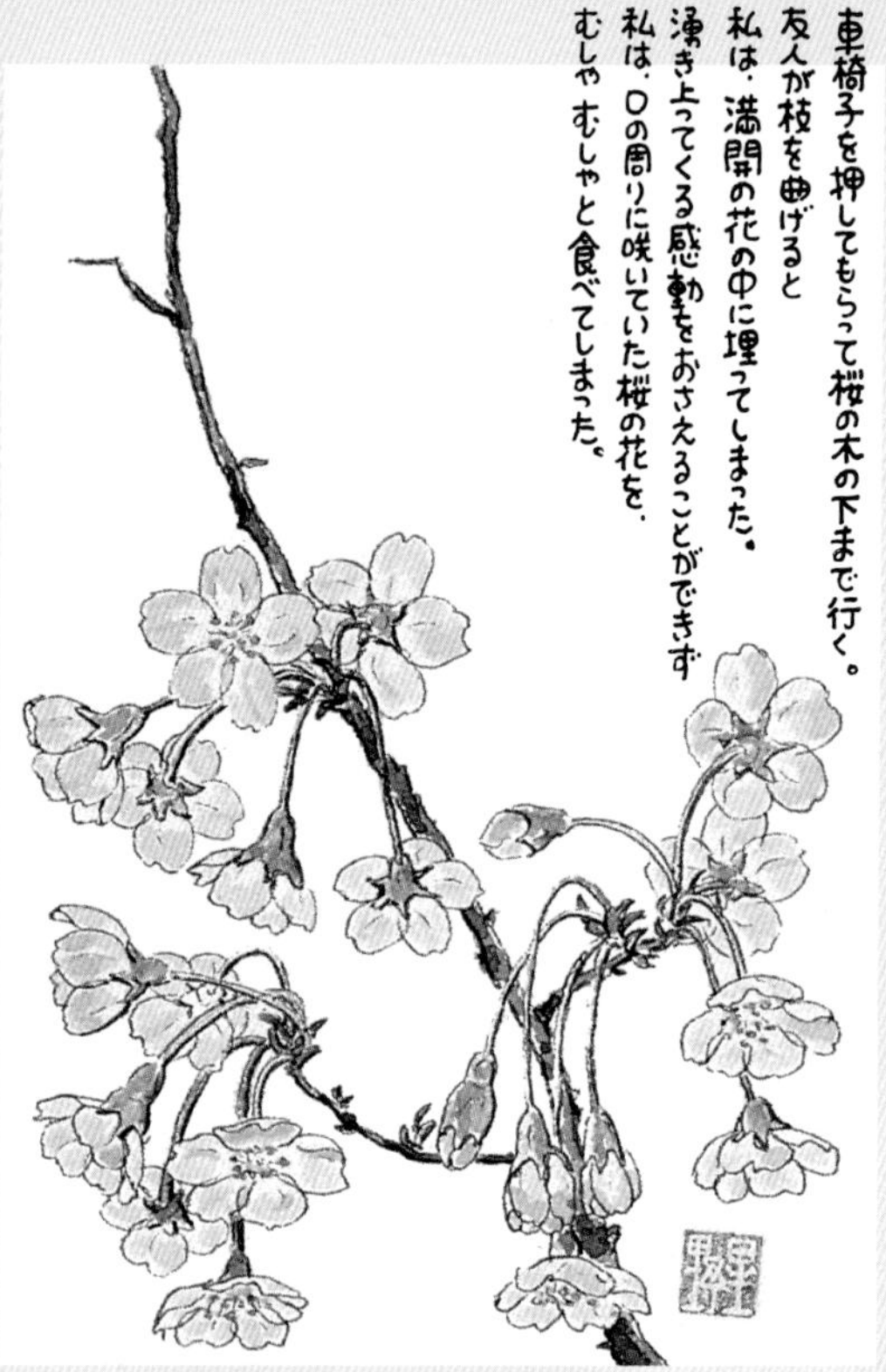

友人が枝を曲げると
私は・満開の花の中に埋ってしまった。

私は・口の周りに咲いていた桜の花を

さくら／水彩／75年画

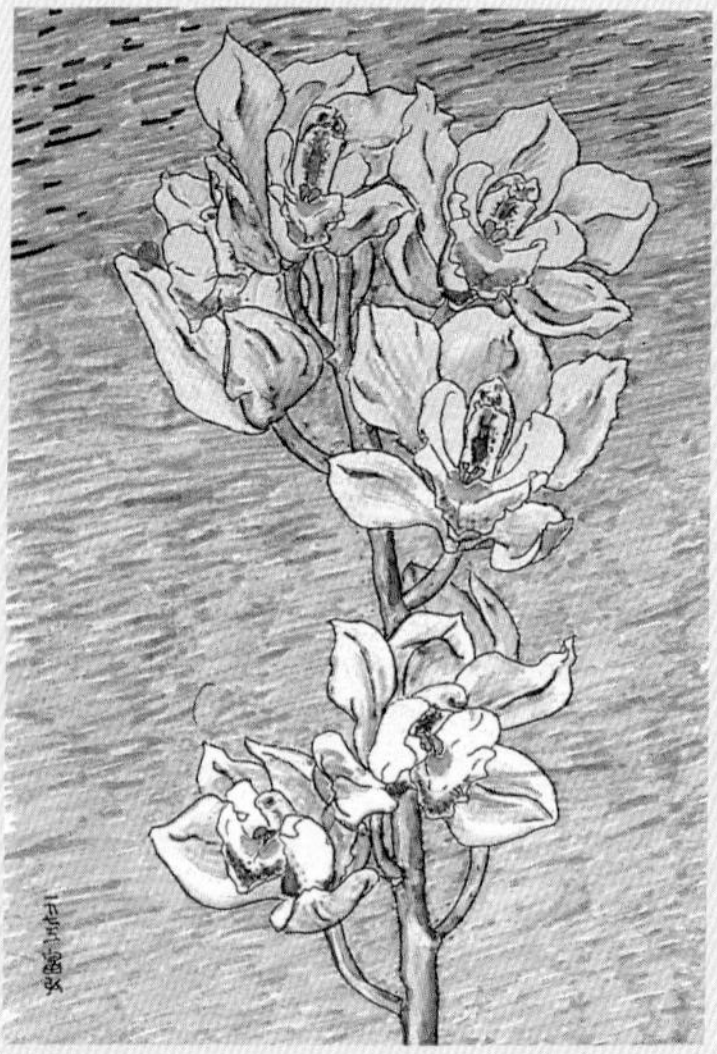

初めて絵として描いたらん／サインペン／75年画

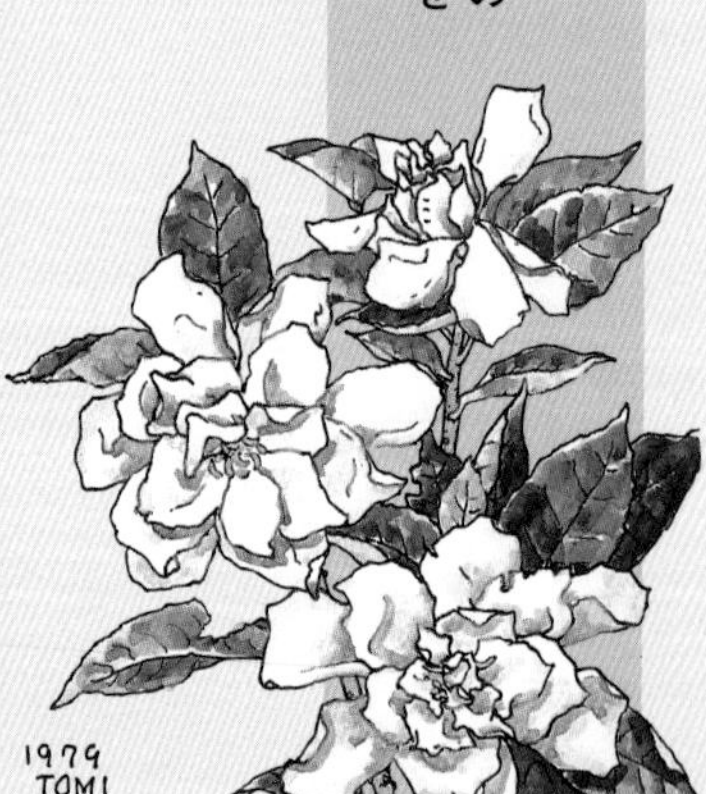

くちなし／水彩／79年画

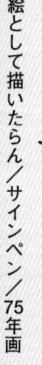

ブラインドのすき間からさし込む
朝の光の中で
二つめのつぼみが 六つに割れた
静かに反り返ってゆく花びらの
神秘な光景を見ていたら
この花を描いてやろう などと
思っていたことを
高慢に感じた
「花に描かせてもらおう」
と思った

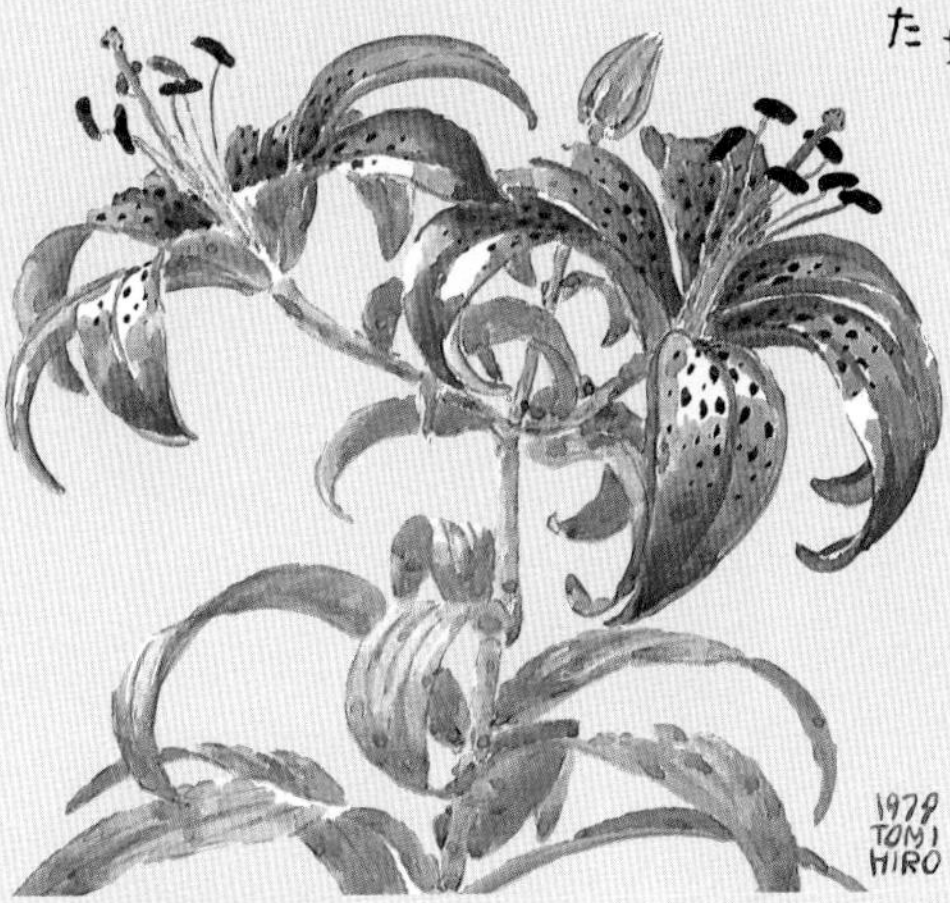

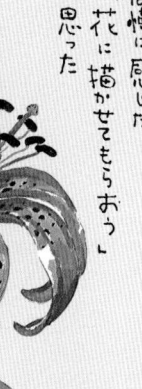

すかしゆり／水彩
79年画

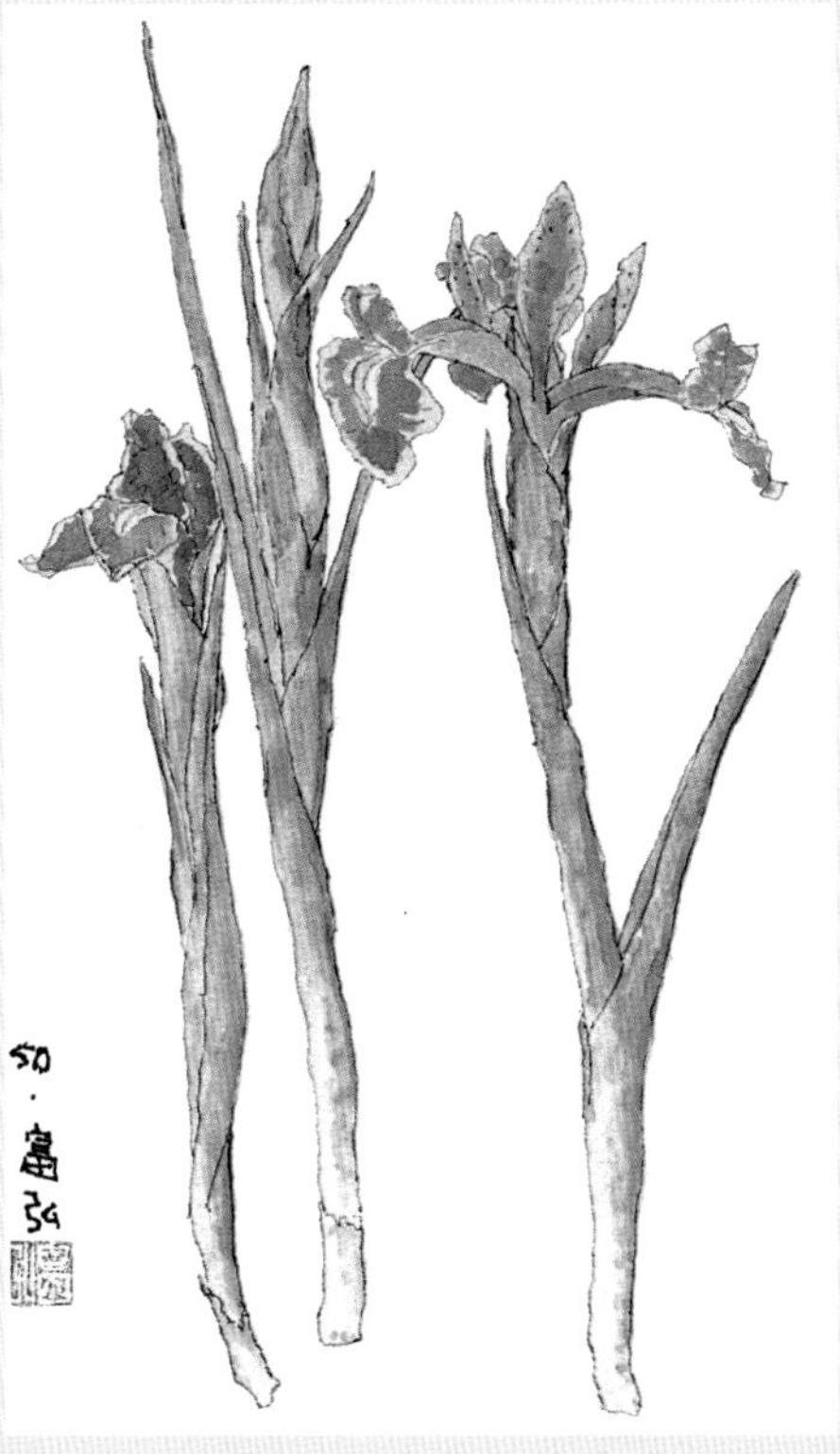

アイリス／サインペン・水彩／75年画

Tさんは、私の車椅子を押して
よく散歩につれて行ってくれた。
手品や 人のものまねが上手で、
病室に笑い声を絶やさせない
人だった。
退院の日、母と玄関まで見送りに
行った。Tさんはどしゃぶりの雨の
中を、幾度もふりむいて頭を下
げた。私もあまり動かない頭を
何度も下げた。
Tさんが車の中から手を振った。
私は手が振れないので、舌を出して
左右に振った。
私の「アイリス」の絵とともに、病院
を出て行くTさんを、
いつまでも見送っていた。

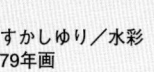

淡い花は
母の色をしている
弱さと悲しみが
混り合った
温かな
母の色をしている

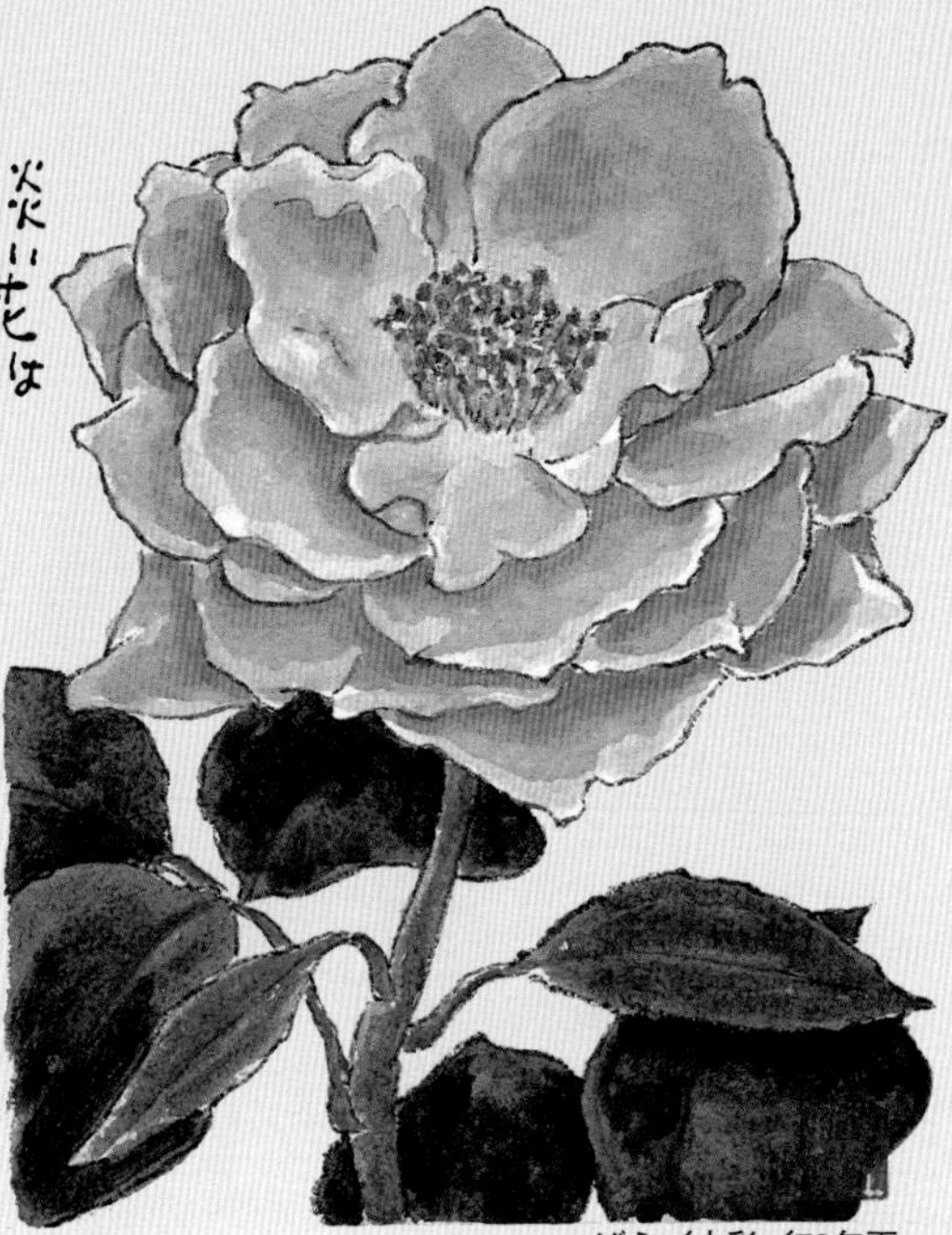

ばら／水彩／78年画

神様が たった一度だけ
この腕を動かして下さるとしたら
母の肩をたたかせてもらおう
風に揺れる
ぺんぺん草の実を見ていたら
そんな日が
本当に来るような気がした

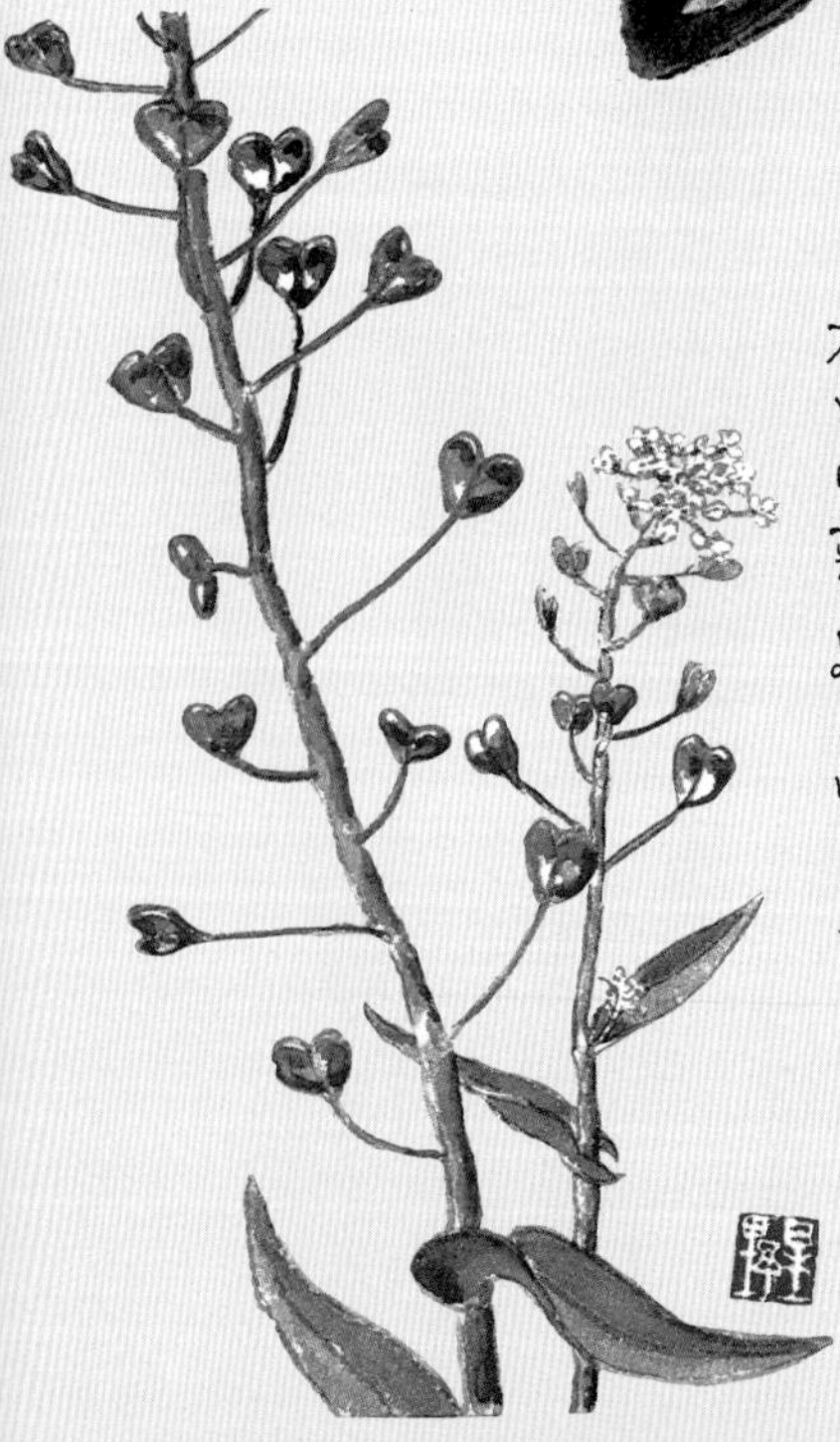

なずな ／水彩 ／79年画

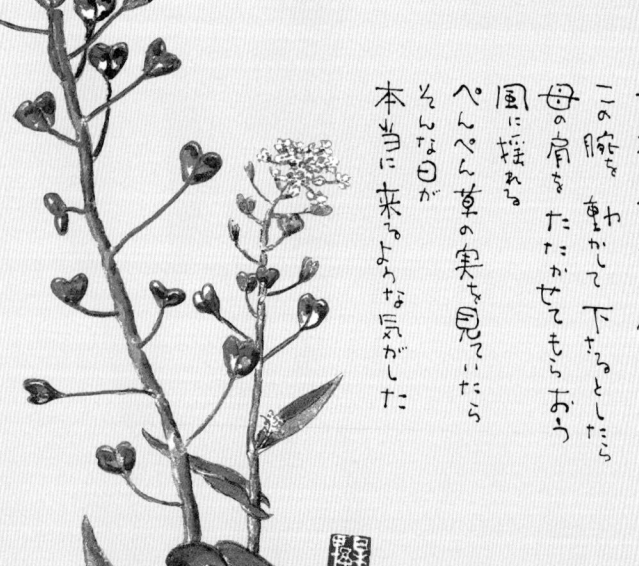

目次

二番目に言いたいことしか
人には言えない
一番言いたいことが
言えないもどかしさに耐《た》えられないから
絵を描くのかもしれない
うたをうたうのかもしれない

それが言えるような気がして
人が恋しいのかもしれない

Ⅰ 哀《かな》しみの青い空

［'70・6・17〜6・20］

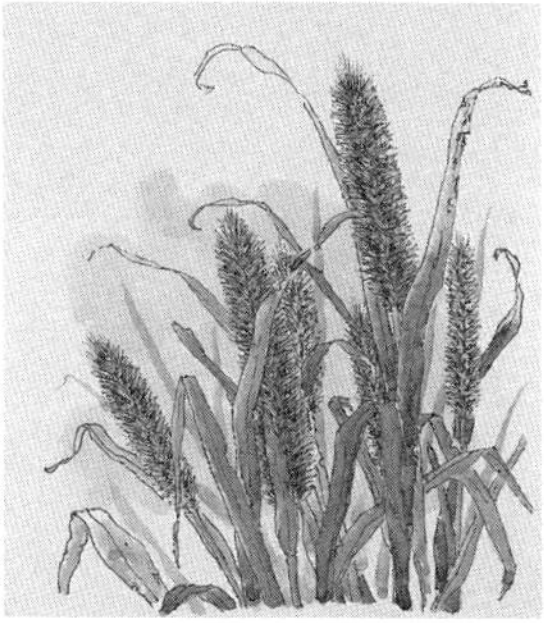

体育館《たいいくかん》

一九七〇年六月十七日

しばらく降《ふ》りつづいていた雨がやっとあがって、洗《あら》い流《なが》されたように真《ま》っ青《さお》な空が広がった。私は体育《たいいく》の授業《じゅぎょう》を終《お》えると用務員室《ようむいんしつ》へ行った。そしてロッカーの中にしまいこんだ大きな紙袋《かみぶくろ》を取《と》り出した。その中にはうすぎたないパンツがびっしりとつまっている。四月に高崎《たかさき》市の倉賀野《くらがの》中学校へ、体育教師《たいいくきょうし》として就職《しゅうしょく》して以来《いらい》、洗濯《せんたく》は一度もせずに、次から次としまいこんでいたヤツだ。なかには、大学の寮《りょう》にいた時代の、なんと秋以来《いらい》洗《あら》っていないカビのはえたものもあった。

私は、あしたから三日間、二年生の高原学校《こうげんがっこう》の付《つ》き添《そ》いで榛名湖《はるなこ》へ行くことになっているので、どうしてもきょう、たまりにたまったパンツを、洗濯《せんたく》しておこうと思った。

山小屋《ごや》を思わせるようなうす暗《ぐら》い用務員室《ようむいんしつ》の、片隅《かたすみ》においてある洗濯機《せんたくき》の前に立つと、窓《まど》から青空がみえた。それはあまりにも透《す》きとおって深《ふか》い青空だった。

私の心ははげしく動かされた。

「こんな天気のいい日に、汚《よご》れたパンツなど洗《あら》っているなんてもったいない。体育館《たいいくかん》へ行こう!! 生徒《せいと》たちと思いきり跳《と》びまわろう!!」と思う間もなく、私は少しばかりの未《み》練《れん》と紙袋《かみぶくろ》をそこにおきざりにしたまま体育館《たいいくかん》へ走った。

放課後《ほうかご》の体育館《たいいくかん》はいつものようにするどいかけ声や足音で、殺気《さっき》だったような活気《かっき》にみちていた。生徒《せいと》たちはマット運動《うんどう》を終《お》えたばかりで、次の種目《しゅもく》に移《うつ》ろうとしていた。体育館《たいいくかん》の入り口に立って礼《れい》をしている私をみつけるや、「きたぞ!!」というようにみんなうれしそうに顔をほころばせて迎《むか》えてくれた。

私は生徒《せいと》たちのそんな顔をみたとき、「やっぱりきてよかった」と思った。


中学生の器械体操《きかいたいそう》は、床《ゆか》、鉄棒《てつぼう》、跳《と》び箱《ばこ》の三種目《しゅもく》で、鉄棒《てつぼう》は危険《きけん》だから、私がいないときはやらないように言ってあったので、みんなは踏《ふ》みきり板《ばん》を使ってジャンプの練習《れんしゅう》をはじめたようだった。

板《いた》の弾力《だんりょく》を利用《りよう》した踏《ふ》みきり板《ばん》は、オリンピックで使われているものと同じで、二、三年前から中学生の器械体操《きかいたいそう》にも取《と》り入《い》れられていた。板《いた》の弾力《だんりょく》をいかにうまく利用《りよう》してジャンプできるかが、跳《と》び箱《ばこ》の大きなポイントだ。

私は女生徒《じょせいと》たちの使っていたマットをかりて準備運動《じゅんびうんどう》と軽《かる》いマット運動《うんどう》をしてから、男子生徒《せいと》たちの練習《れんしゅう》の列《れつ》のなかにはいっていった。踏《ふ》みきり板《ばん》をうまく使えば、体を二メートル以上《いじょう》も浮《う》かすことができ、空中《くうちゅう》を舞《ま》うようなその気分《きぶん》が私は大好《だいす》きだった。

踏《ふ》みきり板《ばん》を前にすると、私はなぜかうれしくなって、胸《むね》が高鳴《たかな》った。

跳《と》び込《こ》み前転《ぜんてん》から前方宙返《ぜんぽうちゅうがえ》り。生徒《せいと》たちがジャンプと回転《かいてん》を同時にしようとするあまり、高く跳躍《ちょうやく》できないので、私は、踏《ふ》みきり、ジャンプ、空中《くうちゅう》での回転《かいてん》、この三段階《だんかい》を極端《きょくたん》に区切《くぎ》ってやってみせた。失敗《しっぱい》しても大丈夫《だいじょうぶ》なように、マットの上にさらに厚《あつ》さ二〇センチのスポンジのマットを敷《し》いておいた。

私はふたたび、踏《ふ》みきり板《ばん》を前方《ぜんぽう》にして立った。

かるく助走《じょそう》をつけ、腕《うで》を振《ふ》りあげながら力強く板《いた》をけって、天井《てんじょう》に向《む》かって跳《と》びあがった。そしていつものように思いきり伸《の》ばした体を、素早《すばや》くボールのように丸めながら回転《かいてん》をつけた。トランポリンでの空中感覚《くうちゅうかんかく》がチラッと頭をかすめた。

と次の瞬間《しゅんかん》、「バアン!!」という音が耳の奥《おく》をおおった。

と同時に、体育館《たいいくかん》の天井《てんじょう》がみえた。複雑《ふくざつ》に組みあわさった天井《てんじょう》の鉄骨《てっこつ》がいつもより遠くに、ゆっくりとまわりながらみえ、北側《きたがわ》半分を使って練習《れんしゅう》していたバスケット部《ぶ》のドリブルの音が、ビンビンと耳にじかにひびいた。

さっきの大きな音は何だったのだろう……。

体育館《たいいくかん》の屋根《やね》に何かがおちたのかもしれない。

……それにしても、おれはいつまで天井《てんじょう》をみているのだろう。つづいて走ってくる生《せい》徒《と》だって待《ま》っているだろうに。

体を起《お》こすことも面倒《めんどう》なほどのなまけ者になってしまったのかなあ……。

ぼんやりと時の流《なが》れをやりすごしていたが、ふと気がつくと、さっきのバスケット部《ぶ》のドリブルの音がやんで、張《は》りつめていた体育館《たいいくかん》の空気が、ざわめきに変《か》わっていた。

そして私のまわりに生徒《せいと》たちの人垣《ひとがき》ができていた。

おれは何をしてるんだ？　いつもならとっくに起《お》きあがっているはずなのに。

どうしていつまでもだらしなく寝《ね》ているのだろう……。

私はあわてて起《お》きあがろうとした。

ところがその気持ちが体のどこにもひっかからないし、ぶつかりもしない。わきあがってはすぐに何ものかにあとかたもなく消《け》されていってしまう。私はあせった。あせったが、どうにも自分では体を動かせなかった。

体じゅうがばかに熱《あつ》く感じられ、手や足が湯気《ゆげ》のように蒸発《じょうはつ》して形がなくなったように思えた。ある不安が頭のすみをよぎった。

私はその不安をたしかめたくなって、心配《しんぱい》そうに私の顔をのぞきこんでいた一年生の岡田《おかだ》に言った。

「手を持ちあげてくれないか」

岡田《おかだ》が私の横から何かを持ちあげた。けれど目にはいらない。

「もっと高く」

岡田《おかだ》のみせてくれたのは、みおぼえのあるたしかに私の太い腕《うで》だった。

しかし、にぎっているはずの岡田《おかだ》の指《ゆび》の感触《かんしょく》も、持ちあげられているという感覚《かんかく》も、私の腕《うで》は感じてはいない。

——氷《こおり》のような冷《つめ》たい孤独感《こどくかん》がどっとおしよせてきた。私は思った。

「これからずーっと、このまま寝《ね》ていなければならないのかな……」

体育館《たいいくかん》の時計《とけい》は五時四十五分をさしていた。

「どうしたん‼ 星野《ほしの》先生‼」

女生徒《じょせいと》の体育《たいいく》を受《う》け持《も》っている田中《たなか》先生が走ってきた。いつまでたっても起《お》きあがろうとしない私のようすを変《へん》に思って、誰《だれ》かが呼《よ》んできたらしい。

「すみません、どうも首をやられてしまったらしいです」

もっとも恐《おそ》れていたことを、私はなるべくなんでもなさそうに言った。

まわりをびっしりととりかこんでいる生徒《せいと》たちの顔の間から、教頭《きょうとう》や他《た》の先生たちの顔がのぞいてみえた。こんな時間にも、ほとんどの先生たちが、学校に残《のこ》っていたことに驚《おどろ》き、そして安心もした。

教師《きょうし》になってわずか二か月。私はまだ学生気分《きぶん》がぬけきれないでいた。生徒《せいと》たちから、「先生」と声をかけられても、すぐ返事《へんじ》ができなかった。

特《とく》にそばに先輩《せんぱい》の先生がいるときは、自分が呼《よ》ばれているかどうかたしかめてからでなくては返事《へんじ》ができなかった。

先輩《せんぱい》の先生の前では、自分自身《じしん》が中学や高校の生徒《せいと》の頃《ころ》のような気分《きぶん》に無意識《むいしき》のうちにもどっていることがよくあった。

一か月ほど前も、やはり跳躍《ちょうやく》の練習《れんしゅう》をしていて、踏《ふ》みきり板《ばん》を割《わ》ってしまったことがあったが、そのときとっさに「先生におこられる‼」と思ってしまった。こっぴどくしかられる自分の姿《すがた》が頭に浮《う》かんでしまって、ひとり苦笑《にがわら》いしてしまった。

田中《たなか》先生は長い間、器械体操《きかいたいそう》をやってきた人だけあって、おおかたの事態《じたい》を察《さっ》し、「内堀《うちぼり》がいいね」と、市内《しない》（高崎《たかさき》）の整形外科病院《せいけいげかびょういん》の名を私の耳元《みみもと》でささやいた。

一刻《いっこく》も早くということで、やむなく学校の小型《こがた》トラックが体育館《たいいくかん》の入り口にまわされ、私はその荷台《にだい》にマットごと運《はこ》びこまれた。

大勢《おおぜい》の生徒《せいと》たちが心配《しんぱい》そうにマットのまわりをとり巻《ま》きながらついてきた。テープを早まわしにしたときのように、いろんな話し声が耳にひびいた。声のなかには、「死んじまえばいいんだ」という生徒《せいと》の言葉《ことば》に、「バカッ」とどなり返《かえ》す田中《たなか》先生の声もあった。

数日前の体育《たいいく》の授業《じゅぎょう》中、カッとなって顔をけとばして、鼻血《はなぢ》を出させてしまった生徒《せいと》の顔が浮《う》かんだ。体育館《たいいくかん》を出るとき、理科《りか》の五十嵐《いがらし》先生に伊勢崎《いせさき》にいる長姉《あね》にも電話《でんわ》してくれるように頼《たの》むころには、言葉《ことば》をとぎれとぎれに言わなければならないほど、私は呼吸《こきゅう》が苦しくなっていた。

トラックの荷台《にだい》に横になった。横になるというより、たおれこんだときの仰向《あおむ》けの姿《し》勢《せい》のまま身動《みうご》きできずにころがっていた。

私は話す気力ももうすでになく、黙《だま》って、しかし目だけは大きく見開《みひら》いていた。目をつぶるのがこわかった。目だけが頼《たよ》りのように思えた。

田中《たなか》先生が運動着《うんどうぎ》をぬいで、私の体の上からそっとかけてくれた。かけられた感触《かんしょく》はなかったが、私の心に先生のあたたかい肌《はだ》のぬくもりが伝わってきた。田中《たなか》先生はやっぱりスポーツの世界に生きている人なんだなあ、としみじみ思った。

私自身《じしん》、長い間スポーツをやってきて、時には仲間《なかま》のけがに立ちあうことがあって、自分の運動着《うんどうぎ》をかけてやるようなこともあったが……。そんなささいなことがこんなにも人の心をなぐさめるとは思いもしなかった。

私を体育館《たいいくかん》にさそったあの青空が、今はすでにむらさき色をおび、夕暮《ゆうぐ》れの身じたくをしていた。

あすも、すばらしく晴れるだろうと思った。


「ハルスですね」

内堀整形外科病院《うちぼりせいけいげかびょういん》の診察室《しんさつしつ》にマットごと運《はこ》びこまれた私の体を、医師《いし》たちが小さなハンマーのような物《もの》でたたきながらうなずきあっている。私は医学用語《いがくようご》を知らないが、ハルスというのが、首の骨《ほね》のけがをさしていう言葉《ことば》だとわかった。

「群大病院《ぐんだいびょういん》へ行ったほうがいいでしょう。電話《でんわ》しておきますから」

ひとりの医師《いし》は言うとあわただしく部屋《へや》を出ていった。

「正面玄関《しょうめんげんかん》はしまっていますから、東の玄関《げんかん》からはいってくださいね」

院長《いんちょう》らしき先生の話がおわらぬうちに救急車《きゅうきゅうしゃ》がやってきて、私はまたマットごと移《うつ》された。生まれてはじめて救急車《きゅうきゅうしゃ》に乗《の》った。高崎《たかさき》から前橋《まえばし》までの道をサイレンを鳴《な》らしっぱなしにつっ走っていく。外できくほどその音は大きくないなと思った。

長い廊下《ろうか》だった。顔の上を天井《てんじょう》の蛍光灯《けいこうとう》がいくつもいくつもあらわれては過《す》ぎていった。

知らせをきいて青ざめる母の姿《すがた》を思った。山あいの小さな村から前橋《まえばし》まで出てくるのに汽車賃《きしゃちん》はあるだろうか。

あすからはじまる予定《よてい》の、榛名湖《はるなこ》での高原学校《こうげんがっこう》はだいじょうぶだろうか。

運動能力《うんどうのうりょく》テストの集計《しゅうけい》がしていなかったけど……。

洗濯機《せんたくき》の前におきっぱなしにしてきたパンツ……、みつけた人は驚《おどろ》くだろうなあ。

アパートの押入《おしい》れのダンボールの間にかくしておいた、もらったばかりのボーナス、あんな所にかくさなければよかった。

――さまざまな思いが、私の頭の中にも螢光灯《けいこうとう》の光のようにあらわれては消《き》えていった。

群大病院整形外科《ぐんだいびょういんせいけいげか》の診察室《しんさつしつ》には、驚《おどろ》くほどたくさんの白衣《はくい》を着《き》た人たちがいた。

ここでもやはりハンマーのようなもので、私のあちこちをたたいているらしかった。

「痛《いた》いかい」

何度も何度も同じことをきかれた。まったく痛《いた》みは感じなかった。

「痛《いた》いかい」

医師《いし》は、それでも執《しつ》ように同じ言葉《ことば》をくり返《かえ》す。どうしてだろう……。

そう思っているうちに、首のあたりが少し痛《いた》くなって、次《つぎ》にちくっという痛《いた》みが走った。こんどは針《はり》で体のあちこちを刺《さ》していたのだ。

針《はり》が首から胸《むね》のほうへと刺《さ》されていく……。ところが首から下部《かぶ》には、いくら針《はり》を刺《さ》されてもなんにも感じなかった。

「ハルスですね」

ぶきみな言葉《ことば》が、ここでも何回となくささやかれていた。


こわれものでも運《はこ》ぶように、私の首と体は何本もの手でささえられ、個室《こしつ》のベッドに移《うつ》された。すぐに、鼻《はな》にゴム管《かん》がさしこまれ、口からシュウシュウと空気があふれ出てきた。先生は酸素《さんそ》だと言った。

息苦《いきぐる》しかったので助《たす》かった。それにしても酸素吸入《さんそきゅうにゅう》をしなければならないとは、やはりたいへんなけがなんだと思った。

若《わか》くてとてもきれいな看護婦《かんごふ》さんが、

「着《き》ているものを取《と》りましょうね」

そう言うなり、ハサミで私の着《き》ている運動着《うんどうぎ》をところかまわず切りはじめた。

体操部《たいそうぶ》の生徒《せいと》とおそろいの、買ったばかりのシャツは、みるみるただの布《ぬの》きれとなってしまった。つぎに下半身《かはんしん》の方《ほう》でジョキジョキ音がしている。短パンを切っているらしい。その下にはいているサポーターも切っちまうのだろうか……!?

ハサミの音がだんだん大きくなるような気がした。


「なあに、けがしちゃったんだって?」

伊勢崎《いせさき》に住んでいる姉夫婦《あねふうふ》がまずかけつけてくれた。私に会う前に、医師《いし》からけがのようすをきいたらしく、一生懸命《いっしょうけんめい》に、ふだんと変《か》わらない話しかたをしようと努力《どりょく》しているのが、私には気《き》の毒《どく》なほど伝《つた》わってきた。私も一生懸命《いっしょうけんめい》、ニコニコした。

トラックに運《はこ》びあげられるとき、この時間じゃ父母《ふぼ》はまだ畑《はたけ》に出ていて連絡《れんらく》がとれないだろうと思い、いちばん上の姉に連絡《れんらく》してくれるように頼《たの》んでおいたのだが、やはりそうしてよかったと思った。いきなり父母《ふぼ》に会うよりは、少しは気持ちが楽《らく》なような気がした。

父母《ふぼ》がかけつけてくれたのは、それから二時間ぐらいあとだったろうか。

やはり田植《たう》えで家にはいなかったらしい。

しかも母の実家《じっか》の田植《たう》えの手伝《てつだ》いにいき、ふだんより遅《おそ》くまで田に出て家に帰ったのは六時半をすぎていたとか。玄関《げんかん》のしきいをまたいだとたん、電話《でんわ》のベルがなっていて、やっと事態《じたい》を知ったとのこと。何度目の電話《でんわ》だったろう。

最初《さいしょ》とりあえず父だけが出かけるということだったが、高崎《たかさき》の学校でけがをしたのにわざわざ前橋《まえばし》の群大病院《ぐんだいびょういん》に入院《にゅういん》したという知らせに、なんとなくいやな予感《よかん》がして、母も同行《どうこう》することになった。なんとか足尾線《あしおせん》の最終気動車《さいしゅうきどうしゃ》に乗《の》り、桐生《きりゅう》でのりかえ、のりつぎして、大急《おおいそ》ぎでかけつけたということであった。

群大病院《ぐんだいびょういん》に入院《にゅういん》、などというと、それは重傷《じゅうしょう》——そんなイメージが私の家ではあったのだ。

病院《びょういん》にかけ込《こ》んできた母の足には、田んぼの泥《どろ》がこびりついていた。


私は父母《ふぼ》の顔をみるのがこわかった。私の教員姿《きょういんすがた》を誰《だれ》よりも喜《よろこ》び、自分たちの楽しみのすべてをすてて、私の大学生活をささえてくれた老《お》いた父と母——。ふたりだけにはけがの重さを知らせたくなかった。特《とく》に母はガックリしてたおれてしまうのではないかと心配《しんぱい》だった。

元気なところをみせたかった。笑顔《えがお》を作りながら、腕《うで》に力を入れようとした。足を動かそうとした。体を起《お》こそうとした。どこも動かなかった!!

おさえこまれて動かないのではない。チェーンのはずれた自転車《じてんしゃ》のペダルを踏《ふ》んだときのように、体のどこにも力がひっかからなかった。

つらいというより、不思議《ふしぎ》でならなかった。

ついさっきまで、あんなに動きまわっていた私が、自分でも気づかないほどの一瞬《いっしゅん》の間《ま》にまったく別《べつ》の体に変《か》わってしまったなんて!!

きっと夢《ゆめ》をみているのだと思った。夢《ゆめ》ではこういうことはよくあった。朝になればいつものように、あの六畳《じょう》のアパートの汚《よご》れた畳《たたみ》の上でめざめるにちがいない。この白い天井《てんじょう》も、ひっきりなしに出入りする看護婦《かんごふ》さんも血圧計《けつあつけい》も消《き》えて、あわただしく朝食《ちょうしょく》を食《く》いながら、いやな夢《ゆめ》をみたものだと思うにちがいない。

私は目をつぶった。めざめるときがアパートの朝であればよいのだ——。

「眠《ねむ》っているんかい」

久《ひさ》しぶりにきく母の声に、おそるおそる目を開《ひら》いた。やっぱり病院《びょういん》だった。第《だい》一、少しも眠《ねむ》っていないし、目を閉《と》じてから十分《じっぷん》も過《す》ぎてはいなかった。母の声はうわずっていた。私は力のかぎり元気な声で言った。

「ごくろうさん。母ちゃん、しっかりしなければだめだよ」

夜中じゅう、医師《いし》や看護婦《かんごふ》さんがひっきりなしにきては、脈《みゃく》をみたり、聴診器《ちょうしんき》をあてていくのが、けがの重さをものがたるようで不安だった。

明《あ》けがた、少し眠《ねむ》ったらしかったが、三十分おきに血圧《けつあつ》をはかりにきていた看護婦《かんごふ》さんに、「だいじょうぶです」などというようなことを必死《ひっし》で答えた。

■手はどこに■

六月十八日

輸血《ゆけつ》が必要《ひつよう》だということになった。きのうから病院《びょういん》の廊下《ろうか》で夜どおし待機《たいき》してくれていた大学時代の友人や、体操部《たいそうぶ》の後輩《こうはい》たちにそのことを頼《たの》むと、体育科《たいいくか》と寮《りょう》で集《あつ》めるからまかせてくださ い、と言って帰っていった。

後輩《こうはい》たちが帰ったあと、私のけがを、彼《かれ》ら、特《とく》に体育《たいいく》を専攻《せんこう》している者たちがどのように受《う》けとめるだろうか、と思ったら、このけがが、自分だけのものではないような気がして、責任《せきにん》を感じてしまった。私のけがのために、毎日の練習《れんしゅう》を危険《きけん》で恐《おそ》ろしいもののように思うようになってほしくはなかった。

それにしても、出血《しゅっけつ》もないのになぜ輸血《ゆけつ》が必要《ひつよう》なのだろうか。

これから次々と、たいへんなことが起《お》こってくるような予感《よかん》に体がふるえた。

「二年生は予定《よてい》どおり高原学校《こうげんがっこう》に出発《しゅっぱつ》したので安心してゆっくり休んでください」

倉賀野《くらがの》中の先生たちがやってきて、励《はげ》ましてくれた。

きのうからずっと膝《ひざ》を立てて寝《ね》ているような気がした。疲《つか》れてしかたがないので、膝《ひざ》を伸《の》ばしてくれるよう、付《つ》き添《そ》ってくれている長姉《あね》に頼《たの》むと、足はちゃんと伸《の》びているよと言う。しかし、どうしても膝《ひざ》を立てている感じがぬけないので、何度もたしかめてもらった。結局《けっきょく》、錯覚《さっかく》なんだと自分に言いきかせたが、やっぱり膝《ひざ》が伸《の》びてはくれなかった。自分の意志《いし》とは無関係《むかんけい》に、膝《ひざ》が曲《ま》がっているように思えてしまう。それだけで頭の中が煮《に》えくり返《かえ》るほど苛立《いらだ》ってしまった。

「もういやだ!!　こんなのいやだよォ!!」

泣《な》きながら長姉《あね》に向《む》かって叫《さけ》んでいた。

「そんなこといったって……、今はしようがないんだよ。もう少しがまんしなよ……ね」

長姉《あね》も泣《な》きそうな顔だった。

涙《なみだ》がどっとあふれてきた。ベッドのまわりでは先生たちが私の顔をみている。情《なさ》けない顔をみせたくなかったが、涙《なみだ》はせきをきったように次から次とあふれ出てきた。たまらなくなって思わず手で顔を被《おお》おうとした。が、手がどこにあるのかわからない!!

顔の上に丸い電灯《でんとう》がある。横を向《む》くことすらできない顔にとめどなく流《なが》れる涙《なみだ》を、明《あか》りが容赦《ようしゃ》なく照《て》らしつけた。

私は、自分の体がほんとうに動けなくなってしまったのだと思い知らされた。

六月十九日

お見舞《みま》いにきてくれる人があまりに多いので、姉たちが驚《おどろ》いていた。

「おれだって結構《けっこう》顔が広いんだから……」

私は少し得意《とくい》になって言ったものの、それにしてもばかに多すぎると思った。きてくれる人の数が多いほど、けがも重いのにちがいない。そう思ったら不安も拡大《かくだい》された。誰《だれ》が知らせたのか、東京《とうきょう》にいる山仲間《なかま》たちまで、続々《ぞくぞく》とやってきた。

「ついにやったか。おまえは今まで無事《ぶじ》だったのが不思議《ふしぎ》なくらいだったんだ。まあこの際《さい》ゆっくり休めよ。これで当分《とうぶん》山が静《しず》かになる」

などと言って部屋《へや》を出ていった。

入れかわるように、看護婦《かんごふ》さんがハサミとカミソリを持ってきて、

「牽引《けんいん》をしますから、髪《かみ》の毛《け》をそりますよ」

と言うなり、私の長めの髪《かみ》をバサバサと切りはじめた。

牽引《けんいん》というのは、頭部《とうぶ》に重りをぶらさげてうしろから引っぱって、ずれている首の骨《ほね》をまっすぐに治《なお》すことらしい。だけど髪《かみ》の毛《け》をそる必要《ひつよう》があるのだろうか。頭に接着剤《せっちゃくざい》でもぬって引っぱるのだろうか。

長姉《あね》と話しあっていたら、数人の医師《いし》が部屋《へや》にはいってきた。そして、ジィーンとモーターをまわす音をさせたかと思うと、なんとそれはドリルの音で、髪《かみ》をそってツルツルになった頭の脳天《のうてん》に穴《あな》をあけはじめたのである!!

「つきぬけないようにしなければなあ」

などと言いながら穴《あな》を二つあけている。骨《ほね》の焼《や》けるにおいが鼻《はな》をついた。

あいた二つの穴《あな》に金具《かなぐ》をくわえこませ、その先《さき》に重りが下げられているらしく、ベッドにつけられた滑車《かっしゃ》とその重りで、私の頭は後部《こうぶ》へしっかり引っぱられた。

荒《あら》っぽいわりには、どこも痛《いた》くなく、首も少し楽《らく》になったような気がした。なによりもそれで、ずれた首の骨《ほね》が元《もと》どおりになると思ったらうれしかった。

あすから、少しずつ重量《じゅうりょう》をふやしていくということだった。

歯《は》をかみあわせると顔じゅうに金属《きんぞく》の響《ひび》きが広がった。

「鉄腕《てつわん》アトムになったようだよ」

私は歯《は》をガチガチとかみ合わせてみせた。

医師《いし》の話では、首は七個《こ》の骨《ほね》がつながっていて、私の場合《ばあい》、その中の、四番目と五番目の間がずれたため、中を通っている神経《しんけい》が異常《いじょう》をきたしている、ということだった。


〈医師《いし》のカルテより〉所見《しょけん》＝群馬大学病院整形外科《ぐんまだいがくびょういんせいけいげか》・担当医《たんとうい》 西村《にしむら》

クラブ活動《かつどう》の模範演技《もはんえんぎ》で空中回転《くうちゅうかいてん》したとき誤《あやま》って頭部《とうぶ》より転落《てんらく》。

頸部《けいぶ》を強打《きょうだ》。入院《にゅういん》時、四肢完全麻痺《ししかんぜんまひ》、胸骨上縁《きょうこつじょうえん》以下《いか》の知覚障害《ちかくしょうがい》あり反応《はんのう》もにぶい。

腹式呼吸《ふくしきこきゅう》だけによるきわめて浅《あさ》い呼吸《こきゅう》。

発熱《はつねつ》あり、呼吸停止《こきゅうていし》や心臓停止《しんぞうていし》をおこしやすく予断《よだん》を許《ゆる》さない状態《じょうたい》。

尿閉《にょうへい》、膀胱直腸障害《ぼうこうちょくちょうしょうがい》あり、血圧低下《けつあつていか》、ショック状態《じょうたい》。

しきりに頸部痛《けいぶつう》を訴《うった》える。酸素吸入《さんそきゅうにゅう》や静脈切開《じょうみゃくせっかい》などの処置《しょち》を行《おこな》う。

病名《びょうめい》 第《だい》四頸椎前方脱臼骨折《けいついぜんぽうだっきゅうこっせつ》、頸髄損傷《けいずいそんしょう》。

19日 脱臼《だっきゅう》した頸椎《けいつい》を整復《せいふく》するために、頭蓋骨《ずがいこつ》に穴《あな》をあけて牽引《けんいん》。

呼吸依然浅《こきゅういぜんあさ》く苦しそう。

六月二十日

山仲間《なかま》は夜も帰らずに廊下《ろうか》や車の中で夜を過《す》ごしてくれている。

「俺《おれ》たちがそばに居《お》る、がんばれ!!」という伝言《でんごん》がとどいた。

心強かった。友だちはほんとにありがたいと思った。


呼吸《こきゅう》がどういうわけだかとても苦しく、思いきり息《いき》を吸《す》っても、半分ぐらいはいったかと思うとそこで止まってしまう。胸《むね》が鉄《てつ》わくでしめつけられているようで苦しい。短い言葉《ことば》でもとちゅうで何度も息《いき》を吸《す》いなおさなければ言えず、体じゅうの力をふりしぼって、空気を吸《す》いこむことに専念《せんねん》しなければならなかった。

鼻《はな》に差《さ》しこんでいた酸素吸入《さんそきゅうにゅう》の管《くだ》がもとで鼻血《はなぢ》が出て止まらなくなってしまった。

そこで鼻《はな》にはガーゼをつめこまれ、酸素《さんそ》マスクをこんどは口にはめられた。

一生懸命《いっしょうけんめい》口で呼吸《こきゅう》しても空気がたらないのか苦しく、苦しくなってすぐ深呼吸《しんこきゅう》……。

これをくり返《かえ》していてくたくたに疲《つか》れてしまい、呼吸《こきゅう》することすらもうどうでもよくなってしまう。

こんなことがいつまでつづくのだろうと思ったら、真《ま》っ黒《くろ》く重いかたまりが胸《むね》の中をよぎった。

「もしかしたら俺《おれ》は今……あぶない時にきているんではないだろうか」

父や母、姉たちの顔をじっとみた。

さびしさがどっと押《お》しよせてきた。

死!?　死はこんなにも簡単《かんたん》にやってくるものなのだろうか……。

そんなことはない!!

俺《おれ》はついさっきまであんなに元気だったじゃあないか。俺《おれ》は人一倍《ひといちばい》、健康《けんこう》で力があったじゃないか……。俺《おれ》はまだ若《わか》いではないか。死なんて、ずっと遠くにあるはずだ……。

そんなことはない!!

絶対《ぜったい》そんなことはない!!

息《いき》を吐《は》きだすごとに自分に叫《さけ》ぶように言いきかせた。

医師《いし》がひっきりなしにやってきて、私の胸《むね》に聴診器《ちょうしんき》をあてた。

体じゅうにチアノーゼが出ているという。

よくわからなかったが、酸素不足《さんそぶそく》のために体に紫色《むらさきいろ》の斑点《はんてん》が出ているらしい。


私の記憶《きおく》のいちばん遠くに薄《うす》白い風景《ふうけい》がある。

そこには広い階段《かいだん》と長い廊下《ろうか》がみえる。

私はたったひとりで階段《かいだん》をあがったりおりたりして遊《あそ》んでいる。

階段《かいだん》をあがりきると、その先《さき》に長い廊下《ろうか》がのびている。私はその廊下《ろうか》をずーっと歩いて行きたいと思って数歩《すうほ》踏《ふ》み出してみるのだが、恐《こわ》くなってすぐひきかえしては、階段《かいだん》をおり、またあがる。今度はさっきより少し遠くまで廊下《ろうか》を歩いてみる。

その先《さき》に大勢《おおぜい》の人がうしろ向《む》きにすわっている。

壁《かべ》にはいっぱいクギが打《う》ってあり、ほうきや雑巾《ぞうきん》がぶらさがっている。

私は四つんばいになって、その壁《かべ》にそって行ったりきたりしている。

そこがどこなのかわからなかった。いつのことなのかもわからなかった——。

大きくなって姉からきいた話をあてはめてみると、どうもそこは小学校だったようだ。

私が五歳《さい》のとき、母が肺炎《はいえん》になり長く寝《ね》こんだことがあったそうだ。

その時、次姉《あね》が私を学校につれていき、子守《こも》りをしながら勉強《べんきょう》をした。

授業中《じゅぎょう》、私は教室《きょうしつ》のうしろで遊《あそ》び、あきると廊下《ろうか》に出たり階段《かいだん》で遊《あそ》んでいたという。

「先生もクラスのみんなも、富弘《とみひろ》をすごくかわいがってくれたよ」

あのとき、次姉《あね》はうれしそうに思い出を話してくれたっけ――。


小さい頃《ころ》のことがしきりに頭の中に現《あらわ》れては消《き》えていった。

村の盆踊《ぼんおど》りに母に手をひかれて出かけた。赤いちょうちんがゆらゆらと揺《ゆ》れて、はちまきをしたおじさんが、顔を光らせて、八木節《やぎぶし》をうたっていた。つづみや鐘《かね》のおはやしが、地の底《そこ》からわきあがるようにきこえた。私はつづみの音に体をふるわせているのだけれど、恥《は》ずかしくて踊《おど》りの輪《わ》の中にはいっていくことができないでいた。

こんなこともあった。

舞台《ぶたい》では村の青年団《せいねんだん》が演芸会《えんげいかい》をやっている。みると、長姉《あね》が美しい着物《きもの》を着《き》て扇子《せんす》を持って踊《おど》っている。私はいちばん前で長姉《あね》をみようと母のそばを離《はな》れ、人をかきわけて前に進《すす》み出た。黄色《きいろ》い光の輪《わ》の中で、踊《おど》っている長姉《あね》はあまりにも美しく、なんだか私の姉ではなくなってしまったようでさびしくなってしまった。

あわてて私は母の所にもどろうとしたが、いくらさがしても母はみつからなかった。

私は、薄暗《うすぐら》いちょうちんの灯《あか》りに照《て》らされた人々の顔をひとりひとりみあげては、母の顔をさがした。

疲《つか》れて、人ごみを少し離《はな》れてみると、夜のお寺はまっ暗《くら》で、その暗闇《くらやみ》は、何千もの死んだ人たちの影《かげ》の重《かさ》なりのようだった——。


どうしてこんなに小さい頃《ころ》のことが懐《なつ》かしいのだろう。

七人姉弟《きょうだい》の五番目に生まれた私は、ほとんど姉の子守《こも》りで育《そだ》てられた。

その姉がそばに付《つ》き添《そ》ってくれているせいだろうか。

せつないほど小さい頃《ころ》のことが知りたかった。私の知らない、私の小さい頃《ころ》を話してくれるように姉に頼《たの》むと、姉はなぜ急《きゅう》にそんなことを言いだしたのかと、とまどったようすで、それでも私の小さい頃《ころ》のことを記憶《きおく》の中にさがしているようだった。

「富弘《とみひろ》の赤《あか》ん坊《ぼう》の頃《ころ》ってどうだったんだっけな」

二番目の姉が口火《くちび》を切った。

「ほら、山につれていって木《こ》の葉《は》の中にねかせちゃった話さ」

私はせかせるように言った。

「なんだ知っているんじゃあない」

「ずっと前にきいたことがあるような気がするんだ……」

「富弘《とみひろ》はね……。まぶたの上を指《ゆび》で軽《かる》くおさえてやるとすぐ眠《ねむ》っちゃったんだよ」

姉は、子どもに昔話《むかしばなし》を話してきかせるように、私の小さい頃《ころ》のことを話しはじめた。

私は目をとじた。まぶたを通して天井《てんじょう》の電灯《でんとう》の明《あか》りがすけてみえた。

このまぶたを、姉の小さな指《ゆび》がそっとふれたという、私の幼《おさな》い頃《ころ》の日を思った。

「みんなで山に木《こ》の葉《は》をかき集《あつ》めに行った時にね、山の中で富弘《とみひろ》が眠《ねむ》ってしまったの。

私たちがふざけて富弘《とみひろ》の体の上に木《こ》の葉《は》をかけて遊《あそ》んだりしているうちに、遊《あそ》ぶのに夢《む》中《ちゅう》になって、富弘《とみひろ》のこと忘《わす》れてしまったのよね。気がついたら、富弘《とみひろ》をどこに埋《う》めたのかわからなくなってしまって……。私と正枝《まさえ》で、青くなってそこいらじゅうの木《こ》の葉《は》をかきわけてさがしたのよ。やっとみつけたとき、ちゃんと木《こ》の葉《は》の中ですやすや眠《ねむ》っていたんだから……、のんきなものよね」

私の知らない私。やすらかで、きっと幸《しあわ》せそうな顔をして眠《ねむ》っていたのにちがいない。

父も母も貧乏《びんぼう》だった。でも、なんてあたたかく育《そだ》てられたのだろう。

それがこんなに簡単《かんたん》に終《お》わってしまうのだろうか。

「いやだ!! 絶対《ぜったい》にいやだァ!!」

何もいらない。今までの日々が全部《ぜんぶ》なくなってもいい。しかし、もう一度だけ、あの木《こ》の葉《は》の中に自分をもどしてほしい!! と思った。


〈姉の回想《かいそう》〉

私たちがかけつけたときは元気な顔なのでホッとしたのですが、主治医《しゅじい》の先生にレントゲン検査《けんさ》の結果《けっか》、首の骨《ほね》が折《お》れて呼吸停止《こきゅうていし》がいつくるか、とにかく重体《じゅうたい》であるときかされ信《しん》じられませんでした。

肩《かた》の一部《いちぶ》より下が麻痺《まひ》しているとのこと。手で触《ふ》れてもなんの反応《はんのう》もありません。

頑健《がんけん》で頼《たの》もしい限《かぎ》りの体に酸素《さんそ》吸入《きゅうにゅう》や点滴《てんてき》、輸血《ゆけつ》……といろんな管《くだ》がさしこまれているのを目の前にすると途方《とほう》にくれてしまって。

本人はあんなになってまで元気な振《ふ》りして安心させようと話しかけてきます。

幼《おさな》い頃《ころ》の話を求《もと》められても何を話してやればよいのか、気持ちはあせるばかりで悲《かな》しくてたまりませんでした。

Ⅱ 母を道づれに

［'70・6・21～8・30］

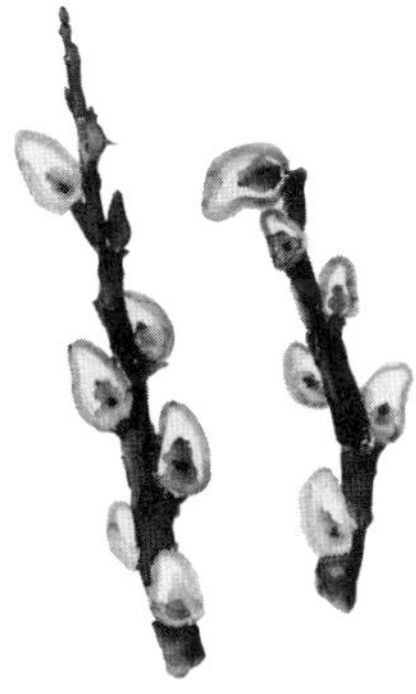

■人工呼吸器《じんこうこきゅうき》■

六月二十二日　夜半《やはん》

真夜中《まよなか》だったが、顔の上にはこうこうと電灯《でんとう》が灯《とも》っていた。電灯《でんとう》の真《ま》ん中《なか》にはしみがあって、うつろな人の顔をしていた。

腕立《うでた》て伏《ふ》せの数をかぞえるようにして息《いき》をすいこむのも、もうヘトヘトに疲《つか》れてしまい、時々呼吸《こきゅう》を休むと、顔をのぞきこんでいた姉たちの顔がぼんやりとかすんでしまった。

母は具合《ぐあい》が悪《わる》くなってしまい、家に帰ったということだった。

見舞《みま》いにきてくれた人たちがみんなで応援《おうえん》するかのように、私に合わせて呼吸《こきゅう》をしていた。と、私の胸《むね》がけいれんしていると言いながら、だれかが廊下《ろうか》に飛《と》び出していった。

すぐに医師《いし》が走ってきた。

「疲《つか》れてどうしようもありません」

私は助けを求《もと》めるようにかすかな声で医師《いし》に言った。

しばらくすると、四、五人の医師《いし》もやってきて、

「呼吸《こきゅう》が楽《らく》になるように気管切開《きかんせっかい》をしますから。しばらく声が出せなくなりますが、すぐに楽《らく》になりますから、安心していなさい」

医師《いし》たちは、麻酔科《ますいか》と耳鼻科《じびか》の先生たちだった。

私は目かくしされ、あごの下でなんどか金属《きんぞく》のふれあう音がして、私ののどに穴《あな》があけられ、管《くだ》のようなものがさしこまれた。

そして、シュウシュウという音とともに、ものすごい勢《いきお》いで、胸《むね》の中に空気が送《おく》りこまれてきた。

私が呼吸《こきゅう》するかのように、器械《きかい》が肺《はい》に空気を送《おく》りこんでくれたのである。

私は体の力を抜《ぬ》いて、器械《きかい》が呼吸《こきゅう》してくれるのにまかせていればよくなった。

体がみるみる楽《らく》になった。――ありがたいものがあるんだなあ。

助《たす》かったと思ったとたん、今までの疲《つか》れがドッとおしよせてきて、眠《ねむ》くなってしまった。声はまったく出なくなっていた。

人間《にんげん》てぜいたくにできていると思った。

呼吸《こきゅう》の苦しみ（というより死の苦しみといったほうがいいかもしれない）から、こんどは声が出せないことが、最大《さいだい》の苦痛《くつう》になってしまった。

体を動かせない、うなずけない、声も出せない――ということは、自分の意志《いし》を人に伝えることがほとんどできないということでもある。

目は口ほどにものを言う、とよく言われるが、そうなってみると、目もたいして役《やく》にはたたなかった。自分の言いたいことが、他人《たにん》にわかってもらえないというのもつらかったが、何もできないというのも苦しかった。

身動《みうご》きできなくても、声が出せたときは話をして気をまぎらわせることもできた。

しかし、すべての表現《ひょうげん》の手段《しゅだん》を奪《うば》われてしまった私は、ただただ、部屋《へや》の天井《てんじょう》をみつめたまま、目をパチクリさせているほかは、何一つ自分でできることはなくなってしまった。

不思議《ふしぎ》なことに、声が出せないと、耳まできこえなくなってしまうと錯覚《さっかく》してしまうらしく、姉たちも私に話しかけるのをぴたりとやめてしまった。

病室《びょうしつ》には、呼吸器《こきゅうき》の音だけが重くひびいている。部屋《へや》にいる人たちは、みな催眠術《さいみんじゅつ》にかかったかのように、その呼吸器《こきゅうき》の音にあわせて呼吸《こきゅう》していた。
〝面会謝絶《めんかいしゃぜつ》〟になってしまったらしく、聞きおぼえのある声がドア一枚《まい》をへだてた廊下《ろうか》でしているかと思うと、そのままみんな帰っていってしまう。

さみしい。つくづくさみしい。

父と母、妹と弟、四人の姉夫婦《あねふうふ》、それぞれが組になって交代《こうたい》で付《つ》き添《そ》ってくれた。しかし、みんな、ほとんど眠《ねむ》っていないらしく、へとへとに疲《つか》れてしまっている。

申《もう》しわけないと思う。

倉賀野《くらがの》中の先生たちも授業《じゅぎょう》が終《お》わると三、四時間、付《つ》き添《そ》いを代《か》わってくれた。

「用務員室《ようむいんしつ》においてあった下着《したぎ》、洗濯《せんたく》しておいたからね。それにしてもずいぶんためたね」

養護《ようご》の村木《むらき》先生が言った。生徒《せいと》たちはその日、おびただしい数のパンツが渡《わた》り廊下《ろうか》のそばに干《ほ》してあるのをみて、不思議《ふしぎ》に思っていたと言った。

高校、大学と同じでクラブも同じだった先輩《せんぱい》が、部屋《へや》にはいってきた。面会謝絶《めんかいしゃぜつ》中だったけれど、親《した》しい人だったので、特別《とくべつ》に病室《びょうしつ》にはいってもらった。私は口がきけないけれど、つきあいの長いその人なら話をしなくても何かつうじるものがあるような気がして、その先輩《せんぱい》の目をじっとみつめ、心の中で、

「先輩《せんぱい》、心配《しんぱい》かけてすみません。きょうはわざわざきてくださって、ほんとにありがとうございます。先輩《せんぱい》に会えてうれしいです」

と言った。

先輩《せんぱい》も私の顔をだまってじっとみつめ、視線《しせん》と視線《しせん》が握手《あくしゅ》でもするようにからみあうのを感じた。

「星野《ほしの》、がんばれよ、早くよくなるんだぞ」

先輩《せんぱい》の目も私にやさしく語《かた》りかけているような気がした。

――わかってもらえたんだなあ――。

私は感激《かんげき》してしまった。

が次の瞬間《しゅんかん》、先輩《せんぱい》は、私の姉にむかって、声をつまらせて言った。

「頭もおかしくなってしまったんですか」

私はなんとか自分の気持ちを伝《つた》えたいと思った。

口の開《ひら》きかたで言葉《ことば》を読みとってもらうよりしかたがない。口をパクパクさせて、口《くち》元《もと》に注意《ちゅうい》をひかせた。そしてひとことひとこと大きく口をあけて、言葉《ことば》を作った。私と同じように、長姉《あね》たちも大きく口をあけて声を出して、私の口のかたちを真似《まね》ながら言葉《ことば》を読みとろうとしている。

けれどまるっきりトンチンカンなことを言ってしまう。最初《さいしょ》のうちは、あまりのもどかしさにイライラしたが、しだいにそれがおもしろくなって、なんにもできないで、ベッドにくくりつけられてただ横たわっている私の、一つのレクリエーションとなった。

病室《びょうしつ》に四人いれば四人が全員《ぜんいん》、大きく口をあけて〝アー〟〝オー〟と、混声合唱《こんせいがっしょう》の練習《れんしゅう》風景《ふうけい》をおもわせるようなことを、真剣《しんけん》に必死《ひっし》になってやった。

しかし真剣《しんけん》になるということはすごいもので、数日こんなことをくり返《かえ》しているうちに姉たちは、私の声のない言葉《ことば》をかなり正確《せいかく》に読みとってくれるようになった。

五十音の表《ひょう》をつくって、それを指《ゆび》さしてくれたら……、もっと正確《せいかく》に早くわかってもらえるのだが……、と思いついた。がそのことをなかなか伝《つた》えることができない。

ある日、三番目の姉がそのことにやっと気づいてくれて、待望《たいぼう》の五十音の表《ひょう》を作ってくれた。ところが文字《もじ》を順番《じゅんばん》に指《ゆび》さしても、私はうなずくことさえできない。

考えたすえ、目当《めあ》ての文字《もじ》の所で「それだッ」という顔をしてニッコリ笑《わら》うことにした。

しかし、暗《くら》く閉《と》ざされた気持ちのなかで、顔だけニッコリするなんてつらい。つらいけれど他《た》に方法《ほうほう》がない。こんなことをしているうち、舌《した》をチョンとならせばよいことに気づいた。五十音表《ひょう》も〝あ〟から順《じゅん》に全部《ぜんぶ》を指《ゆび》さすのではなく、最初《さいしょ》に行《ぎょう》をみつけ、次にその行《ぎょう》の文字《もじ》をみつける……。

あとになってみれば「なんだそんなこと」と思うような簡単《かんたん》なことも、この時はなかなか思いつかなかった。死の恐怖《きょうふ》の中で、みんな夢中《むちゅう》だった。

食べものを噛《か》むとき、あごが動いて首のけがをしたところに負担《ふたん》がかかってよくないというので、流動食《りゅうどうしょく》を口から胃《い》までさしこんだ管《くだ》で食べた。

しかし食べたという感じがまったくなく、何かを噛《か》みたくてしかたがない。

口をぱくぱくさせていると、長姉《あね》が私の気持ちを察《さっ》してくれて、

「なめるだけよ、絶対《ぜったい》に噛《か》んじゃだめだからね」

と言って、ガムを口に少しさしこんでくれた。舌先《したさき》でなめていると、がまんできなくなって長姉《あね》の手からガムを噛《か》みとると、ムシャムシャ噛《か》んだ。

長姉《あね》は真《ま》っ青《さお》になって私の口の中に指《ゆび》をつっこみ、ガムを取《と》ろうとする。私は取《と》られまいとして長姉《あね》の指《ゆび》まで強く噛《か》んだ。

しかし長姉《あね》はどんなに強く噛《か》まれても、私の口から指《ゆび》をはずさなかった。たった一枚《まい》のガム……、私は何に代《か》えても失《うしな》いたくなかった。長姉《あね》の指《ゆび》を食いちぎってでも欲《ほ》しかった。

食べものが食べられないということは、人間をこれほどまでにしてしまうのか……。落《お》ち着《つ》いてみると、自分ながら恐《おそ》ろしいと思った。

私の言いたいことをわかってもらうには、気が遠くなるほどの時間がかかった。それでも少しは慣《な》れてくると、短い単語《たんご》から、しだいに長く複雑《ふくざつ》な用件《ようけん》も伝《つた》えられるようになった。ただ長くなると、伝《つた》え終《お》わるころには最初《さいしょ》の言葉《ことば》を忘《わす》れられてしまうこともしばしばだった。母や姉たちは平《ひら》あやまりにあやまった。用件《ようけん》を伝《つた》えるばかりではなく、退屈《たいくつ》しのぎでもあったので、そんなときはまちがいも結構《けっこう》楽しかった。

流動食用《りゅうどうしょく》の管《くだ》のわきから、水のようなものなら流《なが》しこんでもよいと許可《きょか》がおりた。

そこで私はジュースを飲《の》みたいと伝《つた》えようとした。私は〝ジュース〟といった。

作った五十音表《ひょう》には濁点《だくてん》がない。みんなはシューズと解釈《かいしゃく》して、

「靴《くつ》がはきたいんだって、よわったなあ。……富弘《とみひろ》ね、靴《くつ》は体が治《なお》ってからはきなさい、ベッドの下においておくから」

などと言って、靴《くつ》を私の顔の上にかかげてみせてくれる。

電灯《でんとう》がまぶしいとき、〝デンキ〟というと、誰《だれ》かが窓の所へ急いでいって、しばらく空をながめて、

「きょうはくもりみたいネ」

――!!

私は表《ひょう》を使って怒《おこ》った。

「マヌケ、シッカリシロ」

〈カルテより〉

6月22日呼吸困難《こきゅうこんなん》のため、気管切開《きかんせっかい》にふみきり、人工呼吸器《じんこうこきゅうき》を使用《しよう》。

常《つね》に死《し》が目前《もくぜん》に迫《せま》っている状況《じょうきょう》で、気管切開手術《きかんせっかいしゅじゅつ》の際《さい》も呼吸停止《こきゅうていし》との闘《たたか》いであった。

術後《じゅつご》も高熱《こうねつ》がつづき、肺炎《はいえん》や尿路感染《にょうろかんせん》などを併発《へいはつ》。

術後《じゅつご》は人工呼吸器《じんこうこきゅうき》と彼《かれ》のずばぬけて強い体力《たいりょく》によって呼吸維持《こきゅういじ》。

（人間《にんげん》の首は七個《こ》の頸椎《けいつい》がたてにつながり、それぞれから手足など全身《ぜんしん》を動かす運動神《うんどうしん》経《けい》その他《た》が出ている。

彼《かれ》の場合《ばあい》、上から四個《こ》めのところを脱臼骨折《だっきゅうこっせつ》していた。

したがって、三個《こ》めまでは肩《かた》から上体《じょうたい》の機能《きのう》を支配《しはい》しているため異常《いじょう》はないが、それより下方全身《かほうぜんしん》に麻痺《まひ》がおこった。

たいてい彼《かれ》のようなけがの場合《ばあい》、窒息死《ちっそくし》する例《れい》が多いが、たまたま横隔膜《おうかくまく》を動かす神《しん》経《けい》が四個《こ》めのすぐ上から出ていて無事《ぶじ》だったため、かろうじて腹式呼吸《ふくしきこきゅう》が可能《かのう》であった。

しかし体力等《たいりょくとう》も低下《ていか》していて、普通《ふつう》の人の2分の1以下《いか》の呼吸量《こきゅうりょう》をやっと維持《いじ》している状態《じょうたい》で、常《つね》に危険《きけん》だった。）

〈母の回想《かいそう》〉

人工呼吸器《じんこうこきゅうき》は救《すく》いの神《かみ》でした。けれども手術後高熱《しゅじゅつごこうねつ》が出、血圧《けつあつ》も脈《みゃく》も乱《みだ》れ危険状態《きけんじょうたい》がつづきまんじりともできません。体を七か所で冷《ひ》やしている氷《こおり》の溶《と》けることのなんと早いこと。それに、気管《きかん》に痰《たん》がつまるようになり、吸引《きゅういん》しなければなりませんが、これがとても苦しくてたまらないらしく、それもひんぱんなのでつらくてみていられません。

二日ほど高熱《こうねつ》もつづき、少し衰弱《すいじゃく》がみえはじめましたが、心臓《しんぞう》がタフなのを頼《たの》みに、器械《きかい》と富弘《とみひろ》をみつめて夜をあかしました。

この人工呼吸器《じんこうこきゅうき》は、他の科にあった一台をお借りしたものらしく、大きな箱にたくさんのツマミのついたもので、ボコボコと常時音《じょうじおん》が出ていて、人の呼吸《こきゅう》にあわせて酸素《さんそ》を送《おく》り出《だ》すたびにシュー、シュー、とすごく大きな音がします。

わが身を切《き》り刻《きざ》んででも生きる力を富弘《とみひろ》の体の中に送《おく》りこみたい!! そんな思いでその音にあわせて呼吸《こきゅう》しました。

体はもちろん動きませんし、頭部《とうぶ》も固定《こてい》されて微動《びどう》だに許《ゆる》されません。そして気管切開後《きかんせっかいご》は声もまったく出せなくなりました。

くる日もくる日も天井《てんじょう》をみあげて過《す》ごしています。

意識《いしき》がはっきりしているだけに、富弘《とみひろ》の気持ちには測《はか》りしれないものがあろうかと、そばにいるのもつらく、涙《なみだ》ばかり流《なが》していました。

がんばらなければ！

六月二十七日

十日め。もうみんなもバテて限界《げんかい》にきているようだった。

入院《にゅういん》した日から、あまり眠《ねむ》りもせずに付《つ》き添《そ》っている母や姉たちのために、婦長《ふちょう》さんが三人部屋《べや》をあけて休めるようにしてくれた。

横たわる私の体には、口から胃《い》までは流動食《りゅうどうしょく》用の管《くだ》がさしこまれ、のどの気管切開《きかんせっかい》した穴《あな》から人工呼吸《じんこうこきゅう》用の酸素《さんそ》の管《くだ》がセットされ、腕《うで》と脚《あし》には、点滴《てんてき》用の管《くだ》がさしこまれ、円座《えんざ》の上にのせた頭部《とうぶ》には牽引《けんいん》の重りがぶらさげられ、下半身《かはんしん》のほうには導尿《どうにょう》の管《くだ》が取《と》りつけられている……。

それら一つ一つのチェックから、鼻血《はなぢ》を止めるためにおしこんだガーゼや、のどにたまる痰《たん》の吸引《きゅういん》、体温《たいおん》と血圧《けつあつ》の測定《そくてい》などのため、看護婦《かんごふ》さんたちはひっきりなしに部屋《へや》を出たりはいったりしている。私はほんとうに手のかかる患者《かんじゃ》である。

この大学病院《びょういん》にはいってまもない西村医師《にしむらいし》は、当直《とうちょく》のときひと晩《ばん》じゅう私のそばについてくれた。そして、

「人間の体は一か所がだめになっても他《た》の所が強くなって、だめになった所を助けるようにできているんだよ」

と話してくれた。私のために一生懸命《いっしょうけんめい》に働《はたら》いている人たちをみていると、

「がんばらなければ!!」

と思わずにいられなかった。

といって、この先《さき》を思っても真《ま》っ黒《くろ》に閉《と》ざされていて、ただただ、今のこの時間が過《す》ぎてゆくことが救《すく》いだった。


いつのまにか舌《した》をならすと「頭が痛《いた》い」という合図《あいず》になった。

全身《ぜんしん》のなかで、わずかに感覚《かんかく》が残《のこ》された顔や頭のいたるところが、首から下の感覚《かんかく》がなくなった分だけ、よけいに敏感《びんかん》になっていた。

七キロもの重りで後方《こうほう》へ引っぱられている頭は、牽引《けんいん》用のローラーのついた板《いた》の上の円座《えんざ》(綿《めん》をガーゼでまいたドーナツ形)にのせられたままで、一ミリたりとも動かせない。

毎日この姿勢《しせい》のままなので、円座《えんざ》がつぶれて板《いた》がむき出しになり、後頭部《こうとうぶ》に直接《ちょくせつ》あたって頭がわれるように痛《いた》い。

私は一つ舌《した》をならした。すると医師《いし》がきて頭を少し浮《う》かせてくれた。舌《した》を二つならしたときは、「なん時？」という問《と》いだった。

これはあまりにたびたびならすので、そばにいる者もうんざりしたようだった。多い時は十分間《じっぷんかん》かくで時間をきくのだから無理《むり》もない。しかし私にとっては、わずか十分間《じっぷんかん》が、健康《けんこう》なときの四、五時間にも匹敵《ひってき》した。

夜はさらに長く感じられ、十一時頃《ころ》から、早く夜が明《あ》けないかなあと朝を待ちこがれた。夜が明《あ》けたところでうれしいニュースがきけるというわけでもないのに、それでも窓《まど》が薄白《うすじろ》くなってくると、なんともいえない喜《よろこ》びだった。

朝――、それはどのような境遇《きょうぐう》におかれても、希望《きぼう》をもたらしてくれる瞬間《しゅんかん》ではないだろうか。喜《よろこ》ぶべきなんの未来《みらい》もない者でも、ただ無条件《むじょうけん》に朝の光には喜《よろこ》べるのだった。

それは、健康《けんこう》であった時に迎《むか》えた朝よりも、なん倍《ばい》も大きく明るい朝だった。いつか山で迎《むか》えた、雲海《うんかい》の下からやってきた朝のようだった。

私は小さい頃《ころ》から人一倍健康《ひといちばいけんこう》で体力《たいりょく》もすぐれていた。体力《たいりょく》をつかってやることなら、人並《ひとな》み以上《いじょう》だったし、負《ま》けるのもきらいだった。

中学生時代は陸上部《りくじょうぶ》で、体力《たいりょく》の限《かぎ》りをつくして毎日走りまわり、山の中の小さな私の中学校から町へ出かけていって、県大会《けんたいかい》で優勝《ゆうしょう》したこともあった。

思《おも》い出《で》のむこう側《がわ》からひとりの少年が走ってくる
あれは白い運動靴《うんどうぐつ》をはじめて買ってもらった日の私かもしれない
白い布《ぬの》に草のしるを飛《と》び散《ち》らせながら
あんなにも　あんなにもうれしそうに
今に向《む》かって走ってくる

高校は県立《けんりつ》の男子校で進学校《しんがくこう》だった。教室《きょうしつ》のなかでの授業《じゅぎょう》はまるっきりダメだったけれど、体育《たいいく》の時間と放課後《ほうかご》のクラブ活動《かつどう》になると、急《きゅう》にいきいきとしてとびまわった。体育館《たいいくかん》の天井《てんじょう》からぶらさがっていたつり輪《わ》がめずらしくて、クラブは器械体操部《きかいたいそうぶ》にはいった。同時に登山《とざん》にもこりはじめ、二つのクラブをやるのは少し無理《むり》なので入部《にゅうぶ》こそしなかったが、山岳部《さんがくぶ》の部室《ぶしつ》には毎日のように出かけていって、ついには合宿《がっしゅく》にまで参《さん》加《か》していた。その分だけ器械体操《きかいたいそう》のほうがおろそかになってしまって、顧問《こもん》の先生にはよく注意《ちゅうい》されたが、登山《とざん》をやめることはできなかった。

卒業《そつぎょう》するとき、山岳部《さんがくぶ》で送別会《そうべつ》をしてもらったほどだ。

大学で体育《たいいく》を専攻《せんこう》したのは、高校時代からやっていた器械体操《きかいたいそう》をつづけたかったからで、体育《たいいく》の先生になろうと思ったのは、体を思いきり動かしながらできる仕事《しごと》につきたかったからであった。

もうすでに二十四歳《さい》。二十四年間、いろいろなことに出会《であ》い経験《けいけん》した。それらすべてが、血となり肉となって私を形成《けいせい》してくれていると思っていた。

大学時代、私はわざと自分を極限状態《きょくげんじょうたい》にまで追《お》いつめてみたことがあった。傘《かさ》と寝袋《ねぶくろ》と少しばかりのお金を持って、ひとり、神社《じんじゃ》の軒下《のきした》や土管《どかん》の中や海辺《うみべ》で寝《ね》ながら、乞食《こじき》のように食べものをもらって、知らない土地《とち》を歩きまわった。自分の限界《げんかい》をためすために、山の中ばかりの道を歩きながら暮《く》らしたこともあった。

器械体操《きかいたいそう》にしたって、あえて危険《きけん》な技《わざ》にあこがれ、登山《とざん》では、常《つね》に死と隣《となり》あわせの口ックライミングに夢中《むちゅう》になった。

常《つね》に自分の身を危険《きけん》な所におくことによって、いやおうなく自分を強くしようと思っていた。そして強くなれたと思っていた。

しかし、こうして動けなくなり、話すことすらできなくなってしまった今の私を支《ささ》えてくれるものは、それらの経験《けいけん》から強くなったはずの私ではなかった。

むしろ二十四年間に経験《けいけん》したすべてが、この先《さき》に無限《むげん》につづくかのような絶望《ぜつぼう》へとつながっていたのかと思うと、力づけてくれるどころか、すべて否定《ひてい》されたような、救《すく》いがたい悲《かな》しみとなって私をズタズタに刺《さ》した。

私を生かしているもの――、それは私自身《じしん》ではなく、私を産《う》んでくれた父、母であり、一緒《いっしょ》に育《そだ》った姉弟《きょうだい》であり、友人であり、同僚《どうりょう》の先生たちであり、医師《いし》であり、人工呼吸《じんこうこきゅう》器《き》であり、千羽鶴《せんばづる》を折《お》って回復《かいふく》を祈《いの》ってくれている生徒《せいと》たちであった。

自《みずか》らのなんと無力《むりょく》なことか。

私は母の胎内《たいない》から出た時のように素裸《すっぱだか》になってしまった。自分の力で自分を生かすこともできなければ、そんな自分を慰《なぐさ》める言葉《ことば》すら、何ひとつ持ちあわせていなかった。

人から与《あた》えられるもの以外《いがい》に、私を生かしてくれるものは何もないような気がした。

かつて私を強くしてくれたと思っていたさまざまなものは、いったいなんだったのだろうか。その強さはどこへいってしまったのだろうか。天井《てんじょう》をみつめるだけの日がつづくうちに、私は過去《かこ》の〝時〟を少し冷静《れいせい》に考えられるようになった。

私が強くなろうと思ってやったいろんなことは、その時私を強くしてくれていたのではなく、弱さを、いつだって自分の弱さを思い知らしていたのではなかったか。私はその弱さを自分で認《みと》めることが恐《こわ》くて、無理《むり》に、強くなったと自分にごまかして言いきかしてきたのではなかったか。

事実《じじつ》、自分の弱さを自《みずか》ら認《みと》めたくなかったし、他人《たにん》にも知られたくなかった。だから、いきおい、スポーツや冒険《ぼうけん》にかりたてられたのではなかったか。そしてそれは、強さという衣《ころも》を着《き》たにすぎない私の弱さそのものではなかったか。

自分の弱さを包《つつ》みかくす何ものもなくなってしまった今、体を動かせなくなって、弱さから逃《に》げ出すことのできなくなってしまった今、言葉《ことば》によって自分をとりつくろうことのできなくなった今、もしかしたら、私はほんとうの自分の姿《すがた》にもどったのではないだろうか……。

眠《ねむ》れない夜がくるのが恐《おそ》ろしかった。

もっとも私はずーっと寝《ね》っぱなしの状態《じょうたい》だし、病室《びょうしつ》には医師《いし》や看護婦《かんごふ》さんがひっきりなしに出入りして、昼夜《ちゅうや》の区別《くべつ》がつかなくなってしまっていたが……。

数をかぞえていれば眠《ねむ》れるとよく言われるのでかぞえてみたけれど、千になっても二千になっても一層《いっそう》さえて疲《つか》れるだけだった。

羊《ひつじ》が次から次と柵《さく》を飛《と》びこえるところを想像《そうぞう》したり、外にきこえる雨だれの数をかぞえたりしたがダメだった。かけ算《ざん》の九九《くく》を諳《そら》んじてみたりした。

と、ふと、私は暗誦《あんしょう》している詩《し》がいくつかあるのを思い出した。

私は小学校の頃《ころ》から詩《し》が好《す》きだった。詩《し》らしきものを自分でも書いたこともあった。

高校時代、有名《ゆうめい》な詩人《しじん》の作品《さくひん》もずいぶん読みあさったこともあった。

なかで、萩原朔太郎《はぎわらさくたろう》や三好達治《みよしたつじ》、立原道造《たちはらみちぞう》、それに漢詩《かんし》を、数篇諳《すうへんそら》んじていた。それは、今の私にとって、自《みずか》らの内から出てくる唯一《ゆいいつ》の力となった。

私は覚《おぼ》えているかぎりの詩《し》を片《かた》っぱしから、心の中でなん回もなん回も飽《あ》きることなくくり返《かえ》した。するとどうだろう。あれほど眠《ねむ》れなかった夜なのに、いつの間にかおだやかな眠《ねむ》りにつくことができた。

漢詩《かんし》の雄大《ゆうだい》で美しいひびきは、不安と悲《かな》しみでクシャクシャにからみあっていた心の糸をときほぐし、三好達治《みよしたつじ》の「甃《いし》の上」は重く閉《と》ざされた心の中に、やさしい風とほんのり香《かお》る花びらを舞《ま》い散《ち》らし、私はいつしか詩《し》の世界をゆっくりと歩き、たわむれ、そして快《こころよ》い疲《つか》れのうちに、眠《ねむ》りの世界にはいっていった。

その時私は、彼《かれ》らの詩《し》の真《しん》の美しさを知ることができたような気がした。

今まで短い文字《もじ》の配列《はいれつ》にしかすぎないと思われるような詩《し》でさえも、いきいきとした命《いのち》をもって私のなかに広がっていった。

私は、ほんの少しだけれども、苦しい時に慰《なぐさ》め、力となるものが、自《みずか》らのなかにもあることを知ってうれしかった。

もし運《うん》よく生きつづけていくことができるならば、これらの詩《し》のような命《いのち》ある言葉《ことば》を、もっともっとたくさん、心のなかに貯《たくわ》えたいと思った。

六月三十日

担当医《たんとうい》の桐生《きりゅう》先生がえらい勢《いきお》いで病室《びょうしつ》にはいってきた。

桐生《きりゅう》先生ははっきりものを言う人で、看護婦《かんごふ》さんがまごまごしているとはげしくどなったりするが、私にはいつもやさしかった。

「レントゲンの結果《けっか》、首の骨《ほね》のずれていた所が、ちゃんと元《もと》にもどったよ!!」

声をはずませて話してくれた。

牽引《けんいん》をはじめてから十二日め。重りは七・五キロにふえていた。もっと重くしたり、日数だってもっと、もっと、長くかかるだろうと言われていた。

それがこんなに早く元《もと》にもどったのだ!!

「なにか……気づいたようなことは?」

うれしそうだった。

私は答えたかったが声が出せない。

桐生《きりゅう》先生はしばらく返事《へんじ》を待っているようだったが、あわてて、

「……あっそうだったっけなあ」

私がしゃべれないことにやっと気づいた。

私もうれしかったが、あまりの好経過《こうけいか》に、先生は私以上《いじょう》に喜《よろこ》んでいるようだった。

重りをこれからは、少しずつ軽《かる》くしていくと言った。

先《さき》につづく、あてもなく暗《くら》く遠い道の入り口が、ほんのかすかに明るんだような気がした。すがりたい思いだ。

七月十七日

麻酔科《ますいか》の大和《やまと》先生は毎日病室《びょうしつ》にきて、呼吸器《こきゅうき》の調節《ちょうせつ》をしたり採血《さいけつ》をしたり、

「だいぶよくなったね。もう少しだから頑張《がんば》りなさいよ」

と励《はげ》ましてくれた。

大和《やまと》先生には心のあたたかさをいつも感じた。

手術室《しゅじゅつしつ》での服装《ふくそう》なのだろうか、青緑《あおみどり》の上着《うわぎ》にだぶだぶのズボン、同色の帽子《ぼうし》に、首にずりおろしたマスク姿《すがた》もたのもしく、いつも階段《かいだん》をかけおりる大きな足音を、私も付《つ》き

添《そ》いをしている者たちもとても楽しみに待《ま》った。

きょうはのどから気管《きかん》にさしこんだ管《くだ》の交換《こうかん》をした。

私ののどには、L字形《エルじがた》の人さし指《ゆび》ぐらいの太さのプラスチックの管《くだ》がさしこまれている。それが人工呼吸器《じんこうこきゅうき》につながっている。

管《くだ》をぬくと、切開《せっかい》したのどの穴《あな》からヒュルヒュルと生《なま》あたたかい息《いき》がもれ、ほんの少しの間自分で呼吸《こきゅう》することができた。

こんなあたりまえのことができるだけで、なんともいえない喜《よろこ》びだった。

「たまには声を出したいでしょう」

大和《やまと》先生はのどの穴《あな》をガーゼでふさいで、

「さあ、何か話してみなさい」

私はとまどってしまった。

声を出せなくなってもう一か月にもなっている。

あんなに話したい、しゃべりたい、と思っていたのに、いきなりマイクを向《む》けられたときのように、何を話してよいのかわからなかった。たくさんの言葉《ことば》が頭の中で暴《あば》れまわるだけで、どれも言葉《ことば》になって口から出てきてくれなかった。

遅々《ちち》とした時間の流《なが》れのなかで、今のこの瞬間《しゅんかん》がものすごい速《はや》さで逃《に》げていくようであせった。私は待《ま》ちきれずに声を出してみた。

「アー、アー、えーと、……アー、……本日《ほんじつ》は晴天《せいてん》なり」

どっと笑《わら》い声がおきた。母も姉も妹も先生も看護婦《かんごふ》さんも、みんな笑《わら》った。

八号室《ごうしつ》の個室《こしつ》できく、はじめての笑《わら》い声だった。

重く固《かた》まったように閉《と》ざされた個室《こしつ》の空気がゆれた。一つの変化《へんか》が希望《きぼう》へとつながっているんだと思いたかった。明るいあしたも一緒《いっしょ》につれてきてほしいと願《ねが》った。


買いものにいった三番目の姉がうれしそうに帰ってきた。

朝から小雨《こさめ》が時々ふってはいるがムシムシしてたまらない。

病院《びょういん》の前の店でうちわを買おうとしたが、なかったそうだ。

するとたまたまその店にきていた見知らぬ女の人が店員《てんいん》との会話《かいわ》をきいて、

「私の家にあるから……、ここで待っていてください」

と言うなり、自転車《じてんしゃ》で走っていき、和紙《わし》ばりの上等《じょうとう》なうちわを三本も、持ってきてくれたそうだ。

まったく知らない土地《とち》で知らない人の親切《しんせつ》——、姉は、涙《なみだ》が出るほどうれしいと話した。

うちわの風は私の心のなかにも、静《しず》かにしみじみと流《なが》れた。

人のやさしさ、愛《あい》。こんなにも大きくすがすがしいものだったのだろうか。

「このうちわ、忘《わす》れないでね、トンちゃん」

姉が私に言った。

病院《びょういん》の個室《こしつ》で、不安と孤独《こどく》で苦しい日々を送《おく》っている者たちに、三本のうちわがこんなにも明るくさわやかな風を送《おく》ってくれているなんて、うちわをくれたその人は知らないだろう。そう思うと、一層《いっそう》、胸《むね》がジーンとしめつけられた。

自力呼吸《じりきこきゅう》

七月二十三日

毎日人工呼吸器《じんこうこきゅうき》をはずして、自分で呼吸《こきゅう》する練習《れんしゅう》をしてきたが、どうやら器械《きかい》の力をかりずになんとか呼吸《こきゅう》できるようになった。

呼吸《こきゅう》すら自力《じりき》でできないなんて、こわいような変《へん》な話だが……。

いつものL字形《エルじがた》の管《くだ》を金属製《きんぞくせい》のものにかえると、L字形《エルじがた》の角《かど》の部分《ぶぶん》に穴《あな》があいていて、口の方にも空気がはいり、少しながらものが言えるようになった。

言いたいことがすぐに相手にわかってもらえるのだ!!

声が出せること、話ができること、なんと便利《べんり》なんだろう。なんとありがたいことなんだろう!!

もう口の形で言葉《ことば》を読みとる通訳《つうやく》もいらない。五十音表《ひょう》もいらないんだ!!

高校時代からの友人の新井《あらい》と大山《おおやま》と夜遅《おそ》くまで、堰《せき》をきったようにしゃべった。

このふたりは、病院《びょういん》から一時間ほどの桐生《きりゅう》から毎日来てくれて、私はもちろん私の家《か》族《ぞく》の食べものや身のまわりのことまで心配《しんぱい》し、面倒《めんどう》をみてくれている。

毎日顔をあわせるだけで、何も話せなかった今までの分《ぶん》をとりもどすようにしゃべった。ふたりは私が話せるようになったのを自分のことのように喜《よろこ》んでくれた。

今度のことで、私はほとんどのものを失《うしな》ったと思っていた。でも、姉たちやこんなにいい友だちが残《のこ》されていたのだ。うれしかった。高校時代のこと、みんなで山へ行ったときのこと、山で死んだ大山《おおやま》の兄のこと、……いくら話してもつきることがなかった。

あまり話しすぎ、ふたりが帰ったあと熱《ねつ》が出てしまった。

七月二十九日

頭《ず》がい骨《こつ》をはさんで牽引《けんいん》していた金具《かなぐ》をはずし、体を横向《よこむ》きにするという。

四十二日ぶりに体位《たいい》をかえるのだ。

綿《わた》のはいった大根《だいこん》みたいなものを首にまいて固定《こてい》すると、医師《いし》や看護婦《かんごふ》さんが大勢《おおぜい》で、高くした枕《まくら》の上に私の顔をのせるようにしながら、せーのォと号令《ごうれい》をかけながら体を横《よこ》向《む》きにしてくれた。

と、背後《はいご》にいるみんなから歓声《かんせい》があがった。口々によかったと言っている。

長く寝《ね》たきりの患者《かんじゃ》には必《かなら》ずといっていいほど蓐瘡《じょくそう》（床《とこ》ずれ）ができる。それがないというのだ。みんな驚《おどろ》き、そして喜《よろこ》んだ。

かつぎこまれた当初《とうしょ》からベッドに敷《し》かれてあったエアーマットと、手厚《てあつ》い治療《ちりょう》と、そして私の体力《たいりょく》が、恐《おそ》ろしい蓐瘡《じょくそう》から背中《せなか》を守《まも》ってくれたのだそうだ。

長く同じ姿勢《しせい》で寝《ね》ていると、布団《ふとん》に強くあたっている部分《ぶぶん》に血液《けつえき》が通わなくなり、肉がくさってくる。私のようなけがの者は、けがそのものより、そんなことで命《いのち》をおとしてしまうこともあるという……。

さて横になってみると、まるきり横になった感じがしないのだ。

最初天井《さいしょてんじょう》が耳の後方《こうほう》に倒《たお》れ、そのかわりに壁《かべ》が天井《てんじょう》になり、医師《いし》や看護婦《かんごふ》さんがその壁《かべ》の上に立っているようにみえた。目がまわりはじめ、呼吸《こきゅう》が苦しくなった。

大勢《おおぜい》の力で横向《よこむ》きになったのもつかの間《ま》、すぐ元《もと》にもどしてもらった。

一か月半も上向《うわむ》きになって、天井《てんじょう》と左右の壁《かべ》の上部《じょうぶ》しか視界《しかい》になかったので、平衡感覚《へいこうかんかく》がおかしくなってしまったのだ。

これから毎日少しずつ横向《よこむ》きにして、慣《な》らしていこうということになった。床《ゆか》は何色だったのだろうか。看護婦《かんごふ》さんの足はどんな形をしていただろうか。見たはずのものが全然《ぜんぜん》思い出せなかった。

大滝《おおたき》は高校時代、私より一学年下で山岳部員《さんがくぶいん》だった。山岳部員《さんがくぶいん》でもない私が、部員《ぶいん》のような顔をして毎日部室《ぶしつ》に出入りしたり、合宿《がっしゅく》にも参《さん》加《か》したりしていたものだから、彼《かれ》が三年になって部長《ぶちょう》となってからも、私を先輩《せんぱい》として秋や冬山の合宿《がっしゅく》などに招待《しょうたい》してくれた。

私は大学にはいると山仲間《なかま》とも遠くなってしまったため、近くにいた彼《かれ》の誘《さそ》いを喜《よろこ》んで受《う》け、すきな谷川岳《たにがわだけ》などに汗《あせ》を流《なが》した。

彼《かれ》が東京《とうきょう》の大学に進《すす》んでからも、それはつづいた。

彼《かれ》の先輩《せんぱい》に対《たい》する忠誠心《ちゅうせいしん》はみごとなもので、荷《に》は重い方を背負《せお》い、食糧《しょくりょう》もまずい方を食い、岩場《いわば》でのビバークも腰《こし》かけやすい方を私にゆずった。

去年《きょねん》の秋には、彼《かれ》とふたりで北《きた》アルプスの屏風岩《びょうぶいわ》と前穂高岳東壁《まえほだかだけとうへき》・D《ディ》フェースを登《のぼ》ることができた。

その彼《かれ》が、夏山合宿《がっしゅく》の帰りに立《た》ち寄《よ》ってくれた。

小さいが重そうなザックには、ハーケンやカラビナなど登《とう》はん用具《ようぐ》がつまっているのにちがいない。手には傷《きず》だらけの登山靴《とざんぐつ》をぶらさげてきたのだろう、ドスンと床《ゆか》においた音がした。

日焼《ひや》けした顔、ボサボサの頭、厚《あつ》い毛のシャツ……、彼《かれ》は夏山の岩の匂《にお》いをさせながら、だまって私のそばに立つと、信《しん》じられないというように私の顔をみつづけた。

私も何もいえず彼《かれ》をみつづけた。

と、彼《かれ》が急《きゅう》にフラッと病室《びょうしつ》を出ていった。出ていったと思ったら、廊下《ろうか》でなにか大きな音がした。誰《だれ》かが大声《おおごえ》で看護婦《かんごふ》さんを呼《よ》んでいる。つづいていくつもの足音が廊下《ろうか》を走っているような音がきこえ、そして静《しず》かになった。

彼《かれ》はどうしたのだろう……。

心配《しんぱい》して待《ま》っていると、三、四十分も過《す》ぎたころ、彼《かれ》がまた私のそばに立っていた。

そして深々《ふかぶか》と頭をさげて言った。

「すみません。貧血《ひんけつ》をおこして倒《たお》れてしまったので、むこうの部屋《へや》でしばらく寝《ね》させてもらいました」

血《ち》の気《け》を失《うしな》った彼《かれ》の顔は、さらに黒くなっていた。

〈母の回想《かいそう》〉

一か月を過《す》ぎた頃《ころ》、肺《はい》の働《はたら》きもだいぶ回復《かいふく》し、呼吸《こきゅう》も少し深《ふか》くなってやっと安定《あんてい》してきました。

とはいっても、体をふくために腰《こし》を少し持ちあげたところ、顔色《かおいろ》がなくなって気分が悪《わる》いと目で訴《うった》えることがあります。

体を少しでも動かすと呼吸《こきゅう》が乱《みだ》れるようです。でも、手の屈伸運動《くっしんうんどう》はそーっと無理《むり》のない程度《ていど》にはじめるよう、看護婦《かんごふ》さんにすすめられました。

体を横向《よこむ》きにすることも、ぼつぼつはじめました。

けれど、痰《たん》が相変《あいか》わらず気管《きかん》にたまり、ひどいときは一時間おきに吸引《きゅういん》しなければならず、夜もゆっくり寝《ね》ることもできませんが、ちょっとした変化《へんか》が、快方《かいほう》へ向《む》かっている兆《きざ》しと思うとつらさも忘《わす》れました。ああ、これで一刻《いっこく》も早く手足《てあし》が動きだすようにと祈《いの》らずにはおれません。

八月三十日

尿道《にょうどう》から膀胱《ぼうこう》までさしこんであった留置《りゅうち》カテーテルというゴム管《かん》をはずした。体にまったく感覚《かんかく》はないし、力もはいるわけではないので、自力《じりき》で尿《にょう》を放出《ほうしゅつ》することもできない。けれど、膀胱《ぼうこう》がいっぱいになると、自動的《じどうてき》に収縮《しゅうしゅく》して、うまくすれば尿《にょう》が出るはずだということだった。

母が私の体に尿器《にょうき》をつけてじっと待《ま》った。三十分……一時間……。すばらしいプレゼントが届《とど》けられるような気持ちで、私も母も息《いき》をころして待《ま》った。

「これで自分で出せるようになればいいのだけれど。でもこういうけがの人だって、みんな自分でできるようになるんですよ」

看護婦《かんごふ》さんが言い残《のこ》していった言葉《ことば》が、だんだん信《しん》じられなくなってきた。

俺《おれ》はだめかもしれない。

俺《おれ》のけがは特別《とくべつ》ひどいんだ。

二時間、三時間……。ひたいに汗《あせ》がにじんできた。

下腹《したはら》の膀胱《ぼうこう》のあたりが少し固《かた》くなっていると母が言った。看護婦《かんごふ》さんがとんできてそこを一生懸命《いっしょうけんめい》手でおしはじめた。しかし尿《にょう》はなかなか出てこなかった。

看護婦《かんごふ》さんは、なおも懸命《けんめい》におしつづけた。

どのくらいたっただろうか、息《いき》をころして待《ま》つ私たちの耳に、やっと、かすかに、チヨロチョロ……と音がきこえてきた。

「出てきたみたいよ」

看護婦《かんごふ》さんが布団《ふとん》をまくってのぞきこんだ。

「出たッ、出たッ、出たよッ」

母のうれしそうな声をききながら、私は心の中で思わずばんざいを叫《さけ》んだ。

尿《にょう》が出ているという感じは残念《ざんねん》ながらまったくなかったが、体が自分の意識《いしき》とは関係《かんけい》なく、自然《しぜん》の力で少しずつ少しずつ、よい方に向《む》かっているのだと、希望《きぼう》がわいてきた。

ところが喜《よろこ》びもわずかの間だった。母は昼も夜も、二、三時間おきに尿器《にょうき》をもってかけまわり、そのたびに私の下腹部《かふくぶ》を、皮《かわ》がむけるほどおしたりこすったりしなければならなくなった。

尿《にょう》が自然《しぜん》に出るなんてことはまれで、腹《はら》が張《は》ってくると夜中《よなか》でも十分間《じっぷんかん》ぐらい下腹《したはら》をおさえなければならなかった。

第《だい》一私に尿意《にょうい》の感覚《かんかく》がないので、母はたびたび私の腹《はら》が張《は》っていないか手をあてて調《しら》べなければならず、夜も心配《しんぱい》でぐっすり眠《ねむ》ることができなかった。

気管切開部《きかんせっかいぶ》に金属《きんぞく》の管《くだ》をさしこんでいるが、その挿入部《そうにゅうぶ》に痰《たん》が時々たまるので、それを吸引器《きゅういんき》を操作《そうさ》して吸引《きゅういん》しなければならない。

器械《きかい》などさわったことのなかった母だったが、今では吸引器《きゅういんき》をまわしながら、私ののどの穴《あな》にゴム管《かん》をさしこみ、吸引《きゅういん》する。

その手つきはスムーズで、技術《ぎじゅつ》も、どの看護婦《かんごふ》さんより上手《じょうず》になっていた。

最初《さいしょ》の頃《ころ》、のどにあけられた穴《あな》をみただけで、何回も貧血《ひんけつ》をおこしてすわりこんでしまった母だった。こんな、日常《にちじょう》の生活とは無縁《むえん》な仕事《しごと》にあけくれ、しかもそれにうまくなればなるほど、母があわれであった。

夜中《よなか》苦しくて、眠《ねむ》れず、目がさえて一睡《いっすい》もできずに朝を迎《むか》えることもしばしばある。そんなとき、患者《かんじゃ》の場合《ばあい》は昼間《ひるま》でも眠《ねむ》ることができる。

しかし付《つ》き添《そ》いの母は、昼間《ひるま》に眠《ねむ》ることなど許《ゆる》されない。

第《だい》一眠《ねむ》る場所《ばしょ》すらない。

夜だって、私のベッドのわきの狭《せま》いスペースに仮眠《かみん》用ベッドを借《か》りてはいるが、ゆっくりそこで休むこともできない。

こんな状態《じょうたい》がいつまでつづくのだろう。

期限《きげん》つきならともかく、あてもない旅《たび》に、母を道づれにしてしまった。

小さな母はいっそう小さくなったようだ。

Ⅲ 重荷《おもに》を背負《せお》った人々

［'70・9〜'72・2］

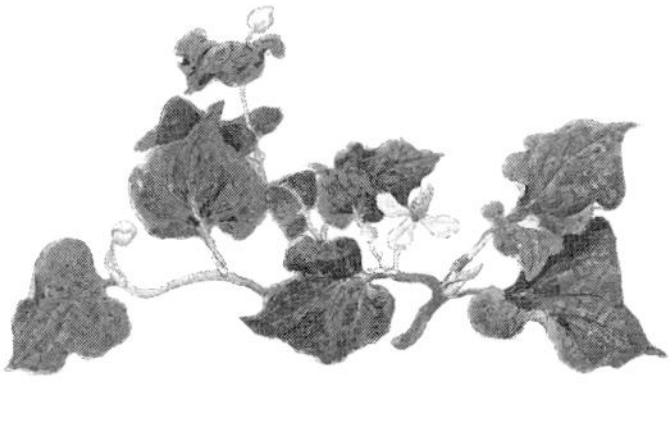

■六人部屋■

九月一日

ベッドごと大部屋《おおべや》に移《うつ》った。六人部屋《べや》の窓《まど》ぎわの位置《いち》になった。北側《きたがわ》にあった今までの個室《こしつ》とちがってとても明るかった。

入院以来《にゅういんいらい》はじめてベッドから空をみた。したたるような青い秋空だ。

大きな窓《まど》ガラスには芭蕉《ばしょう》の葉がみどり色の風を受《う》けゆったりとゆれ、その向《む》こうのけやきの木から、かすかな葉ずれの音がきこえてくる。

私が苦しみ不安におびえる日々を送《おく》っていたこの病院《びょういん》が、こんなにも明るく美しい空の下にあったなんて!!

けやきをはさんで向《む》かい側《がわ》にみえる五階《かいだ》建ての建物《たてもの》も病棟《びょうとう》らしく、頭を同じように包《ほう》帯《たい》で巻《ま》いた三、四人の子どもたちが、窓《まど》からのり出して、大声で誰《だれ》かを呼《よ》んでいる。

私のベッドの反対側《はんたいがわ》には三人の女性《じょせい》がいて、息《いき》がつまるほど笑《わら》いこけながら話をしていた。

「おもしろいよこの部屋《へや》は。明るくていいよね、空もみえるし……。食欲《しょくよく》も出ますよ」

吸引器《きゅういんき》の調節《ちょうせつ》をしながら看護婦《かんごふ》さんが言った。

看護婦《かんごふ》さんの顔も、個室《こしつ》でみるより明るく美しくみえた。


病室《びょうしつ》には次々と新しい患者《かんじゃ》さんがはいってきた。

向《む》かい側《がわ》のベッドにいる人たちは、人工股関節《じんこうこかんせつ》の手術《しゅじゅつ》をうける中年《ちゅうねん》から老年《ろうねん》にかけての女のひとで、みな何年、何十年と痛《いた》みにたえながら、足をひきずって生活してきたひとたちばかりだった。人工股関節《じんこうこかんせつ》を入れる手術《しゅじゅつ》は、日本《にほん》ではまだ最近《さいきん》できるようになったばかりだそうで、大きな手術《しゅじゅつ》にもかかわらず、そのひとたちの声は明るかった。

しかし、誰《だれ》かが身《み》の上《うえ》話をはじめると、みんな声を合わせて泣《な》いた。それぞれ体が不《ふ》自由《じゆう》という点で、同じような苦しみをあじわってきたのだ。

私の側《がわ》には、鉱山《こうざん》のトロッコで片手片足《かたてかたあし》を切断《せつだん》してしまった人が、瀕死《ひんし》の状態《じょうたい》でかつぎ込《こ》まれていた。そして、隣《となり》には腫瘍《しゅよう》で足を切断《せつだん》しなければならない高校生がいた。

彼《かれ》は陸上競技《りくじょうきょうぎ》の長距離《ちょうきょり》の選手《せんしゅ》だった。手術《しゅじゅつ》の前の夜、うす暗《ぐら》いベッドの上で、彼《かれ》は両《りょう》手《て》で自分の足をさすりながら、食《く》い入《い》るように足をみつめていた。

大阪《おおさか》でおこなわれている万国博覧会《ばんこくはくらんかい》の模様《もよう》が、連日《れんじつ》にぎやかにラジオから報《ほう》じられていた。各国《かっこく》の展示館《てんじかん》の入り口に並《なら》ぶ、何千、何万の人の列《れつ》、お祭《まつ》り広場《ひろば》、にぎやかな歌声。同じ日本の中の光景《こうけい》だった。

私は自分のケガがどういうものか、あるていど知っていたが、それでも人工呼吸器《じんこうこきゅうき》をはずし、大部屋《おおべや》にうつり、尿《にょう》の管《くだ》がとれると、麻痺《まひ》している体も快方《かいほう》に向《む》かっているような気がしてならなかった。

けがをしたとき、私の体は衰弱《すいじゃく》してしまい、指《ゆび》の爪《つめ》のほとんどが死んでしまったが、体力《たいりょく》の回復《かいふく》とともに死んだ爪《つめ》の下から、うすもも色の新しい爪《つめ》が伸《の》びてきていた。この爪《つめ》のように、体全体《ぜんたい》が新しく活動《かつどう》をはじめるようにはならないだろうか。

見舞《みま》いにきてくれる人たちが、私のようなけがをした人でも、なおって仕事《しごと》をしている——といったような実例《じつれい》をみつけてきては、励《はげ》ましてくれた。

月曜《げつよう》と木曜《もくよう》に教授《きょうじゅ》と助教授《じょきょうじゅ》の回診《かいしん》があり、それぞれのベッドの横で五、六人の学生にレントゲン写真《しゃしん》をみせながら、その患者《かんじゃ》のけがの原因《げんいん》や現在《げんざい》の状況《じょうきょう》などを説明《せつめい》してやっている。私は看護婦《かんごふ》さんに、

「いい男はレントゲン写真《しゃしん》でもいい男にうつりますね」

などと冗談《じょうだん》を言いながら、教授《きょうじゅ》の言葉《ことば》にきき耳を立てていた。

しかし、かんじんなところは英語《えいご》やドイツ語《ご》の医学用語《いがくようご》で話すので、意味《いみ》はわからなかった。意味《いみ》のわからないところは、絶望的《ぜつぼうてき》なことを言いあってるにちがいないと思った。

友人や姉弟《きょうだい》。同室《どうしつ》の人たち。私の体がもとどおりになると言う人たちは、たくさんいたが、なおらないと言う者は、誰《だれ》ひとりとしていなかった。

言えなかったのにちがいない。あるいは、あんなに元気に動いていた私の体が急《きゅう》にこんなになってしまうなんて、みんなには信《しん》じられなかったのかもしれない。

いくら希望《きぼう》をいだいてみても、私の体はがんとして動かなかった。何日すぎても、何か月すぎても――。

いくら悩《なや》もうが、いくら希望《きぼう》をもとうが、体が動きだすはずもない。

認《みと》めたくないけれど、認《みと》めざるをえない悲《かな》しい現実《げんじつ》だった。

入院《にゅういん》して初《はじ》めてできた友だちは、足を切断《せつだん》した隣《となり》のベッドの桜井《さくらい》君だった。彼《かれ》は手術後《しゅじゅつご》、痛《いた》いとか口惜《くや》しいとか、不平《ふへい》や不満《ふまん》は一言《ひとこと》も口に出さなかったばかりか、いつも明るい顔をしていた。彼《かれ》はよくFM《エフエム》放送《ほうそう》にリクエストのハガキを出しては、自分の名前が呼《よ》ばれるのを楽しみにしていた。たまにはそのラジオから私の名前が呼《よ》ばれることもあった。彼《かれ》が私の名前でリクエストしたのである。

そんなことが何度かあるうち、私はそれまであまりきこうとしなかったビートルズの歌や、その他《ほか》のロックの曲《きょく》を楽しみにきくようになった。

その頃《ころ》、女性《じょせい》の患者《かんじゃ》さんは別《べつ》の病室《びょうしつ》にうつされ、私のいる病室《びょうしつ》は男性《だんせい》ばかりになった。そしてまた次々と新しい、珍《めずら》しい病気《びょうき》やケガをした人たちがはいってきた。

十一月末《すえ》、初《はじ》めて体を起《お》こした。半ベッドを背中《せなか》の下にいれて、わずか一〇度ぐらいだったが、長い間寝《ね》ていた私には、直角《ちょっかく》に起《お》きあがったような気がした。頭が肩《かた》にめりこむほど重かった。毎日半ベッドを使って、少しずつ体を起《お》こす練習《れんしゅう》をするようにとの主治医《しゅじい》の指示《しじ》だったが、ちょっとでも急《きゅう》に起《お》きると貧血《ひんけつ》をおこしてしまった。

〈母の回想《かいそう》〉

大部屋《おおべや》に移《うつ》ったことで少しは気分転換《きぶんてんかん》できました。

病状《びょうじょう》そのものは絶望的《ぜつぼうてき》でしたが、でも、少しでも気分《きぶん》よさそうな顔をしたり、食事《しょくじ》がすすむと、救《すく》われるようで、ああ、良《よ》くなっているんだと、自分にいいきかせるようにして明日《あした》を待《ま》ちました。

11月頃《ごろ》、半ベッドを一段《だん》おこして、体を少し傾斜《けいしゃ》させたりできるようになりました。とはいっても、頭が枕《まくら》からことんとおっこちるだけで、もう高熱《こうねつ》が出たりしますので気が気でありません。

管《くだ》がつまって三、四時間でも尿《にょう》が出なくなると、お腹《なか》もはって具合《ぐあい》が悪《わる》くなり、すぐ唇《くちびる》もまっさおになり、もどしたり、食欲《しょくよく》がまったくなくなったり、こんなことはひんぱんにおこりました。

ふだんならなんでもないことが生命《せいめい》を左右するほどにとても重要《じゅうよう》なことでした。

でも、苦しい思いをすると、その苦しみから解放《かいほう》された瞬間《しゅんかん》、病《やまい》そのものまでぐーんと良《よ》くなったように思えて、希望《きぼう》がわきました。

それに同室《どうしつ》のみなさんが明るく、気のあった人たちばかりでしたので、精神的《せいしんてき》にはとても救《すく》われました。

十二月九日

夜中に目をさますと、私のベッドのまわりに何人もの医師《いし》や看護婦《かんごふ》さんが立っていた。夜中らしいのに変《へん》だと思いながら、よくみると、ふだんめったに顔をみせない先生たちの顔もあった。

「よかった。よかったよう、富弘《とみひろ》！」

母がうれしげに私に言った。何がよかったのかさっぱりわからなかったが、とにかく大変《たいへん》よいことがおきたらしいのである。

頭の上でぼこぼこ音がしている——。誰《だれ》かが酸素《さんそ》を使っているらしい。——が、そこから伸《の》びているゴム管《かん》が、なんと私ののどにさしこまれているではないか。

どうやら私に何かおこったらしい。誰《だれ》かが言った。

「わかるかい」

「どうですかな」

助教授《じょきょうじゅ》の声もして、いくつもの目が私の顔をのぞき込《こ》んでいた。

私は久《ひさ》しぶりに何人もの先生や看護婦《かんごふ》さんにかこまれているのが、なんだかうれしくなってしまった。

そのうち足のあたりがばかにしびれてきて、それがだんだんと上半身《じょうはんしん》へのぼってきて、そのうち、今まで一度もあじわったことのないような強烈《きょうれつ》な孤独感《こどくかん》が、私をおおいはじめた。

「足がしびれる……」

私は自分の口から出た言葉《ことば》をききながら、意識《いしき》を失《な》くしていった。


次に意識《いしき》がもどったときには、私のまわりには父母《ふぼ》をはじめ、妹や弟や姉たちがいた。しばらくすると、埼玉《さいたま》県の飯能《はんのう》市に住んでいたすぐ上の姉夫婦《あねふうふ》もかけつけてきた。タクシーをとばして三時間もかかったそうである。

自分ではどんな事態《じたい》がおこったのかまったくわからなかった。

翌日《よくじつ》、母から話をきいて、私は身《み》の毛《け》のよだつ思いだった。

夜中の十二時頃《ころ》のこと、私が一言《ひとこと》なにか叫《さけ》んだので、母が起《お》きてなにか用事《ようじ》かとたずねると、私が返事《へんじ》をしない。おかしいと思って顔をみると、いつもとちがった顔をしていて、なんと呼吸《こきゅう》をしていないのである。

おどろいて看護婦《かんごふ》さんに連絡《れんらく》、看護婦《かんごふ》さんが当直《とうちょく》の先生へ。かけつけた先生が、開《ひら》いたままにしてあった気管切開《きかんせっかい》の穴《あな》へ、手動《しゅどう》のポンプを使って人工呼吸《じんこうこきゅう》をくり返《かえ》し、くり返《かえ》し……、そして母に言ったそうである。

「家族《かぞく》の人たちに至急連絡《しきゅうれんらく》をとってください」

しかし、私はいくつもの好条件《こうじょうけん》が重《かさ》なって息《いき》を吹《ふ》きかえした。

気管切開《きかんせっかい》の手術《しゅじゅつ》後《ご》ののどに穴《あな》があいていたこと。夜中にもかかわらず、助教授《じょきょうじゅ》や他《た》の先生がたがいてくれたこと。そして、なによりも母が私の異常《いじょう》を早く発見《はっけん》してくれたこと。

私は命《いのち》が自分とは別《べつ》にキラキラと輝《かがや》いているような気がした。

桜井《さくらい》君がそばにきて言った。

「オレ心配《しんぱい》したよォ。星野《ほしの》さんが死んじゃうんかと思った」

〈カルテより〉

しばらく小康状態《しょうこうじょうたい》がつづいているようだったが、12月9日夜半《やはん》、眠《ねむ》っていて突如《とつじょ》うめき声を出して意識不明《いしきふめい》になる。しばしば呼吸停止《こきゅうていし》が二、三分つづいたりする。瞳孔散大《どうこうさんだい》。二度にわたってケイレンをおこす。人工呼吸《じんこうこきゅう》など試《こころ》みるが、まったく効果《こうか》なし。

〈母の回想《かいそう》〉

12月9日0時45分、へんな声に起《お》きて富弘《とみひろ》をみると、目は白く手足は冷《つめ》たくなっています。名を呼《よ》んでも応《こた》えてくれません。かけつけた先生がいろいろ手をつくして下さったのですが、効《き》き目ありません。

「身近《みぢか》な者に知らせるように」とのこと。ああ、このままになってしまうなんて!!

体じゅうがガタガタふるえ出し、電話《でんわ》しようにも番号《ばんごう》をみつけ出すことができません。

一九七一年一月

新しい年は病室《びょうしつ》にもきた。

元日《がんじつ》に出勤《しゅっきん》する看護婦《かんごふ》さんは、きれいな和服《わふく》で看病《かんびょう》してくれるのだろうかなどと、同《どう》室《しつ》の人たちと話していたのだが、やっぱり、いつもと変《か》わらない白衣《はくい》だった。

しかし、病室《びょうしつ》の入り口で、

「皆《みな》さん、明けましておめでとうございます」

と、新年のあいさつをしてくれた。私たちもそれぞれ、

「おめでとうございます」

と言いあった。

「おめでとう」と言われ、「おめでとう」と言えるのが、とてもうれしかった。

母と同じ屋根《やね》の下で正月《しょうがつ》を過《す》ごすのは、高校一年のとき以来《いらい》八年ぶりのことであった。

山が好《す》きだった私は、新年を雪《ゆき》の山で迎《むか》えるのを誇《ほこ》りのように思っていた。そこは、冬山の雪《ゆき》にうもれたテントの中だったり、アルバイト先《さき》のスキー場《じょう》の旅館《りょかん》や宿舎《しゅくしゃ》であった

り、とにかく、月並《つきな》みな新年を迎《むか》えないことに優越感《ゆうえつかん》さえ感じていたのである。おれはこたつに足をつっこんで、のほほんと酒《さけ》をくらっている連中《れんちゅう》とはちがうんだ——と。

それがこの正月はどうだろう。たしかに、こたつに足はつっこんでいない。酒《さけ》もない。おまけに体も動かない。これ以上月並《いじょうつきな》みでない正月が今まであっただろうか。

私が毎年のぞんできたきびしい新年の迎《むか》えかたにはちがいないが、心の中には劣等感《れっとうかん》しかなかった。

伊勢崎《いせさき》の姉が、おせち料理《りょうり》を持ってきてくれた。うまかった。食べながら、こたつのぬくもりを思った。いろりで焼《や》けるもちのやわらかさ。門松《かどまつ》の緑《みどり》。霜《しも》どけの雨だれが、朝日に光りながら庭石《にわいし》に砕《くだ》けていた縁側《えんがわ》。靴《くつ》をよごすまいといつもよけて歩いた道のぬかるみ。故郷《ふるさと》がせきを切ったように、私の胸《むね》の中に流《なが》れこんできた。

窓辺《まどべ》の暖房器《だんぼうき》の上にお膳《ぜん》をおいて、背《せ》を丸めながら食べている母をみながら、ふと思った。

今まで、長男《ちょうなん》の私のいないお正月を母と父がどんなに淋《さび》しい思いで過《す》ごしたか、考えてみたことがあっただろうか。こんな形で月並《つきな》みでないお正月を私とともに過《す》ごすはめになった母に、心からすまないと思った。

一九七一年三月

入院《にゅういん》してから九か月め、病室《びょうしつ》から初《はじ》めて外に出た。外来病棟《がいらいびょうとう》のレントゲン室《しつ》へ、首のレントゲン写真《しゃしん》をうつしにいくのである。レントゲンは病室《びょうしつ》でもとれるのだが、首もしっかりしてきたことだし、なによりも、「気分転換《きぶんてんかん》になるでしょう」

との主治医《しゅじい》の先生のはからいであった。

首を固定《こてい》して慎重《しんちょう》にストレッチャー（患者《かんじゃ》を寝《ね》かしたままの姿勢《しせい》で移動《いどう》できる車つき担架《たんか》）に移《うつ》された。母がストレッチャーの前をひっぱりながら道々《みちみち》、

「ここが助教授《じょきょうじゅ》の先生の部屋《へや》。ここが洗面所《せんめんじょ》。ここがよく遊《あそ》びにきてくれたSさんの部《へ》屋《や》……」

とうれしそうに説明《せつめい》してくれた。

看護婦室《かんごふしつ》の前では少し止まり、中をのぞいてみた。中には、病室《びょうしつ》とちがってきびしい顔をした看護婦《かんごふ》さんたちが忙《いそが》しそうにしていた。

看護婦室《かんごふしつ》の前には、氷《こおり》のおいてある部屋《へや》があった。

氷《こおり》の部屋《へや》がこんなに病室《びょうしつ》からはなれていたとは――。

私は驚《おどろ》いた。母はいつも、夜中でも、こんなに遠くまで氷《こおり》をとりにきていたのだろうか。氷《こおり》をとりにいった母の帰りがおそいときなど、誰《だれ》かと立ち話でもしているのだろうと、想像《そうぞう》していたことをすまないと思った。

小さな母は、必死《ひっし》に廊下《ろうか》を走っていたのにちがいなかった。

中庭《なかにわ》には桜《さくら》が咲《さ》いていた。

そばにいた看護婦《かんごふ》の神村《かみむら》さんが、窓《まど》ガラスのそばにストレッチャーを止めてくれた。

私はこのときの感激《かんげき》を四、五年あとになってから、神村《かみむら》さんに言ったものだった。

「俺《おれ》、あのとき、生きていて本当《ほんとう》によかったと思いました。あんなにきれいなものがみられるなんて。生きているって、すばらしいことだと思いました」

とにかく、そのとき私は、なんの言葉《ことば》も口に出すことができなかった。

レントゲン室《しつ》の横が便所《べんじょ》で、写真《しゃしん》ができるまでしばらくそのドアの前で待《ま》たされた。

便所《べんじょ》には、ひっきりなしに人が出入りしていた。ドアが開《ひら》くたびににおいが流《なが》れてきた。

私はそのあまりにもなつかしいにおいに、胸《むね》が熱《あつ》くなってしまった。便所《べんじょ》のにおいがなつかしいなんておかしいと思った。むしろ、いやなにおいのはずなのに――。

でも、考えてみれば、このにおいをいままでは、おそらく一日も欠《か》かさずにかいできたのである。それがケガをしてから十か月近く、このにおいとも別《わか》れていた。

忘《わす》れていたと言ったほうがよいかもしれなかった。故郷《ふるさと》の家の便所《べんじょ》、小学校の、大学の寮《りょう》の、そして、倉賀野《くらがの》中学校の――。

なんだか知らない。なぜだかわからない。しかし、私の体の中から、

「俺《おれ》は生きているんだ。命《いのち》がつづいているんだ」

と、叫《さけ》びたくなるような感動《かんどう》がわきあがってくるのをおさえることができなかった。

一九七一年四月

病室《びょうしつ》の外の庭《にわ》に、待《ま》ちに待《ま》った八重桜《やえざくら》の花が咲《さ》いた。コの字形《じがた》の病院《びょういん》の建物《たてもの》にかこまれた真《ま》ん中《なか》で、花の重みに枝《えだ》がしなるほどみごとに咲《さ》いた。

色とりどりのパジャマやネマキ姿《すがた》で木の下までいって、みあげている人たち。映画《えいが》の画面《がめん》を思わせるように美しかった。

頭に包帯《ほうたい》を巻《ま》いた人、松葉杖《まつばづえ》の人、車椅子《くるまいす》の人。お腹《なか》の大きな女性《じょせい》は産婦人科《さんふじんか》の人だろうか。

病室《びょうしつ》から出られない人たちも、それぞれの窓《まど》からそれぞれの思いで、その桜《さくら》の花をみているのにちがいない。

私の部屋《へや》の茂木《もぎ》さんという、若《わか》い頃新聞記者《ころしんぶんきしゃ》をやっていたおじいさんは、桜《さくら》の花をみながら、いくつも短歌《たんか》を作っては短冊《たんざく》に書いて、同室《どうしつ》の人に読みあげてくれた。

茂木《もぎ》さんは、十代《じゅうだい》の頃《ころ》から骨髄炎《こつずいえん》に足をおかされ、それでも、足をひきずりながら上《じょう》毛新聞《もうしんぶん》の記者《きしゃ》をつづけ、年をとった今は、自分で小さな新聞《しんぶん》を発行《はっこう》しているという人だった。

しかし、最近《さいきん》、骨髄炎《こつずいえん》が特《とく》にひどくなり、命《いのち》にかえられないということで、とうとう足を切断《せつだん》してしまった。

六十年あまり自分を苦しめた骨髄炎《こつずいえん》ともお別《わか》れだと言いながら、それでも、手術《しゅじゅつ》の日が一日一日と近づいてくるのが淋《さび》しいと言っていた。

しかし、茂木《もぎ》さんはその淋《さび》しさを毎日歌によんだ。手術後《しゅじゅつご》の痛《いた》みも片足《かたあし》のないつらさも歌によんだ。

輸血管《ゆけつかん》　静《しず》かに流《なが》るる　一筋《ひとすじ》の
　　血を見つめつつ　命《いのち》思ほゆ

茂木《もぎ》さんは、新聞記者《しんぶんきしゃ》時代の武勇伝《ぶゆうでん》もよく話してくれた。とても明るくそして豪快《ごうかい》な感じすらした。

私は思った。この人をこんなに明るく力強く生かしているものは、この老人《ろうじん》の過去《かこ》の体験《たいけん》だけではないのではないかと——。

茂木《もぎ》さんは苦しいと言った。痛《いた》いと言った。ときには、強がりも言った。

そして、それをみんな歌によんでしまうのであった。

歌にすることで、苦しみと楽しくたわむれているかのようにさえ思えた。

朝まだき　脈《みゃく》とる愛《いと》しき　看護婦《かんごふ》の
　　つめたき指《ゆび》の　忘《わす》れかねしも

八十歳《さい》に手のとどきそうな、片足《かたあし》のないこの人を誰《だれ》よりもいきいきとさせているもの、それは、この人の詩情《しじょう》ではないだろうか。

私は苦しいとき、苦しいとしか言えない自分を、桜《さくら》の花をみてもきれいだとしか言えない自分を、淋《さび》しく思った。

ター坊《ぼう》の回復《かいふく》

一九七一年五月

私たちのいる六号室《ごうしつ》から、手術《しゅじゅつ》を受《う》けるため個室《こしつ》に移《うつ》っていった田中《たなか》さんの奥《おく》さんが、ご主人《しゅじん》の手術《しゅじゅつ》が終《お》わってから十日ほどして、私たちの部屋《へや》にテープレコーダーを持ってきた。

「主人《しゅじん》がみなさんの声をききたがっているのです」とのことだった。

田中《たなか》さんはふたりの子供《こども》のお父さんだったが、足の骨《ほね》の病気《びょうき》のために、お尻《しり》の辺《あたり》から、足を切断《せつだん》してしまわなければならないほどの大手術《だいしゅじゅつ》を受《う》けたのである。

私たちはそれぞれ、思い思いの励《はげ》ましの言葉《ことば》をふきこんだ。茂木《もぎ》さんはいつもの調子《ちょうし》で、啄木《たくぼく》の詩《し》を吟《ぎん》じた。

私も少しきどって、三好達治《みよしたつじ》の『甃《いし》の上』を朗読《ろうどく》した。

田中《たなか》さんは、かつて私が寝《ね》ていた個室《こしつ》で、同じ天井板《てんじょういた》をみつめながら、今寝《ね》ているのである。あの個室《こしつ》で苦しむ私に花びらの風を送《おく》り、心をなごませてくれた達治《たつじ》の詩《し》を、田中《たなか》さんにもきいてもらいたかった。

いちばん隅《すみ》の、みんなからター坊《ぼう》と呼《よ》ばれている中学一年の男の子にも、彼《かれ》のお母さんがマイクを向《む》けた。

「ほら、ター坊《ぼう》、何か言いなよ」

お母さんは東北地方《とうほくちほう》の出で、言葉《ことば》にやさしい東北《とうほく》なまりがまじっていた。

「……」

ター坊《ぼう》は恥《は》ずかしがって、なかなかしゃべらない。

「何でもいいんだよ、ター坊《ぼう》。さあ、話してみな――いい子だから」

あとでテープをききなおしたとき、お母さんとター坊《ぼう》のこのやりとりが、楽しく録音《ろくおん》されていた。ター坊《ぼう》の声を録音《ろくおん》するのだから自分の声はいらないと錯覚《さっかく》していたのか、録音《ろくおん》を意識《いしき》しないお母さんの子供《こども》へ語《かた》りかけるやさしい声が、母親《ははおや》の胸《むね》に抱《いだ》かれた遠い過去《かこ》の日にかえったように、熱《あつ》く私たちをつつんだ。

ター坊《ぼう》のお母さんの声は、田中《たなか》さんをなぐさめる前に、私たちをなぐさめてくれた。おじいさんと呼《よ》ばれる年齢《ねんれい》の茂木《もぎ》さんにも、それぞれの患者《かんじゃ》の付《つ》き添《そ》いをしている母《はは》親《おや》の心にまで、ほのかなぬくもりを感じさせたようだった。

私の母、その母を産《う》んでくれた母。どんなときにも、どんなところでも、誰《だれ》にでも、母のやさしさは通じるものなのだと思った。

ター坊《ぼう》はこの冬、スキー大会《たいかい》で転倒《てんとう》してしまい、私と同じように四肢《しし》がまったくマヒしてしまっていた。他《よそ》の病院《びょういん》から私たちの病室《びょうしつ》にうつってきた当初《とうしょ》は、ふさぎこんでいて、ほとんど話をしなかったが、最近《さいきん》ようやくみんなと話すようになった。

話をしてみると、チャメッケたっぷりの本当《ほんとう》に可愛《かわい》い中学生だった。

こんな純真《じゅんしん》な小さな子供《こども》が、どうしてこんなにつらい思いをしなければならないのかと、私は自分のこと以上《いじょう》に腹立《はらだ》たしかった。そして、神《かみ》に祈《いの》るような気持ちで、ター坊《ぼう》の回復《かいふく》をねがった。

「私はあるていど覚悟《かくご》はできました。でも、何も知らないこの純真《じゅんしん》な少年は、なんとかしてください」

と。

ところがある日、ター坊《ぼう》の腕《うで》が少し動いた。

初《はじ》め、しびれが強くなり、お母さんに体をふいてもらうのも苦痛《くつう》のようだったが、そのしびれが次第《しだい》に知覚《ちかく》にかわっていき、わずかながら足も動くようになった。

ベッドの横に立たせると、ター坊《ぼう》の膝《ひざ》はバネのようにピョンピョン伸《の》びちぢみして、お母さんが必死《ひっし》になってター坊《ぼう》の体をおさえなければならなかった。

「もっと静《しず》かにしていなけりゃだめだよ」

お母さんは言った。

「バカ、動いちゃうんだ」

ター坊《ぼう》はうれしそうだった。

「よかったね、ター坊《ぼう》。本当《ほんとう》によかった」

同室《どうしつ》の人たちも、ほかの病室《びょうしつ》の人たちも、お祝《いわ》いを言った。

排泄感覚《はいせつかんかく》ももどり、自分で食事《しょくじ》もできるようになった。

ター坊《ぼう》はみちがえるほど元気になり、あどけないユーモアで部屋《へや》じゅうを笑《わら》わせた。

私もター坊《ぼう》のおかげで、冗談《じょうだん》やシャレが次々と出てくるようになった。そういえば、私もケガをするまでは、人を笑《わら》わせるのが大好《だいす》きだったんだっけ……。

ター坊《ぼう》は私を兄のようにしたってくれて、私たちはお見舞《みま》いにもらった食《た》べ物《もの》なども二つにわけあって食べた。

しかし、そうしながらも、私は自分の心の中に、どうしようもない淋《さび》しさが芽《め》ばえてきているのを認《みと》めないわけにはいかなかった。

みじめなことだけれど、それはター坊《ぼう》への嫉妬《しっと》であった。神《かみ》に祈《いの》るような気持ちであれほどター坊《ぼう》の回復《かいふく》をねがっていた私なのに、奇跡《きせき》のようにター坊《ぼう》の体が動きはじめたそのときから、ター坊《ぼう》をみつめる私の目には、小さなかげができてしまった。

「喜《よろこ》べ。ター坊《ぼう》の回復《かいふく》を一点《いってん》の曇《くも》りもなく喜《よろこ》べ。お前はそれほどみみっちい男ではないはずだ」

私は叫《さけ》ぶように自分に言いきかせた。

私はかなしい心をもって生まれてしまったものだと思った。

周囲《しゅうい》のひとが不幸《ふこう》になったとき自分が幸福《こうふく》だと思い、他人《たにん》が幸福《こうふく》になれば自分が不幸《ふこう》になってしまう。

自分は少しもかわらないのに、幸福《こうふく》になったり不幸《ふこう》になったりしてしまう。

周囲《しゅうい》に左右されない本当《ほんとう》の幸福《こうふく》はないのだろうか。他人《たにん》も幸福《こうふく》になり、自分も幸福《こうふく》になれることはできないのだろうか。そんなに大きなことでなくてもよいのだ。たった今、ター坊《ぼう》の回復《かいふく》を心から喜《よろこ》べる私になれたら、私の顔はどんなに明るくなるだろう。

黒い土に根《ね》を張《は》り
どぶ水を吸《す》って
なぜきれいに咲《さ》けるのだろう
私は
大勢《おおぜい》の人の愛《あい》の中にいて
なぜみにくいことばかり
考えるのだろう

（花しょうぶによせて）

六月、肺《はい》の動きが順調《じゅんちょう》になり、呼吸《こきゅう》の乱《みだ》れもなく安定しているのでやっと気管切開《きかんせっかい》の穴《あな》を閉《と》じることになった。食事《しょくじ》にいってもゆっくりおちついて食べられなかったという母は、これから何の心配《しんぱい》もなく食事《しょくじ》ができると喜《よろこ》んだ。

私の気管《きかん》に穴《あな》が開《あ》いているうちは、しょっちゅう痰《たん》がひっかかってしまい、この一年間、昼も夜も吸引器《きゅういんき》からはなれられなかったからである。

カニューレという管《くだ》をのどの穴《あな》からぬくと、まわりから肉が盛《も》りあがってきて、穴《あな》はずいぶん小さくなったが、やはりのどに穴《あな》が開《あ》いているうちは心配《しんぱい》だったそうだ。私も、空気がもれないので、前より大きな声で話ができるようになった。

一九七一年七月

ストレッチャーを母に押《お》してもらって、廊下《ろうか》に出た。人とすれちがうたびに、顔に痛《いた》いような視線《しせん》を感じた。大廊下《ろうか》を何度もいったりきたりしながら、それでも早足で歩く色とりどりの服装《ふくそう》をした人の姿《すがた》をみられるのがうれしかった。寝《ね》たままだけれど、自分の体が移動《いどう》できるのは、病室《びょうしつ》の中で同じ天井板《てんじょういた》、同じ窓《まど》をみつづけているのに比《くら》べたら、どんなに救《すく》われるかわからなかった。

玄関《げんかん》近くの窓《まど》にストレッチャーをよせて外をみていると、中年《ちゅうねん》の男の人が横にきていろいろと話しかけた。その人は少し前まで入院《にゅういん》していて、今は退院《たいいん》し、時々外来《がいらい》に通院《つういん》していると言った。

どんな病気《びょうき》なのかと、私にもきいたが、私はまったく動けないのだということを言いたくなかったので、あいまいに答えていた。

そんな態度《たいど》からその人は、私が病気《びょうき》のためにふてくされているとでも思ったのだろうか、私をなぐさめるようにやさしい声で、ひとりの青年《せいねん》の話をしてくれた。

その青年《せいねん》は、鉄棒《てつぼう》からおちてそれきり手足《てあし》が動かなくなってしまい、もう何年も寝《ね》たままでいるのだと言った。食べるのは、口に運《はこ》んでやれば何とか食べられるそうだけれど、出るほうはわからない。毎日々々、天井《てんじょう》を向《む》いただけで、何もできない。ただ生きているというだけなんだ、とその人は話した。

世の中には同じような人もいるものだなあと思いながら、さらに、話をきいていると、なんとその青年《せいねん》も体育《たいいく》の先生だったというのだ。しかも、大学を出てすぐの事故《じこ》で、今もこの病院《びょういん》に入院《にゅういん》しているという。

その人は言った。

「そういう気《き》の毒《どく》な人もいるんです。あなたはまだ若《わか》い。その人に比《くら》べたら、どれほど幸《しあわ》せかわかりません。元気を出して、早くよくなってください」

私はその人の顔をみられなくなってしまった。「鉄棒《てつぼう》からおちた」というところがちがうだけで、あとは私と同じだった。

「もしかしたら、私のことを言っているのでは――」

体を黒い淋《さび》しさがしめつけた。

「その人、何科《なにか》ですか」

思いきってきいた自分の声は、今にも泣《な》き出しそうだった。

「整形外科《せいけいげか》だそうですよ。かわいそうですね。今の医学《いがく》でもああなってしまうとなおらないそうですよ」

私は母に頼《たの》んで大急《おおいそ》ぎでその場をはなれた。顔はきっと青ざめていたのにちがいない。

その人は何かを察《さっ》したのか、五、六歩あとをおいかけてきたようだった。

他人《たにん》は私をあの人の言ったようにみているのにちがいない。でも、あの人の言っていたことは本当《ほんとう》のことなんだ。今まで見舞《みま》いにきてくれた人たちの言った、

「元気そうだね」

とか、

「すぐになおるさ」

といった言葉《ことば》。あれは本当《ほんとう》の言葉《ことば》ではなかったのだ。きてくれた人たちのやさしさが言わせたうそなのだと思った。

「ただ生きているというだけなんだ」

さっきの人の声が、いつまでも耳の中にこだましていた。

私はあの人が話したように、うつろに天井《てんじょう》をみている「私」のままで、一生《いっしょう》を終《お》えてしまうのだろうか。息《いき》を吸《す》いこむごとに、淋《さび》しさが胸《むね》の中にはいってくるような気がした。ストレッチャーを押《お》す母の胸《むね》も、同じ淋《さび》しさを吸《す》いこんでいるのだろうと思った。

一九七一年八月

頸髄損傷《けいずいそんしょう》の人は、夏の暑《あつ》さに気をつけなければいけないと助教授《じょきょうじゅ》が言っていたが、本《ほん》当《とう》だった。梅雨《つゆ》が終《お》わり暑《あつ》い日がつづくと、私は何も食べられなくなってしまった。

首から下の感覚《かんかく》はまったくないのに、体は焼《や》けた鉄板《てっぱん》の上にのっているように熱《あつ》かった。

「長ぐつに煮《に》えたつお湯《ゆ》を入れて、はいているようです」

と私は医師《いし》にうったえた。しかし、熱《あつ》いからといって、氷《こおり》を体につけてもにくらしいことに冷《つめ》たさは感じず、熱《ねつ》も三八度《ど》くらいにあがったまま、なかなかさがらなかった。

医師《いし》は汗《あせ》が出ないせいだといった。私のようなケガをすると、発汗《はっかん》の機能《きのう》までマヒしてしまうので、汗《あせ》がかけないのだそうだ。

私は信《しん》じられない気持ちで、手鏡《てかがみ》に自分の体をうつしてもらった。なるほど、こんなに熱《あつ》いのに腹《はら》も足もまるきり水気《みずけ》がなく、ひからびたような色をしていた。

「氷《こおり》で体を冷《ひ》やし、水をできるだけ飲《の》んで、尿《にょう》として熱《ねつ》を体外《たいがい》に排出《はいしゅつ》しなければ……」

と医師《いし》は言った。私は大きな口を開《あ》けて舌《した》を出し、

「ハッ、ハッ、ハッ、ハッ」

犬があえぐときのまねをした。

母が何事《なにごと》かと驚《おどろ》いたように目をみひらいてみつめている。

「犬と同じさ。舌《した》を出して熱《ねつ》を発散《はっさん》させるんだ」

私は笑《わら》いながら言った。

それにしても、鏡《かがみ》にうつっていた自分の体にはがっかりした。

やせてしまった、なんて言えるものではなかった。骨《ほね》の上にやっと皮膚《ひふ》がしみついているような感じで、胸《むね》は湯《ゆ》タンポ。皮膚《ひふ》をやぶくように腰骨《こしぼね》は出っぱり、足は桐《きり》の木の枝《えだ》のようだった。アウシュビッツの収容所《しゅうようじょ》の写真《しゃしん》を思い出した。

入院後《にゅういんご》、はじめてみた変《か》わりはてた自分の体だった。

■山の上の空■

一九七一年十月

中庭《なかにわ》のけやきが少し色づいてきた。また秋を迎《むか》えた。

前《まえ》の病棟《びょうとう》の五階《かい》の窓《まど》から、よく外をみている若《わか》い女の人がいた。遠いので顔ははっきりみえないが、空色のガウンを着《き》て、朝や夕暮《ゆうぐ》れどき、毎日三十分ぐらいじっと外をながめていた。その人の部屋《へや》は北向《む》きだから、きっと、赤城山《あかぎやま》の雄大《ゆうだい》なすそ野《の》や榛名山《はるなさん》や、あるいは、もう雪化粧《ゆきげしょう》の上越国境《じょうえつこっきょう》の山々もみえるのかもしれない。

その人の立っている窓《まど》の上には、胸《むね》にしみるような秋空があった。それは私にとって、身を焼《や》かれるような夏の暑《あつ》さのあとに、やっとやっと迎《むか》えた秋の空であった。私も寝《ね》ながら自分の体も青くなってしまうのではないかと思うほど、毎日空をみあげていた。

ある日、ふと、窓《まど》に立つ空色のガウンの人をみていたら、その人も私の方をみているように思えた。そう思いはじめると、ますますそんな気がしてきた。その人の窓《まど》は五階《かい》。

雄大《ゆうだい》な上毛三山《じょうもうさんざん》のふもとの小さな病棟《びょうとう》の、それも縁《えん》の下《した》のような一階《かい》の私の部屋《へや》の窓《まど》など、その人の目にはいるはずがないのだが、その人の視線《しせん》とバッチリと合ってしまったような、気はずかしい思いをしたこともあった。

とびぬけて空が青い日、ストレッチャーにのって、私はとうとうその人のいる五階《かい》にあがってみた。その人があんなにみとれている山を、あるいは、山の上にある空かもしれないが、私もみたいと思った。寝《ね》たままだからみられないかもしれないが、どんな小さなすき間《ま》からでもいい、みたいと思った。

五階《かい》にあがってみると、そこは脳神経外科《のうしんけいげか》の病室《びょうしつ》だった。廊下《ろうか》の両《りょう》わきが病室《びょうしつ》なので、外の景色《けしき》どころか、その人の部屋《へや》がどこなのかもわからなかった。

しかし、ずうずうしくどんどん奥《おく》にはいっていき、廊下《ろうか》のつきあたりの非常《ひじょう》ドアを開《あ》けてさらにいくと、そこは病棟《びょうとう》と研究室《けんきゅうしつ》をつなぐ渡《わた》り廊下《ろうか》で、両側《りょうがわ》に新幹線《しんかんせん》のような角《かど》の丸い大きな窓《まど》が並《なら》んであった。そして、その窓《まど》には窓《まど》わくの額縁《がくぶち》にかざられて、真《ま》っ青《さお》な空と白い輝《かがや》くような雲と紅葉《こうよう》のはじまった赤城山《あかぎやま》がくっきりとあった。

空色のガウンが横を通ったのは、それから十分《じっぷん》も過《す》ぎたときだろうか。

二つばかり先《さき》の窓《まど》から、私と同じように山をみているその人は、髪形《かみがた》といい顔の輪郭《りんかく》といい、まさしく五階《かい》の窓《まど》の人だった。その人は外をみながら、ときどき私のほうにも視線《しせん》を走らせていた。私は母にストレッチャーを押《お》してもらって、その人のそばにいき、思いきってきいてみた。

「窓《まど》からよく外をみているでしょう」

その人は、パァーッと明るい顔になって、

「整形外科《せいけいげか》の人でしょう。私のところよくみえますか」

「きれいな人だなあと思って、毎日みてたんですよ」

「さっき、あなたが廊下《ろうか》を通ったでしょう。部屋《へや》の人が、『いつも寝《ね》ている整形《せいけい》の人が、今、渡《わた》り廊下《ろうか》のほうにいったよ』っておしえてくれたの。検温《けんおん》が終《お》わるのを待《ま》って、近くでみちゃおうと思ってきてみたの」

「おれのところ、そんなによくみえるんですか」

「ぜんぜん動かないでしょう？　部屋《へや》の人と、どういう病気《びょうき》の人なのかよく話をしていたんですよ」

「ウワーッ！　じゃあ、一日にウンコ何回したかまでわかっちゃってるんだ」

その人は、みたところ、どこが悪《わる》いのかまったくわからなかったが、交通事故《こうつうじこ》の後遺《こうい》症《しょう》がのこっていて、精密検査《せいみつけんさ》を受《う》けに入院《にゅういん》しているということだった。

話してみると、私と同じ年齢《ねんれい》でKさんといった。それから、毎日のように私の部屋《へや》に遊《あそ》びにきては、私たちを笑《わら》わせてくれた。

Kさんと話をしていると、私はとっても素直《すなお》になれるような気がした。健康《けんこう》な人がよく私に言う、忍耐《にんたい》とか、根性《こんじょう》とか、若《わか》さだとかの励《はげ》ましの言葉《ことば》も、Kさんの口からは一度もきかれなかった。同情《どうじょう》もあわれみもないふつうの話をしながら、Kさんとの毎日が過《す》ぎていった。

ある日の夕方、Kさんは五階《かい》の窓《まど》から懐中電灯《かいちゅうでんとう》をふって文字《もじ》を書いてみせた。

「オ・ヤ・ス・ミ。マ・タ・ア・シ・タ」

私も母にたのんで、懐中電灯《かいちゅうでんとう》で文字《もじ》を書いてもらった。

「オ・ヤ・ス・ミ。コ・ド・モ・ハ　ハ・ヤ・ク・ネ・ロ」

Kさんは大きな字で、

「ダ・マ・レ。オ・マ・エ・コ・ソ　ハ・ヤ・ク・ネ・ロ」

その日からは毎日、懐中電灯《かいちゅうでんとう》の会話がはじまった。

秋が終《お》わり冬になった。いつものようにKさんが、懐中電灯《かいちゅうでんとう》で話しかけてきた。

しかしそのとき、あいにく母が留守《るす》で、私は返事《へんじ》をすることができないでいた。

Kさんは私の部屋《へや》をしばらくみつめていたが、やがて、また文字《もじ》を書きはじめた。

「ア・シ・タ・タ・イ・イ・ン・シ・マ・ス」そして、次に小さく、

「ア・イ・シ・テ・ル」

消灯《しょうとう》近くになって、とつぜんKさんが部屋《へや》にやってきて、私の耳元《みみもと》で言った。

「さっき書いたのみた?」

「みた、みた」

私は平気《へいき》をよそおって答えた。

「沢渡病院《さわたりびょういん》へいくことになったの——。また遊《あそ》びにくるね」

Kさんは淋《さび》しそうに言った。

Kさんからはその後《ご》、何回も手紙《てがみ》をもらった。

山の中にある沢渡病院《さわたりびょういん》からは、赤いモミジの葉や小さな木《こ》の実《み》が、便《びん》せんにはさんであったり、暮坂峠《くれさかとうげ》の若山牧水《わかやまぼくすい》の詩《し》なども書かれてあった。

沢渡《さわたり》を退院《たいいん》してからは、初《はじ》めてパチンコをしたことや教会《きょうかい》にいっていることなどが書

かれてあった。

手紙《てがみ》の最後《さいご》には、小さい頃《ころ》からやっているという短歌《たんか》が二、三首よまれてあった。飾《かざ》りたてた言葉《ことば》など一つも使ってない、素朴《そぼく》なKさんの人柄《ひとがら》そのものの歌だった。

Kさんからは、大切《たいせつ》なことをおしえられた。えらくもない、そうかといって、卑屈《ひくつ》にもならない、ありのままをみつめながら、ありのままの姿《すがた》で、胸《むね》をはって生きることの勇気《ゆうき》と、その姿《すがた》の美しさを、おしえられたような気がした。

一九七二年二月

午後《ごご》から雪《ゆき》になった。

雪《ゆき》をみると私は子供《こども》のように、はしゃぎたくなるくせがあって、その日も寒《さむ》いからと止める母にむりやり頼《たの》んで、ストレッチャーで廊下《ろうか》に出してもらった。

そして人の帰った外来病棟《がいらいびょうとう》の廊下《ろうか》の、大きなガラス窓《まど》にぴったりと横づけになって雪《ゆき》の降《ふ》るのをみた。

窓《まど》のすき間《ま》からは冷《つめ》たい風がはいってきたので、母に布団《ふとん》を目の下まで引き上げてもらった。白い空から際限《さいげん》もなく落《お》ちてくる灰色《はいいろ》の雪《ゆき》をみていると、自分のからだが空にあがっていき、魔法《まほう》のジュータンに乗《の》って空中《くうちゅう》をさまよっているような気がした。

病室《びょうしつ》へ帰るとやはり母の心配《しんぱい》していたことが当たってしまった。ベッドに移《うつ》ったとたん、冷《つめ》たい空気を吸《す》いすぎたため、のどに痰《たん》がからまってしまったのである。痰《たん》は窓《まど》の外の木の枝《えだ》に積《つ》る雪《ゆき》のように次第《しだい》に多くなってしまい、息《いき》を吸《す》うのも大変《たいへん》になってしまった。

看護婦《かんごふ》さんにきてもらって、気管《きかん》を切開《せっかい》した穴《あな》はすでに閉《と》じてしまっているので、口のなかから吸引器《きゅういんき》の管《くだ》を入れてもらったりしたが、ますます苦しくなるばかりだった。

首から下が麻痺《まひ》していることは、胸《むね》の筋肉《きんにく》も麻痺《まひ》しているということで、私はふだんの呼吸《こきゅう》も腹式呼吸《ふくしきこきゅう》だけにたよっていたので、深呼吸《しんこきゅう》がほとんどできず、咳《せき》ばらいはまったくといってよいほどできなかった。

当直《とうちょく》の先生も、からだを横にしたり、背中《せなか》をたたいたり、いろんなことをためしてくれたが、私としては針の穴《はりのあな》から息《いき》を吸《す》い込《こ》むような苦しさだった。

廊下《ろうか》を帰っていく西村《にしむら》先生を看護婦《かんごふ》さんが大声《おおごえ》で呼《よ》び止《と》め、かけつけてきてくれた先生に私は「苦しい」と言えるだけの空気が、からだのなかに残《のこ》っていない状態《じょうたい》で、それをわかってもらうために、わずかな力をふりしぼって首を左右にふるだけだった。

西村《にしむら》先生が「口をあけろ」という声も、水の中の会話のように不鮮明《ふせんめい》になり、顔に近づけてくる先生の顔もかすんでみえた。

西村《にしむら》先生は私の口にじかに口をつけて、自分で吸《す》い込《こ》んだ空気を私の肺《はい》に吹《ふ》き込《こ》んでくれた。そんなことを、何度かくり返《かえ》しているうちに、かすんでいた目の前の世界が少しみえるようになり、まわりの音もはっきりききとれるようになった。

西村《にしむら》先生の息《いき》を吸《す》いながら、胸《むね》の中に先生のやさしさと力強さがひと息《いき》ごとにたまっていき、空気とはまた別《べつ》のもので、私の胸《むね》はいっぱいになってしまった。

こんなことがあって翌日《よくじつ》、昨年《さくねん》の六月に一度閉《と》じた気管《きかん》を、再《ふたた》び切開《せっかい》した。

切開《せっかい》した穴《あな》は、そのままにしておくと肉がもりあがって閉《し》まってしまうので、管《くだ》をさしこんで穴《あな》を固定《こてい》させ、痰《たん》がつまる危険性《きけんせい》がなくなるまで、開《あ》けたままにしておくことになった。

〈カルテより〉

熱《ねつ》や呼吸等《こきゅうなど》、全身《ぜんしん》の状態《じょうたい》がおちついてくる。

二度めの気管切開《きかんせっかい》をした穴《あな》は、呼吸困難《こきゅうこんなん》にそなえていつでも人工呼吸器《じんこうこきゅうき》の管《くだ》がさし込《こ》めるよう、開《あ》けたままにしておく。

四肢麻痺《ししまひ》、機能回復《きのうかいふく》の見込《こ》みまったくなし。

現在《げんざい》の医学《いがく》では積極的《せっきょくてき》な治療法《ちりょうほう》なし。全身管理《ぜんしんかんり》のみ。

Ⅳ 字を書きたい！

［'72・3～'73・6］

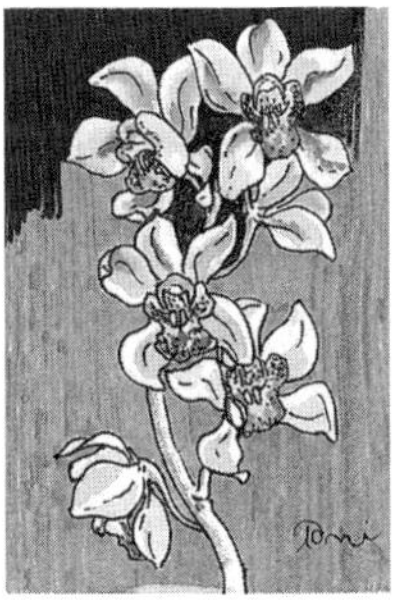

■ひとすじの光■

一九七二年三月

二回めの春がきた。

ガラス窓《まど》から差《さ》し込《こ》む陽《ひ》の光が、やわらかさをおびてくるにつれて、からだの調子《ちょうし》もゆっくりと回復《かいふく》してきた。日がのびること、暖《あたた》かくなること、春の一つ一つの表情《ひょうじょう》が病《やまい》に伏《ふ》している者にとって希望《きぼう》だった。私もなんとなく気持ちがうきうきして、学生時代のように冗談《じょうだん》や洒落《しゃれ》で、だれかれとなく笑《わら》わせては楽しむようになった。

ある日、看護助手《かんごじょしゅ》のひとたちと冗談《じょうだん》を言いあっているうちに、こんな話になった。

「ああ女がほしい。ばあや、若《わか》は娘《むすめ》ッ子がほしくなったぞ」

「ハハア、若《わか》さま、どのような娘《むすめ》ッ子がよろしゅうございましょう」

「年の頃《ころ》は十七、八、いやいやぜいたくは申《もう》すまい、ばあやの若《わか》いときのように、多少くずれていてもかまわん」

「ハハア、承知《しょうち》つかまつりました。若《わか》どのの望《のぞ》みとあらば必《かなら》ずや、娘《むすめ》ッ子を探《さが》し出してごらんにいれます」

いく日か過《す》ぎた昼さがり、廊下《ろうか》をはさんで向《む》かい側《がわ》の個室《こしつ》にいる中年《ちゅうねん》の女性《じょせい》が、桃《もも》の花をもってきて、

「この花、二号室《ごうしつ》か三号室《ごうしつ》にいる娘《むすめ》さんがもってきてくださったのですが、わたしあの人を知らないんですよ。看護助手《かんごじょしゅ》さんにきいたら、それはきっと星野《ほしの》さんのために持参《じさん》したのに部屋《へや》を間違《まちが》えたのでしょう、というものですから……。この桃《もも》の花、もってきました」

その中年《ちゅうねん》の女性《じょせい》が帰ると、入れ替《かわ》りに、足にギブスを巻《ま》いた髪《かみ》の長い若《わか》い女性《じょせい》が、やはり桃《もも》の花を大事《だいじ》そうにもって私の前にあらわれた。その人は微笑《ほほえ》みながら、

「星野《ほしの》さんですか、わたくし安中《あんなか》という者ですが、看護助手《かんごじょしゅ》さんから話をききましたよ。前からおうかがいしたかったのですが、やっときょう、くることができました」

看護助手《かんごじょしゅ》さんは私の〝娘《むすめ》ッ子〟の話を女性部屋《じょせいべや》でバラしてしまったらしかった。

安中《あんなか》さんは、この病院《びょういん》で検査技師《けんさぎし》をしており、休日にスキーに行った折《おり》、足を骨折《こっせつ》し

てしまい、いまやっと歩けるようになったということであった。

安中《あんなか》さんはそれからたびたび私をたずねてきて、私がよく本を読んでいるのを知ると、ある日『塩狩峠《しおかりとうげ》』という本を貸《か》してくれた。

北海道《ほっかいどう》の天塩《てしお》と石狩《いしかり》を結《むす》ぶ鉄道《てつどう》は塩狩峠《しおかりとうげ》を越《こ》えるのだが、その峠《とうげ》で列車《れっしゃ》の連結器《れんけつき》がはずれるという事故《じこ》がおこった。

後車両《こうしゃりょう》が峠《とうげ》の傾斜《けいしゃ》をバックして走りはじめた。手動《しゅどう》ブレーキもきかない。その時列車《れっしゃ》の車輪《しゃりん》の下に身を投《とう》じて止め、多くの人命《じんめい》を救《すく》った人がいたという。

この本はその実話《じつわ》を小説《しょうせつ》にしたもので、私もこの前、口うつしの人工呼吸《じんこうこきゅう》で助けられたのをはじめ、今までにも何度も死から救《すく》われているのをあらためて思いだし、本の中のひとりの鉄道員《てつどういん》の生き方と、その愛《あい》の深《ふか》さにとても感動《かんどう》した。

安中《あんなか》さんはつづいて『道ありき』と『光あるうちに』を貸《か》してくれた。

著者《ちょしゃ》の三浦綾子《みうらあやこ》さんは、それまで名前しか知らなかったが、この人もほとんどベッドで上を向《む》いたまま、十三年間も、病気《びょうき》とたたかってこられた人で、言葉《ことば》のひとつひとつに、うなずいてしまうほどの感銘《かんめい》をうけた。

そして読みすすんでいるうちに、胸《むね》の一番奥底《おくそこ》でしっかりと巣喰《すく》ってしまって、他人《たにん》にはみられないように隠《かく》してきた真《ま》っ黒《くろ》なかなしみの部屋《へや》に、ひとすじの光がさし込《こ》んでくるのを感じた。三浦《みうら》さんは言うのである。

「生きるというのは権利《けんり》ではなく義務《ぎむ》です」

「生きているのではなく、生かされているのです」

そして随所《ずいしょ》に、聖書《せいしょ》の言葉《ことば》や、それにしたがって生きている、クリスチャンと呼《よ》ばれる人びとの姿《すがた》が感動的《かんどうてき》につづられて、心ゆさぶられた。

実《じつ》はそのとき、私のベッドの下の段《だん》ボール箱《ばこ》に一冊《さつ》の聖書《せいしょ》がはいっていた。

私はそういうものを持っているのを人にみられることすら、自分の弱みをさらけ出すような気がして、今まで一度も開《ひら》かないまま、ベッドの下に押《お》し込《こ》んでしまっていたのである。

『道ありき』を読みおえた後《あと》、母に頼《たの》んでその聖書《せいしょ》をベッドの横の小さな本箱《ほんばこ》に、そっと立てかけてみた。本箱《ほんばこ》は、動けるようになってリハビリ施設《しせつ》のある病院《びょういん》に移《うつ》っていったター坊《ぼう》の、残《のこ》していってくれたものであったが……。

それからは、その聖書《せいしょ》の表紙《ひょうし》の文字《もじ》を、横目《よこめ》でみつめながら一日を過《す》ごす日がつづいた。

この聖書《せいしょ》は、大学時代、同じ寮《りょう》に住んでいた二つ先輩《せんぱい》の米谷《よねや》さんが、届《とど》けてくれたものだった。

私が春の空をぼんやりみながら、来年《らいねん》の今頃《ごろ》も十年後《ご》も変《か》わることなく、こうして上を向《む》いて寝《ね》たままの自分の姿《すがた》を想像《そうぞう》していた。

私はいつしか自分の舌《した》を噛《か》む癖《くせ》がついていた。それは、手足がまったく動かない私が舌《した》を噛《か》み切ろうとして噛《か》み切る勇気《ゆうき》もなく、結果《けっか》、死からの誘惑《ゆうわく》を楽しんでいるような、さびしい癖《くせ》だった。

米谷《よねや》さんが来てくれたのはそんなときだった。

以前《いぜん》、寮《りょう》で即席《そくせき》ラーメンを作っていたので、キャベツの葉を一枚《まい》あげると、ラーメンの半分を私に食べさせてくれたことがあった。

そのとき私は、この人、いい人だなあと思った。私はお金がなくて、古いキャベツと庭《にわ》のいちじくの実《み》で腹《はら》を慰《なぐさ》めていたところなので、とてもありがたかった。

そんな思い出を米谷《よねや》さんと話しているうちに私はつい、

「ああ、冷《ひや》し中華《ちゅうか》が食《く》いてぇ」

と言ってしまった。肌寒《はだざむ》い初春《しょしゅん》のこと、あろうはずがない。しかし、麻痺《まひ》している体のためか、全身《ぜんしん》があぶられるように熱《あつ》く、私はほんとうに冷《ひや》し中華《ちゅうか》が食べたかった。

「お祈《いの》りをさせてください」

帰るときになって米谷《よねや》さんが言った。私はいやだったが、お見舞《みま》いももらったたし、遠くからきてくれた米谷《よねや》さんの厚意《こうい》を断《こと》わるわけにはいかない。

とまどっている私にかまわず、米谷《よねや》さんは私の額《ひたい》に手をおくと、

「主《しゅ》よ……」

とお祈《いの》りをはじめた。私は薄目《うすめ》をあけて部屋《へや》の中をみまわした。同室《どうしつ》の人たちに、おがみ屋《や》を頼《たの》んだと思われているようで恥《は》ずかしかった。

その祈《いの》りが、後《のち》の人生《じんせい》を大きく変《か》えてしまうことなど露《つゆ》ほども考えられず、私は米谷《よねや》さんの意外《いがい》と大きい手の下で、

「米谷《よねや》さん、悪《わる》いけどもう少し声を小さくしてください」

と祈《いの》っていた。

米谷《よねや》さんが帰ってから一時間もたっただろうか、私が、米谷《よねや》さんもキリストの名さえ出さなければいい人なんだがなあ……などと思っているところへ、帰ったと思った米谷《よねや》さんがまたもどってきた。そして驚《おどろ》いたことに、風呂敷《ふろしき》のなかから、冷《ひや》し中華《ちゅうか》の皿《さら》を取《と》

り出したのだ。

私はそれを、やっぱりキリストはすげぇ……と感心《かんしん》しながら夢中《むちゅう》で食べた。熱《あつ》い体のなかに心地《ここち》よい風が吹《ふ》きぬけるようだった。しかし長い間おかゆしか食べていない腹《はら》は半分も食べないうちにいっぱいになってしまった。半分も残《のこ》したのでは、米《よね》谷《や》さんへの感謝《かんしゃ》の気持ちも半分になるようで口惜《くや》しかった。

まったくの他人《たにん》の私を自分の体のように思ってくれる米谷《よねや》さんの背中《せなか》を見送《みおく》りながら、私は、自分の苦しみだけのために苦しみ、生きることをあきらめていた自分を恥《は》ずかしく思った。

米谷《よねや》さんから聖書《せいしょ》が贈《おく》られてきたのは、それから少しあとのことだった。


夜になると毎晩《まいばん》のように、どこからともなく女の人の泣《な》き声がきこえた。すすり泣《な》くようなときもあれば、狂《くる》ったときのような、そんな泣《な》き声のときもある。付《つ》き添《そ》いさん達《たち》の噂話《うわさばなし》では、その声の主《ぬし》は、個室《こしつ》にいる、足を切断《せつだん》した若《わか》い女性《じょせい》だという。

「結婚《けっこん》まで決《き》まっていたんだってねェ」

そんなひそひそ話をきくともなく耳にした。

夜中に泣《な》き声がきこえはじめると、私もからだ中をしめつけられるほど悲しかった。そんなときはついに明《あ》け方《がた》まで一睡《いっすい》もできなかった。

こういう夜がいく日か続《つづ》いたある晩《ばん》、不思議《ふしぎ》なように泣《な》き声がぴたりとしなくなり、翌日《よくじつ》その女性《じょせい》の母親《ははおや》という人が私に一通《つう》の手紙を持ってきた。

それは泣《な》きあかしていた女性《じょせい》のつづったものだった。何枚《まい》かの便《びん》せんは、あの泣《な》き声の主《ぬし》とは思えないほど、美しい文字《もじ》でびっしりとうまっていた。

「看護婦《かんごふ》さんから星野《ほしの》さんの話をききました。わたしは自分が一番苦しんでいると思っていたのが恥《は》ずかしい。もう泣《な》きません。星野《ほしの》さんが明るく頑張《がんば》っているのを、おもいながらわたしも頑張《がんば》ります」

としたためてあった。私は、荻原《おぎわら》さんという私とおなじ年齢《ねんれい》のその人が思うほど、前《まえ》向《む》きに生きているわけではなかったが、私のような者でも、明るく生きていれば人の役《やく》にたつこともあるのを知ってうれしかった。

いつか荻原《おぎわら》さんが歩行《ほこう》できるようになり、顔をあわせるようになったとき、彼女《かのじょ》を失《しっ》望《ぼう》させないためにも、私も心の底《そこ》から明るい人間になりたいと思った。

入院中《にゅういんちゅう》の三浦綾子《みうらあやこ》さんのように、動けなくても立派《りっぱ》に仕事《しごと》をする人もいるのだし、私にいまさしあたってできることは、明るい顔をしていることのような気がした。

安中《あんなか》さんや米谷《よねや》さんの通っている教会《きょうかい》の舟喜牧師《ふなきぼくし》がたずねてきてくれた。三浦綾子《みうらあやこ》さんの本や安中《あんなか》さんや何度かお見舞《みま》いにきてくれた米谷《よねや》さんを通して、キリスト教《きょう》に関心《かんしん》をもっていたので、牧師《ぼくし》の思いがけない来訪《らいほう》はうれしかった。

けれど、安中《あんなか》さんや米谷《よねや》さんと話をしているときも感じたことだったが、牧師《ぼくし》の口から、神《かみ》とかキリストとかの言葉《ことば》をきくのがなんとなくいやで、その言葉《ことば》がでてくると、思わず隣《となり》のベッドの人たちの視線《しせん》が気になった。牧師《ぼくし》の話に耳を傾《かたむ》けながらも、私は牧《ぼく》師《し》が帰ったあと、部屋《へや》の人たちに弁解《べんかい》する言葉《ことば》を考えていた。

「たのんできてもらったわけはないいんだけれどさ、聖書《せいしょ》っていうのは歴史《れきし》の勉強《べんきょう》になるから……」

私はそんな自分がかなしかった。

入院《にゅういん》してから今までに自分の弱さをいやというほど知らされたのに、それを素直《すなお》に口に出せないことが、そしていままでは明るい人だ、頑張《がんば》り屋《や》だ、と他人《たにん》に言われるようになると、ことさらそれを厳重《げんじゅう》にひた隠《かく》すようになってしまっていた。
「聖書《せいしょ》を勉強《べんきょう》してみます、またお願《ねが》いします」
と、牧師《ぼくし》に向《む》かってやっと言ってみたが、それは、弱さを包《つつ》んでいた被《おお》いの隙間《すきま》から洩《も》れた、私の本心《ほんしん》に近いことばだった。

次の週もその次の週も約束《やくそく》どおり牧師《ぼくし》はきてくれた。しかし私は、まわりの人の目が気になって、あいかわらず本箱《ほんばこ》の聖書《せいしょ》を横目《よこめ》でみつめているだけだった。

そんなある日、牧師《ぼくし》は私の聖書《せいしょ》を取《と》り出《だ》し、
「ここから読んでみたらどうですか」
と、紙をはさんでいってくれた。牧師《ぼくし》が帰ったあと、私は敵陣《てきじん》へ突《つ》っこむような一大《いちだい》決心《けっしん》をして聖書《せいしょ》を書見器《しょけんき》につけてもらった。

書見器《しょけんき》はベッドで仰臥《ぎょうが》(あおむけ)したまま読めるように、本が顔の上にくるような仕《し》組《く》みになっていて、ページは一枚《まい》一枚《まい》母にめくってもらっていた。だから私がどういう本を読んでいるかなど、部屋《へや》の人たちにはすぐわかってしまうのである。

牧師《ぼくし》が紙をはさんだところは『ローマ人への手紙』というところだった。

三浦綾子《みうらあやこ》さんの本の中にも記《しる》されていた言葉《ことば》が、いくつかあったが、正直《しょうじき》いって私は大きな期待《きたい》をもっていただけに、聖書《せいしょ》の中味《なかみ》はまことにつまらない、無味乾燥《むみかんそう》な活字《かつじ》の羅列《られつ》にしかみえなかった。それでもページをめくってもらっているうちに、私の脳裏《のうり》にひそんでいた、ある言葉《ことば》がでてきて、そこに目が釘《くぎ》づけになってしまった。

「そればかりではなく患難《かんなん》さえもよろこんでいます。それは患難《かんなん》が忍耐《にんたい》を生み出し、忍《にん》耐《たい》が練《ね》られた品性《ひんせい》を生み出し、練《ね》られた品性《ひんせい》が希望《きぼう》を生み出す……」

という文である。

それはいつだったか、米谷《よねや》さんからいただいたハガキに書かれた言葉《ことば》だった。

そのときは、たいして気にもとめずに読み過《す》ごしてしまったが、今こうして期待《きたい》はずれのつまらなそうな文字《もじ》の中のそれを凝視《ぎょうし》していると、あのときと同じ言葉《ことば》なのに、私のうす暗《ぐら》い明日《あした》に、かすかな光がさし込んでくるような気がした。

信《しん》じられなくも信《しん》じたいと思った。今《こ》のこの苦しみは、苦しみだけに終《お》わることなく、豊《ゆた》かな人間性《せい》や希望《きぼう》につながっているというのである。

私にはこの言葉自体《ことばじたい》がすでに希望《きぼう》だった。

たしか高校生のときだった。昼間家《ひるまや》にいたのだからその日は日曜日《にちようび》だったのかもしれない。私は豚小屋《ぶたごや》の堆肥《たいひ》を籠《かご》に背負《せお》い、畑《はたけ》に運《はこ》んでいた。暑《あつ》い日に加《くわ》えて、堆肥《たいひ》の湿《しめ》った熱《ねつ》が籠《かご》を通して背中《せなか》に伝《つた》わり、少し登《のぼ》ると、もうからだじゅうが汗《あせ》びっしょりになってしまった。

私の家の畑《はたけ》は、裏山《うらやま》の斜面《しゃめん》にあり、肥料《ひりょう》の運搬《うんぱん》や農作業《のうさぎょう》のすべてを人力《じんりょく》だけに頼《たよ》っていた。渡良瀬川《わたらせがわ》の流《なが》れに沿《そ》ってはしる足尾《あしお》までの鉄道《てつどう》と、日光《にっこう》に通じる国道《こくどう》に沿《そ》って人家《じんか》がまばらに並《なら》ぶ小さな村が、私の村で、父が子供《こども》の頃《ころ》は、足尾銅山《あしおどうざん》が盛《さか》んで、銅《どう》を運《はこ》ぶ荷馬車《にばしゃ》の往来《おうらい》がにぎやかだったときかされている。

村のなかには「平《たいら》」と名の付《つ》く地名《ちめい》が今でも方々《ほうぼう》にある。それはまわりを急《きゅう》な山で囲《かこ》まれているため、平地《へいち》にあこがれ、平《たい》らな土地《とち》を大切《たいせつ》にしていた昔《むかし》の村人《むらびと》が、ほんの少しでも平《たい》らな土地《とち》があると、そこここに平《たいら》という名をつけた名残《なご》りだと伝《つた》えられていた。

私の家の畑《はたけ》は、だんだん畑《ばたけ》で、汗《あせ》まみれになって肥料《ひりょう》を背負《せお》いあげる割《わり》には、たいした収穫《しゅうかく》はなかった。

その日も、いつものように土に鼻《はな》をくっつけるように、細《ほそ》く急《きゅう》な道を登《のぼ》っていると、突然真《とつぜんま》っ白《しろ》い十字架《じゅうじか》が目の前にあらわれた。そこは小さな墓地《ぼち》で、十字架《じゅうじか》は建《た》てられたばかりで真新《まあたら》しく、掘《ほ》りかえされた土の上には花束《はなたば》が添《そ》えてあった。十字架《じゅうじか》のおもてには筆《ふで》で短い文字《もじ》が記《しる》されてあった。

「労《ろう》する者、重荷《おもに》を負《お》う者、我《われ》に来《き》たれ」

思えばこれが、私と聖書《せいしょ》の言葉《ことば》との最初《さいしょ》の出会《であ》いだった。

私はしばらく立ちどまり、声に出して読んでみた。心に何かひびくものを感じた。それは、そのときの私が汗《あせ》びっしょりの「労《ろう》する者」であり、豚《ぶた》の生《なま》あたたかい堆肥《たいひ》の「重く荷《に》を負《お》う者」だったからである。

しかし「我《われ》に来《き》たれ」とはどういう意味《いみ》なのだろう……。畑仕事《はたけしごと》をしながらも、それからずっとのちまで、その疑問《ぎもん》が私の頭から離《はな》れなかった。

そしてその疑問《ぎもん》は、今こうしてベッドに横になっている私に、新たな重みをもって問《と》いかけてきた。

〈母の回想《かいそう》〉

二度めの気管切開手術《きかんせっかいしゅじゅつ》のあとは、さすがの私もがっくりしました。やっと全身《ぜんしん》におちつきが出てきた矢先《やさき》のことでしたから、また第一歩《だいいっぽ》からやり直《なお》さなければならないのかと思うとたまらなくなりました。

今までもつらくてつらくて、このまま眠《ねむ》ってしまいたい、夜が明《あ》けなければいいと何度思ったことか。

でもそのたびに、もし自分がたおれたら、富弘《とみひろ》がどうなるかと思うと弱音《よわね》などはいておれません。この子のために一生《いっしょう》そいとげてやらねば、この子の喜《よろこ》ぶことならどんなことをしてでもやってやらねば。この一念《いちねん》で共《とも》に歩いてきたのですが……。

熱《ねつ》が出たりお腹《なか》がはったりは相変《あいか》わらずで、これ以上《いじょう》の好転《こうてん》はなにも望《のぞ》めず、ただじっくり時間をかけて体力《たいりょく》がつくのを待《ま》つ毎日でした。

富弘《とみひろ》としてもこれから先《さき》のことがいろいろ思いやられるのでしょう、天井《てんじょう》をじーっとみつめていることが多くハッとさせられました。語《かた》りかけてやる言葉《ことば》もみつかりません。

毎日本をよく読みました。吉川英治全集《よしかわえいじぜんしゅう》など、書見器《しょけんき》にとりつけ一枚《まい》一枚《まい》めくってやりました。一字一句《いちじいっく》のみこむように読んでいました。

お友だちや生徒《せいと》たちのおたよりはとても励《はげ》みになるようで、返事《へんじ》を書きたい‼　と思っているようでした。でも首にまだ力がなく、自力《じりき》で頭を持ちあげることすらできません。こんな状態《じょうたい》ですので、何かをしようなどということは思いもよりませんでした。

■字を書きたい！■

一九七二年　夏

私たちの部屋《へや》から東京《とうきょう》の病院《びょういん》に移《うつ》った高久《たかく》君の、お母さんが久《ひさ》しぶりに病室《びょうしつ》をたずねてきた。

高久《たかく》君は中学生で私たちの部屋《へや》の人気者《にんきもの》だったが、病院《びょういん》を移《うつ》ってからは知らない人の中で、ずいぶんと淋《さび》しい日をおくっていたらしい。

高久《たかく》君のお母さんは彼《かれ》に私たちの声をテープにおさめ、愛用《あいよう》のチューリップハットに寄《よ》せ書きしてもらってくるようたのまれてきたのだった。

テープにはみんなでおもいきりにぎやかな唄《うた》を吹《ふ》きこんだが、寄《よ》せ書きの注文《ちゅうもん》には、私はハタと困《こま》ってしまった。

高久《たかく》君は、命《いのち》にかかわるほどの重い病気《びょうき》だった。看護婦《かんごふ》さんや部屋《へや》の人たちが、それぞれ思い思いの言葉《ことば》を書いた帽子《ぼうし》が最後《さいご》に回ってきた。

くやしいけれど私には、どうにもならなかった。

ああ、書ける手がほしい!! どこか動かせるところがほしい!!

彼《かれ》とは仲《なか》のよかった私が直接《ちょくせつ》書いた文字《もじ》が帽子《ぼうし》のどこかにあるのを発見《はっけん》したら、高久《たかく》君はどんなにか、よろこんでくれることだろう。

病床《びょうしょう》にある者同士《どうし》の、ささやかな励《はげ》ましあいである。

そう思うと、よしッ、高久《たかく》君を驚《おどろ》かしてみたい、うんとよろこばしてみたい、そんな思いに私はあせった。そしてせきたてられるように、今までやってみたこともないサインペンを口にくわえてみた。

母が帽子《ぼうし》を私の顔の上におそるおそる広げた。私は全身《ぜんしん》の力を首に集中《しゅうちゅう》して頭をもちあげた。

——ペン先《さき》がわずか帽子《ぼうし》に触《ふ》れ、その白い生地《きじ》に、ゴマ粒《つぶ》ほどの黒い点がついた。あとはそれを動かして線状《せんじょう》にのばして文字《もじ》にすればよいのだが、私にできたのはかすかながらも黒い点をひとつ、つけるのが限界《げんかい》だった。首をもちあげただけで、私の全身《ぜんしん》の力はすべて出つくしてしまったのである——。

マラソンをした直後《ちょくご》のように呼吸《こきゅう》は乱《みだ》れ、前歯《まえば》はペンを強く噛《か》んでいたために、まるで感覚《かんかく》がまったくなくなってしまっていた。なかば硬直《こうちょく》したような唇《くちびる》のまわりにはよだれがぶざまに流《なが》れていた。首を動かすなどあまりの暴挙《ぼうきょ》だったのだ。

結局《けっきょく》、私のくわえたサインペンに、こんどは母が帽子《ぼうし》を上から押《お》しつけては、左右に少しずつ動かしながら「富《とみ》」という字を書いた。

黒い点はうまい具合《ぐあい》につなげて「お」という字にした。

私は上を向《む》いてサインペンを歯《は》にはさんだまままったく首を動かさずに、帽子《ぼうし》には「お富《とみ》」と茶目《ちゃめ》ッ気《け》たっぷりに書いたのである。


いく日かたったある日、高久《たかく》君から電話《でんわ》がかかってきた。彼《かれ》は例《れい》の帽子《ぼうし》の「お富《とみ》」のサインを、ことのほか喜《よろこ》んでくれ、三十分もいろんなことを話しつづけた。

私は、喜《よろこ》ぶ彼《かれ》に「俺《おれ》はサインペンをただくわえていただけだったんだよ」とは最後《さいご》までどうしても言うことができなかった。

私は高久《たかく》君の喜《よろこ》ぶ声を受話器《じゅわき》を通してききながら、こんなに喜《よろこ》んでくれてよかった!! と同時に「口で字を書きたい!!」と、このとき痛烈《つうれつ》に思うようになった。

入院以来《にゅういんいらい》たくさんの手紙をもらった。私が負傷《ふしょう》したとき受《う》け持っていた生徒《せいと》はほとんどが高校生になっていた。わずか二か月の教員《きょういん》生活だったのに、生徒《せいと》たちは今でも私のことを先生と呼《よ》んでくれる。新しい高校のこと、友だちのこと、運動会《うんどうかい》や旅行《りょこう》のこと、そして家庭《かてい》での小さなできごとなど、手紙でくわしく知らせてくれた。

「いま授業《じゅぎょう》中なのですが……」とか「きょうはボーイフレンドの話です。他《ほか》の人に言っちゃだめです。先生だけにおしえるんですから」……などの手紙を、二年ちかくも送《おく》りつづけてくれている生徒《せいと》もいた。

共《とも》にザイルを組んだ山仲間《なかま》や実習《じっしゅう》にきた看護学生《かんごがくせい》も手紙をくれた。閉《と》ざされた病室《びょうしつ》の中にいる者にとって、外からの手紙は本当《ほんとう》にうれしいもので、一枚《まい》一枚《まい》何度も読み返《かえ》しては手紙に向《む》かって、

「ありがとう○○さん」

心のなかで何度言ったことか。もしいままでにいただいた手紙にどんなに短くてもいい、自分の手でお礼《れい》の手紙が書けたら、その人たちにとっても、私にとってもどんなにかうれしいことだろう。

そう思うと、私は書けるという保証《ほしょう》など確《たし》かなものはなにもなかったけれども、思《おも》い切《き》ってスケッチブックとサインペンを母に買ってきてもらった。スケッチブックのよう

な固《かた》い紙の方が母に持ってもらうのに都合《つごう》がよいような気がしたからだった。

しかしスケッチブックにはただの一字はおろか、一本の線でさえ書けないままに月日がたっていった。

サインペンをくわえた頭がかなりもちあがっていたような気がしていたが、実際《じっさい》は枕《まくら》から二、三ミリしか頭を浮《う》かせることができず、まして、その頭を動かすなどということは、何百キロもの重量物《じゅうりょうぶつ》を持ちあげるほどの力がなければならないように思えた。

でも私はあきらめたくなかった。

口で字を書くことをあきらめるのは唯《ただ》一つの望《のぞ》みを棄《す》てることであり、生きることをあきらめることでもあるような気がしたからである。

「からだの中で比較的《ひかくてき》弱いとみられる器官《きかん》が、かえってなくてはならないものなのです」

（コリント人Ⅰの12章《しょう》22節《せつ》）。

読《よ》み進《すす》んでいた聖書《せいしょ》の中でみつけた言葉《ことば》だ。

聖書《せいしょ》のいうように本当《ほんとう》に神様《かみさま》がいるとすれば、神様《かみさま》は私のような者でも認《みと》めていてくれるのである。そしてこんな者にも、役割《やくわり》を与《あた》えて何かをさせようとしている。

いまの私の役割《やくわり》は、口で字を書くことなのかもしれない。神様《かみさま》が本当《ほんとう》にいてほしいと思った。

一九七二年十二月

私のいた部屋《へや》は比較的《ひかくてき》重症《じゅうしょう》の人がはいってくるようだったが、手術《しゅじゅつ》のときを除《のぞ》けば、病室《びょうしつ》とは思えないほどにぎやかだった。とくに看護学生《かんごがくせい》が実習《じっしゅう》にくると、病室全体《びょうしつぜんたい》が若々《わかわか》しい活気《かっき》にあふれた。

十二月になって、私の担当《たんとう》となった看護学生《かんごがくせい》の篠原《しのはら》さんはおとなしい感じの人だったが、食事《しょくじ》を摂《と》らせてくれたり、からだを拭《ふ》いてくれたりするときのまなざしは、真剣《しんけん》そのもので、冬だというのに額《ひたい》には汗《あせ》が光っていた。

「遠慮《えんりょ》なくなんでも言いつけてくださいね」

と私と母に言ってくれた。

私は背中《せなか》の床《とこ》ずれを防《ふせ》ぐために、一日に二、三度はからだを横向《よこむ》きにしてもらっていた。そのとき、からだが倒《たお》れないようにするため、布団《ふとん》を棒《ぼう》のようにまるめて、からだの前後《ぜんご》につっかえ棒《ぼう》のようにして、その上から長い帯《おび》をまわして、ベッドごとからだを縛《しば》って固定《こてい》していた。

そこで早速《さっそく》、私は彼女《かのじょ》にたのんでみた。

「じゃあ、篠原《しのはら》さん、すいませんがこのまるめた布団《ふとん》の代《か》わりになってください」

「えっ？……すごいこと言うんですね」

篠原《しのはら》さんはドギマギしながら、それでも笑《わら》ってことばを返《かえ》してきた。

部屋《へや》の人たちも笑《わら》いながら、

「学生さん、星野《ほしの》さんの一生《いっしょう》のお願《ねが》いだってよ、布団《ふとん》の代《か》わりになってやってください」

と口ぐちにはやしたてた。私は調子《ちょうし》にのって、

「篠原《しのはら》さん、あなたそんなに恥《は》ずかしそうな顔をして……。やだなあ、俺《おれ》はあくまで医《い》学的《がくてき》にまじめに考えているんですよ。動けない患者《かんじゃ》の体位変換《たいいへんかん》のときのつっかえ棒《ぼう》はまるめた布団《ふとん》と若《わか》い女の子とではどちらが効果的《こうかてき》か、また患者《かんじゃ》に及《およ》ぼす精神的影響《せいしんてきえいきょう》は……という、非常《ひじょう》にまじめなことを考えているんですぞ」

「精神的《せいしんてき》にはよくないと思います。心臓《しんぞう》にも悪《わる》いんじゃないですか」

そう言いながらも、篠原《しのはら》さんは私が横向《よこむ》きの姿勢《しせい》でできることをちゃんと考えていてくれたのである。

それから幾日《いくにち》かして彼女《かのじょ》は横向《よこむ》きの私に言った。

「その姿勢《しせい》で字を書いたらどうでしょう」

なにげないひとことがひとりの人間の一生《いっしょう》を方向《ほうこう》づけてしまうことがある。

私も、今まで「横向《よこむ》きで字を書いたらどうかなあ」と母に言ったこともあったが、上を向《む》いて書くことばかりに、あまりにも強くこだわりすぎていたために、せっかくの思いつきを隅《すみ》の方に追《お》いやってしまっていたのである。

昔《むかし》メキシコのマヤ民族《みんぞく》だったろうか、自分の子供《こども》には車のついたオモチャを作って遊《あそ》ばせていたのに、自分たちはついに車を運搬《うんぱん》の道具《どうぐ》として使うことができなかった……、という話をきいたことがある。

私もそれに似《に》ていると思った。横向《よこむ》きになった顔の前に、篠原《しのはら》さんがスケッチブックを立てて持っていてくれて、私はサインペンにガーゼを巻《ま》いて口にくわえた。

篠原《しのはら》さんがスケッチブックを、サインペンの先《さき》すれすれのところまで近づけて、私が、首を少し前《まえ》にだすと、ペン先《さき》が紙に触《ふ》れ、黒いしみができた。

枕《まくら》の上の頭を少しずらすだけだから、力がほとんど必要《ひつよう》なかった。

口で書くはじめての文字《もじ》……。何と書こう。

まごまごしてはいられないのに、頭の中にあったたくさんの文字《もじ》や言葉《ことば》が不思議《ふしぎ》に消《き》えてしまっていた。

結局《けっきょく》、初《はじ》めて書いた文字《もじ》はカタカナの大きな「ア」の字だった。次は「イ」である。黒糸《くろいと》の切《き》れ端《はし》のようにもつれた文字《もじ》が、だんだんと増《ふ》えていった。

目が回った。よだれがサインペンのガーゼをぐしょぐしょにして、頬《ほ》っぺたを伝《つた》わって枕《まくら》に浸《し》みた。慣《な》れないものをくわえるためだろうか、吐《は》き気《け》もしてきた。

しかしうれしかった。うれしくて、うれしくて、……やめることはできなかった。

スケッチブックを持つ篠原《しのはら》さんの手はブルブルと震《ふる》え、横からのぞき込《こ》む母の歯《は》は、私と同じようにがっちりと噛《か》み合わさっていた。

首は次第《しだい》に疲《つか》れてきて、カタカナの字も字でなく、ただの、のたくった線のようになってしまった。それでも私はやめなかった。初《はじ》めて自分の名前が書けるようになった幼《おさな》いときのように、うれしくて、うれしくてしかたなかった。

その夜、高熱《こうねつ》が出てしまった。しかしあすが楽しみだった。あすになればまた字が書ける、あすはもっと落《お》ちついて、ゆっくり書いてみよう。

その夜久《ひさ》しぶりにぐっすり眠《ねむ》った。

私は器械体操《きかいたいそう》をはじめてみようと思った。もちろんベッドの上で寝《ね》たままの私に、鉄《てつ》棒《ぼう》やつり輪《わ》などできるはずはなく、器械体操《きかいたいそう》をやっているつもりで、字の練習《れんしゅう》をしてみようと思ったのだ。

器械体操《きかいたいそう》の技《わざ》は、一見特殊《いっけんとくしゅ》な才能《さいのう》の持《も》ち主《ぬし》しかできないように思われがちだが、オリンピックでメダルをとる人だって、いきなりウルトラCはできないのである。ウルトラCという頂点《ちょうてん》の下には、ピラミッドの石のようにたくさんのやさしい技《わざ》や見栄《みば》えのしない技《わざ》がつみかさねられているのである。

一般《いっぱん》に使われている技《わざ》なら、練習次第《れんしゅうしだい》でだれにでもできるものなのである。

私は高校一年から大学を卒業《そつぎょう》するまで、いや、このからだが動かなくなる瞬間《しゅんかん》まで、器械体操《きかいたいそう》に親《した》しんできた。けっして優秀《ゆうしゅう》な選手《せんしゅ》ではなかったが、床《ゆか》、つり輪《わ》、鞍馬《あんば》、跳《ちょう》馬《ば》、平行棒《へいこうぼう》、鉄棒《てつぼう》と、だいたいの技《わざ》はできるようになっていた。

最初不可能《さいしょふかのう》とみえる技《わざ》がなぜできるようになったかというと、やさしい技《わざ》をくり返《かえ》す基礎《きそ》からやりはじめたからである。

からだを柔《やわ》らかくすること、マット上での前転後転《ぜんてんこうてん》、とそれ自体《じたい》なんの華《はな》やかさもない技《わざ》を毎日くり返《かえ》した。もっともそれしかできなかったが！

その結果《けっか》、知らず知らずのうちに器械体操《きかいたいそう》らしい技《わざ》ができるようになったのである。

口で字を書くことだって、それと同じではないかと思った。

小さな地味《じみ》な基礎《きそ》をつみかさねていけば、器械体操《きかいたいそう》の華麗《かれい》な技《わざ》のように、口でだってきっと美しい文字《もじ》が書けるようになれると思った。

何年かかってもよい、それをやることが、器械体操《きかいたいそう》をやってきたものとして、器械体《きかいたい》操《そう》でけがをしてしまったものとして、体育《たいいく》の教師《きょうし》として、私にあたえられた義務《ぎむ》であるような気がした。

下手《へた》でもいいじゃあないか。どんなにのろくてもいいじゃあないか。初《はじ》めてつり輪《わ》にぶら下がったときだってなんにもできなかったではないか……。

新しい予感

一九七三年一月

三回目の新しい年を迎《むか》えた。

今年《ことし》は石油《せきゆ》ショックのため、病院《びょういん》の暖房《だんぼう》も極度《きょくど》に節約《せつやく》されてしまい、母は湯《ゆ》たんぽの上に足をのせて、寒《さむ》さをしのいでいる。わびしい正月だ。

でも、字が書けるようになったので、とても気分は明るかった。

字を練習《れんしゅう》しはじめてひと月足らず、今ではふらふらしていた線も、まっすぐ引けるようになり、一文字《ひともじ》が五センチ以上にもなった大きかった字も、だいぶ小さくまとめられるようになった。漢字《かんじ》も書けるようになった。

からだを横に向《む》けて、十分《じっぷん》くらいしかつづかなかったのが、三十分になり、調子《ちょうし》のよい日は一時間も書きつづけた。

よだれや吐《は》き気《け》がするのは相変《あいか》わらずだったが、それでも慣《な》れるにしたがって少なくなってきた。

漢字《かんじ》一字を書くのに何分《なんぷん》もかかってしまうこともあったが、真《ま》っ白《しろ》い紙に自分の力で文字《もじ》を書けるということは、私にとって大きな喜《よろこ》びだった。朔太郎《さくたろう》や八木重吉《やぎじゅうきち》の詩《し》を、一日三行ぐらいずつ写していった。心に残《のこ》った聖書《せいしょ》の言葉《ことば》も書いてみた。

母はスケッチブックを持ちながら、身動《みうご》きはもちろんくしゃみをすることさえがまんして、私の字が次第《しだい》にうまくなるのを見守《みまも》ってくれた。

私が、口からサインペンを離《はな》したとたん、トイレへ走って行くこともしばしばだった。

浅間山《あさまやま》が爆発《ばくはつ》して、前橋《まえばし》の空がうす暗《ぐら》くなるほど灰《はい》が降《ふ》った日だった。突然起《とつぜんお》こった自然《しぜん》の驚異《きょうい》に、私は自分の身にも何か新しいことが起《お》こるような気がして、うきうきしてサインペンをくわえた。

誰《だれ》かがやってくる
赤い花を持って
今、私に向《む》かって歩いてくる

これはあまりにも少女趣味《しょうじょしゅみ》の文なので、あとで読み返《かえ》して恥《は》ずかしくなり、棄《す》ててしまった。

しかし本当《ほんとう》にきたのである。その人は赤い花ではなく一袋《ひとふくろ》のみかんを持って――。

「私は前橋《まえばし》キリスト教会《きょうかい》に通っている渡辺《わたなべ》と申します。舟喜牧師《ふなきぼくし》からいつもお話をきいています」

母は買物《かいもの》にでかけていて留守《るす》だったので、かわりに彼女《かのじょ》は私にみかんを食べさせてくれると、まもなく帰って行った。

彼女《かのじょ》はその日から土曜日《どようび》ごとに、毎週欠《か》かさず来てくれるようになり、それがいつのまにか週に二度になり、とうとう三度になってしまった。

私が熱《ねつ》を出したときなど、会社《かいしゃ》の帰りに毎日立《た》ち寄《よ》ってくれて、病室《びょうしつ》にははいらず、部屋《へや》の窓明《まどあ》かりを遠くからみつめながら祈《いの》ってくれた人だった。

一九七三年三月

字を書きはじめてから四か月が過《す》ぎて、なんとか念願《ねんがん》の手紙が書けるようになり、生《せい》徒《と》や姉や友だちに手紙を書いた。

一つの手紙に一週間もかかってしまうこともあったが、受《う》けとった人たちは、私の想像《そうぞう》を遥《はる》かにこえて大きくよろこび、折《お》り返《かえ》し返事《へんじ》をくれた。

なかには、額《がく》に入れてかざったという友だちもいた。

長い時間書きつづけると熱《ねつ》が出たが、つらいとは思わなかった。

病院《びょういん》から一歩も出られない私だけれど、体力《たいりょく》と精神《せいしん》のかぎりをつくして書いた文字《もじ》は、文字《もじ》というより、私の分身《ぶんしん》のような気がして、それが汽車《きしゃ》に乗《の》り、遠いところへ出かけて行くのだと思いながら書いた。

一九七三年五月

ストレッチャーで裏庭《うらにわ》に行ってみた。そこは整備《せいび》された病院《びょういん》の表側《おもてがわ》とは対照的《たいしょうてき》に、古ぼけた木造《もくぞう》の建物《たてもの》や石ころや雑草《ざっそう》の散《ち》らばっているところだった。

しかし私は、そういった土の臭《にお》いのするみすてられたようなところにいるほうが好《す》きで、晴れた風のない日はかならずそこに行った。

静《しず》かに空をみあげていた。空は毎日みていても飽《あ》きなかった。空をみていると私は動けないことを忘《わす》れ、無限《むげん》の中を自由《じゆう》に泳《およ》いでいるような気持ちになった。

首を横に向《む》けると、雑草《ざっそう》の中に小さな母子草《ははこぐさ》もみえた。母子草《ははこぐさ》という名前が、五月の明るい空の中を漂《ただ》よう私の心に、しみるようだった。

母の押《お》す寝台車《しんだいしゃ》で
病院《びょういん》の裏庭《うらにわ》へ行くと
焼《や》け跡《あと》のコンクリートに

寄《よ》りかかるように
母子草《ははこぐさ》が咲《さ》いていた
私も花のように空を見つめていたら
眩《まぶ》しくて涙《なみだ》が出てしまった
母に泣《な》いているんだと思われそうで
恥《は》ずかしかった
（母子草《ははこぐさ》）

渡辺《わたなべ》さんが病院《びょういん》にくる途中《とちゅう》、道端《みちばた》に咲《さ》いていたからとハルジオンの花をとってきてくれた。小さい頃《ころ》からよく畑《はたけ》の草むしりを手伝《てつだ》わされたので、この根強《ねづよ》い雑草《ざっそう》には恨《うら》みの気持ちさえ抱《いだ》いていた。

しかしこうして花ビンにさされた花は、あの役《やく》たたずなきらわれものの花とは思えないほど美しくみえた。黄色い花心《かしん》、それをとりまく細《ほそ》く白い花びら、遠慮《えんりょ》がちについている小さな葉、――本当《ほんとう》に美しいと思った。

みているだけではがまんできなくなり、スケッチブックに描《えが》きとどめておきたいと思った。絵を描《えが》こうと思うことはやめて、美しいものを、あるがままに、みえるがままに、

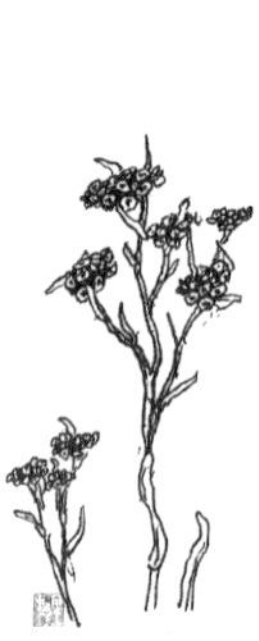

写《うつ》しとろうと思った。

白い細《ほそ》い花びらは、黒い線で一本一本たんねんに描《えが》いていくと、花びらの白さが浮《う》きあがり、小さな花が向日葵《ひまわり》のように大きくみえた。花は全部上向《ぜんぶうわむ》きで咲《さ》いているのに、蕾《つぼみ》はしおれてしまったのだろうか、力なく下を向《む》いていた。

元気だったときのように上を向《む》かせて描《えが》いてやろうと思ったが、思い直《なお》して下向《したむ》きのまま描《えが》いた。描《えが》きあがった絵は、小さいけれど、私が手で描《えが》いた頃《ころ》の絵よりも力強くいきいきとしているようで、うれしくなり、花の絵のまわりに文も書いて友だちに送《おく》った。

つづいて、母子草《ははこぐさ》、あやめ……、スケッチブックには文字《もじ》のほかに小さな花もふえていった。

ある日新聞《しんぶん》でハルジオンのことが載《の》っているのをみつけた。

そこに、「ハルジオンの蕾《つぼみ》は下向《したむ》きにつく」とあった。

私はありのままに描《えが》いてよかったと思った。偉大《いだい》な自然《しぜん》がつくったものを、私のような小さな者が手を加《くわ》えようとしたことを、恥《は》ずかしいと思った。

たとえ、しおれていようと、虫が喰《く》っていようと、それだって立派《りっぱ》な自然《しぜん》なんだ。

ブラインドのすき間《ま》から
さし込《こ》む朝の光の中で
二つめのつぼみが六つに割《わ》れた
静《しず》かに反《そ》り返《かえ》ってゆく花びらの
神秘《しんぴ》な光景《こうけい》を見ていたら
この花を描《えが》いてやろうなどと思っていたことを
高慢《こうまん》に感じた
「花に描《えが》かせてもらおう」と思った

（ユリ）

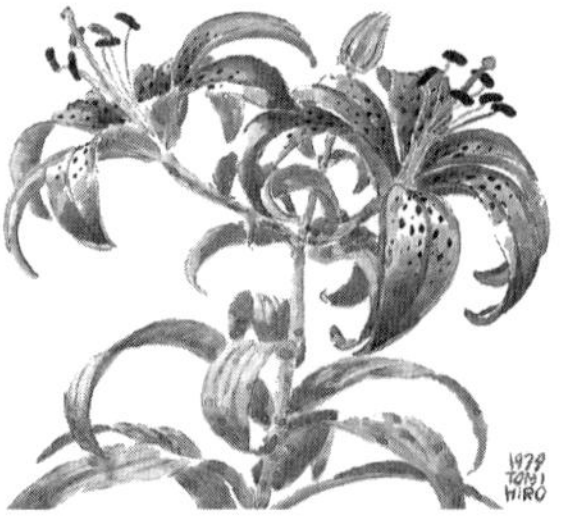

V 絶望《ぜつぼう》のはてに

['73・7・10～'74・12・21]

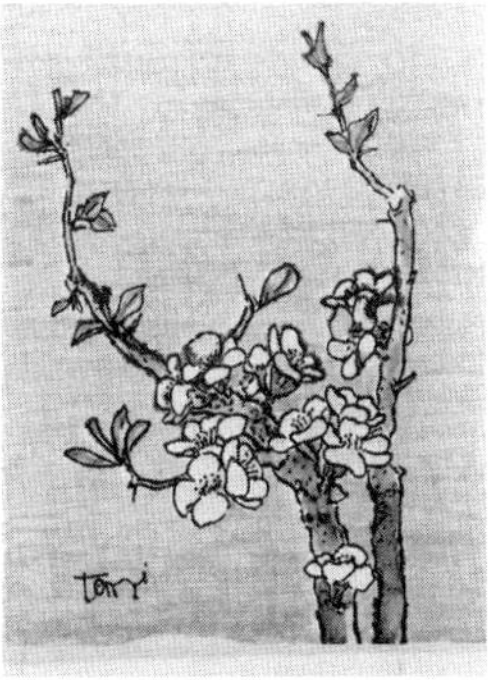

■闇《やみ》からの声■

一九七三年七月十日

膀胱結石《ぼうこうけっせき》の摘出手術《てきしゅつしゅじゅつ》を受《う》けるために、泌尿器科《ひにょうきか》にうつった。尿《にょう》の出が悪《わる》くなり、十日ばかり熱《ねつ》が三十九度くらいまであがりっぱなしで、検査《けんさ》をしたところ、膀胱《ぼうこう》に石がたまっていたのである。動けないで寝《ね》ている私のような患者《かんじゃ》にはよくあることだそうだ。尿《にょう》が全部《ぜんぶ》出きらないで膀胱《ぼうこう》にいつも残《のこ》っていると、かすがたまって、石になってしまうのだという。

整形外科《せいけいげか》では、ものすごく手のかかる患者《かんじゃ》だったが、長い間入院《にゅういん》しているため、医師《いし》も看護婦《かんごふ》さんも私の体の状態《じょうたい》をよく知りつくしている。しかし他《た》の科《か》に私のような特殊《とくしゅ》な患者《かんじゃ》がいって、はたして大丈夫《だいじょうぶ》なのか不安だった。

幸《さいわ》い、いつも親切《しんせつ》にしてくれていた看護婦《かんごふ》さんが送《おく》っていってくれるというのがなによりも心強《こころづよ》かった。この人ならきっと私の不安をわかってくれて、泌尿器科《ひにょうきか》の看護婦《かんごふ》さんに、細《こま》かく申《もう》し送《おく》ってくれるのにちがいないと思った。

泌尿器科《ひにょうきか》は四階《かい》で、いちばん奥《おく》のあきベッドが三つ並《なら》んでいる部屋《へや》だった。

「どこになさいますか?」

迎《むか》えてくれた看護婦《かんごふ》さんの言葉《ことば》使いはていねいだった。

「いちばん窓《まど》ぎわにしてください」

少しでも外に近く、少しでも空に近い所に寝《ね》ていたかった。

しばらくしてさっきの看護婦《かんごふ》さんが、紙と筆記用具《ひっきようぐ》を持って私の横に腰《こし》かけて、いろいろ質問《しつもん》をはじめた。生年月日・職業《しょくぎょう》・けがをした日・そして、「特別《とくべつ》な宗教《しゅうきょう》をおもちですか?」というのが最後《さいご》の質問《しつもん》だった。

「キリスト教《きょう》です」

答えてしまってから、私の胸《むね》はドキドキなりはじめた。神《かみ》と私のつながりを人に伝《つた》えたのは初《はじ》めてのことだった。今まで何度も病室《びょうしつ》をおとずれては聖書《せいしょ》の話をし、祈《いの》ってくれた牧師《ぼくし》や教会《きょうかい》にかよっている人たちにも言えなかった。聖書《せいしょ》も半分くらいしか読んでいなかったし、教会《きょうかい》にも行っていない私が、クリスチャンだなんて、はずかしくて、言えるはずはなかった。

しかし「宗教《しゅうきょう》は何か」と問《と》われたとき「別《べつ》にありません」とはどうしても、言えなかったのである。

私は自分がどこに向《む》かっていくのか、なにに向《む》かっていけばよいのかわからなかった。その不安が、まったく知らない人のいる泌尿器科《ひにょうきか》に移《うつ》ってさらに大きくなり、おしつぶされそうになりながら、私は心のよりどころを求《もと》めていた。

そんな私の耳もとを時々、風のようにささやいていく言葉《ことば》があった。

「労《ろう》する者、重荷《おもに》を負《お》う者、我《われ》に来《き》たれ」

それは、郷里《きょうり》の家の裏《うら》の墓地《ぼち》に立っていた白い十字架《じゅうじか》に書かれてあった言葉《ことば》だった。不思議《ふしぎ》なほど覚《おぼ》えていたその言葉《ことば》を、おそるおそる開《ひら》いた聖書《せいしょ》の中にみつけたとき、私がまだ健康《けんこう》でなにも知らないで飛《と》び回っていた頃《ころ》からすでに、私にこの言葉《ことば》を与《あた》えてくれていた、神様《かみさま》のこころを知ったような気がした。

「すべて、疲《つか》れた人、重荷《おもに》を負《お》っている人は、わたしのところに来《き》なさい。わたしがあなたがたを休ませてあげます。

わたしは心優《こころやさ》しく、へりくだっているから、あなたがたもわたしのくびきを負《お》って、わたしから学びなさい。そうすればたましいに安《やす》らぎがきます。

わたしのくびきは負《お》いやすく、わたしの荷《に》は軽《かる》いからです」

（マタイ11章《しょう》28節《せつ》～30節《せつ》）

この神《かみ》の言葉《ことば》にしたがってみたいと思った。クリスチャンといえる資格《しかく》は何も持っていない私だけれど、「来《こ》い」というこの人の近くにいきたいと思った。

キリスト教《きょう》――。看護婦《かんごふ》さんは少しも疑《うたが》わずに私の言ったことを、紙にすらすらと、しかも当然《とうぜん》のように記入《きにゅう》していった。神様《かみさま》ってもしかしたら、この看護婦《かんごふ》さんのようなかたではないだろうかと思った。私のような者でも「信《しん》じています」と言えば、神様《かみさま》はうなずいて、天の真《ま》っ白《しろ》い紙に私の名前を書き入れてくれるのではないだろうか。

結石《けっせき》の摘出手術《てきしゅつしゅじゅつ》は一時間ほどで終《お》わった。

親指《おやゆび》の爪《つめ》ぐらいの大きさの石と、それより小さい石が三個《こ》とれた。泌尿器科《ひにょうきか》ではいちばん簡単《かんたん》な手術《しゅじゅつ》だそうだが、体力《たいりょく》がなく、それに加《くわ》えての連日《れんじつ》の猛暑《もうしょ》で口もきけないほどまいってしまった。おかゆを飲《の》みこむのにも、ほほのすじがひきつったように痛《いた》く、ほとんど点滴《てんてき》で生きているようなありさまだった。

小さかった背中《せなか》の蓐瘡《じょくそう》（床《とこ》ずれ）は、だんだん大きくなり、体はどこにもおきようのないほど、だるかった。

ほとんど飲《の》まず食べずの私に、いつも優《やさ》しく話しかけてくれていた看護婦《かんごふ》さんが、「これ、あまってしまったんですが、よかったら飲《の》んでくださる？」とオレンジジュースを持ってきてくれた。ほかにもたくさん患者《かんじゃ》さんがいるのになんで私にだけ……、と思ったが、やはりうれしく、少し飲《の》むことができた。

いく日かすぎて先《さき》の看護婦《かんごふ》さんがきて、こんどはアイスクリームをおいていってくれた。そのとき私は、アイスクリームの箱《はこ》に霜《しも》がついていることに気がついた。それは、決《けっ》してあまったものではなかった。そういえばこの前のジュースもよく冷《ひ》えていて、あまりものではなかったような気がした。

母がアイスクリームを口に入れてくれた。胸《むね》がジーンとした。

一九七三年八月

秋風《あきかぜ》も吹《ふ》きはじめるころ、私はまた整形外科《せいけいげか》にもどることになった。食欲《しょくよく》も少し出てきたし、泌尿器科《ひにょうきか》へきた目的《もくてき》も一応終《いちおうお》わったのである。

泌尿器科《ひにょうきか》を退院《たいいん》するとき私の気持ちは重かった。泌尿器科《ひにょうきか》での治療《ちりょう》が終《お》わりに近づいた頃《ころ》、医師《いし》が私と母に言った言葉《ことば》が頭からはなれなかった。

「泌尿器科《ひにょうきか》の治療《ちりょう》はだいたい終《お》わりましたが、また整形外科《せいけいげか》にもどりますか。どちらでもあなたのよいと思うほうでよいのですが……。家の近くの病院《びょういん》に移《うつ》るというのも一つの方法《ほうほう》です」

と言って、ある、泌尿器科《ひにょうきか》の病院《びょういん》まで紹介《しょうかい》してくれた。

私はまた整形外科《せいけいげか》にもどれるとばかり思っていたので、めんくらってしまった。

私のけがは現代医学《げんだいいがく》の力ではどうにもならないのだということはわかっていたが、それでも手足が動くようになるのは無理《むり》だとしても、寝《ね》たきりで一生《いっしょう》を終《お》えることのないよう、何かよい方法《ほうほう》があるのではないかと思っていた。

たとえば器械《きかい》をつかってひとりでも食事《しょくじ》ができるようになるとか、特殊《とくしゅ》な車椅子《くるまいす》にのれるようになるとか……。今は無理《むり》だけれど、いつか体力《たいりょく》がついたら誰《だれ》か考えてくれるかもしれないと思っていた。

しかし泌尿器科《ひにょうきか》の先生がこのように言うのは、整形外科《せいけいげか》と話し合ってのことか、それとも同じ病院《びょういん》の医師《いし》として整形外科《せいけいげか》が私のとりあつかいにこまっているのをさっしてのことかもしれないと思った。

そういえば私は、他《ほか》の人からくらべると、あまりにも長期《ちょうき》の入院患者《にゅういんかんじゃ》だった。整形外科《せいけいげか》では長い人でも一年くらいで他《た》の病院《びょういん》に移《うつ》っているのに、私はもう三年をすぎてしまった。紹介《しょうかい》された病院《びょういん》を父がみにいったりもしていたが、私はもといた整形外《せいけいげ》科《か》にもどりたかった。

かなりまいってしまった私がいちばんおちついて療養《りょうよう》できるところは、生命《せいめい》を助けてくれた先生や看護婦《かんごふ》さんのいるあの整形外科《せいけいげか》よりほかにないように思えた。四階《かい》の泌尿器科《ひにょうきか》の私のベッドまで一階《かい》から非常階段《ひじょうかいだん》をあがっては、励《はげ》ましにきてくれた看護婦《かんごふ》さんたちのいる整形外科《せいけいげか》にもどりたかった。

八月十六日

一か月ぶりに整形外科《せいけいげか》にもどった。同じ部屋《へや》にもどれただけでもうれしかったのに、数日後《すうじつご》、もとの窓《まど》ぎわのベッドに移《うつ》ることができた。腰《こし》にできてしまった床《とこ》ずれを、日光《にっこう》にあてたほうがよいという婦長《ふちょう》さんの配慮《はいりょ》からであった。

すっかり気おちしてしまった私を、力づける意味《いみ》もあったのかもしれなかった。

私は、今までのように人にばかりたよっていないで、これからは自分のことは自分で考え、工夫《くふう》して、少しでもよいから積極的《せっきょくてき》に生活しようと思った。しかしそう張《は》り切ったのもつかの間で、やはり私は、しょっちゅう、熱《ねつ》を出し腹具合《はらぐあい》を悪《わる》くしては、母に向《む》かって「浣腸《かんちょう》だ」「湿布《しっぷ》だ」とさわぐ、汚《きたな》くて臭《くさ》い寝《ね》たきりの患者《かんじゃ》にすぎなかった。

今やもう、母はすっかり疲労《ひろう》してしまって、私の腰《こし》をひとりでは持ちあげるのが大変《たいへん》になってしまい、みかねて同室《どうしつ》の正木《まさき》さんが、腰《こし》を持ちあげるのを手伝《てつだ》ってくれるようになった。

正木《まさき》さんは大腿骨骨折《だいたいこつこっせつ》で入院《にゅういん》している知的障害《ちてきしょうがい》をもったお兄さんの看病《かんびょう》に、東京《とうきょう》からきている二十歳《はたち》ぐらいの可愛《かわい》い女の人だった。

私には想像《そうぞう》もできないほど長い間、お兄さんを助けて生活してきた正木《まさき》さんの指先《ゆびさき》には、常《つね》に優《やさ》しさがこもっていた。彼女《かのじょ》は私の大便《だいべん》を平気《へいき》でつかみ、しりをふいてくれた。

私は、彼女《かのじょ》にひげをそってもらうのが楽しみだった。

夜になると廊下《ろうか》で誰《だれ》かが話しているのがきこえることがあり、その話に私の名がよく出てくるようになった。それは看護婦《かんごふ》さんの声だったり医師《いし》の声だったり、でも、いつも同じようなことをくり返《かえ》し言っていた。

「星野《ほしの》さんどうしてまたもどってきちゃったのでしょう。あの人ここにもどってきてもしようがないのに。ベッドが空《あ》くのを待《ま》っている人がたくさんいるのに。ああいう人めいわくだなあ……」

話し声は毎夜《まいよ》、きこえた。

私はそのたびに体をちぢめて耳をふさぎたくなった。

が、気を取《と》りなおしておちついてみると、それは私にはまったく関係《かんけい》のない話だったり、水道の音だったり、物音《ものおと》一つしていない時もあった。それはノイローゼの人などによくみられる、幻聴《げんちょう》という症状《しょうじょう》かもしれなかった。

このままでいくと本当《ほんとう》のノイローゼになってしまうのではないか……。夜その話し声の中で、私は明日こそ先生に、私がここにいるのは迷惑《めいわく》なのかきいてみよう、もし迷惑《めいわく》なら他《た》の病院《びょういん》に移《うつ》させてもらおうと決心《けっしん》をしながら、一生懸命眠《いっしょうけんめいねむ》ろうとした。

しかし翌日《よくじつ》の回診《かいしん》の時になると、先生は力強く励《はげ》ましてくれるし、看護婦《かんごふ》さんはいつも優《やさ》しい言葉《ことば》をかけながら床《とこ》ずれの治療《ちりょう》をしてくれるのである。

私は昨夜《さくや》のとりこし苦労《ぐろう》からの決心《けっしん》がばからしくなってしまうのだが、夜になるとまた同じ声がきこえてきてしまうのだった。

母も同じ心配《しんぱい》をしていたらしく、あるとき仲《なか》のよい看護婦《かんごふ》さんに私の出もどりについてきいてみたらしい。看護婦《かんごふ》さんは言ったそうである。

「たしかにそういう話も出たことはあったが、それは星野《ほしの》さんの体の状態《じょうたい》がよくなった時のことで、今はまだここにいたほうがよいでしょう、こういう所は個人《こじん》の病院《びょういん》と違《ちが》って、本人がいくら入院《にゅういん》したいといっても、その必要《ひつよう》がなければ絶対《ぜったい》に入院《にゅういん》できないのです。前のベッドにもどれたということは、この科《か》で受《う》け入《い》れてくれたということです。先生が退院《たいいん》しなさいというまで、安心して入院《にゅういん》していなさいよ」

それを母からきいた夜から、あれほど私を悩《なや》ませた幻聴《げんちょう》はぴったりときこえなくなった。

それからしばらくたったある日、私が山が好《す》きだということを知っていた先生が、私に山の本を貸《か》してくれた。うれしかった。本の一字一字をその先生の優《やさ》しさにふれる思いで読んだ。

■母の手■

一九七三年十月

「星野《ほしの》ですが、浣腸《かんちょう》してください」

ベッドについているブザーをおして看護婦室《かんごふしつ》までつながっているマイクに向《む》かって言った。あまり堂々《どうどう》と言うものだから、隣《となり》のベッドの人が、クスクス笑《わら》いながら「ホシノデスガ、浣腸《かんちょう》シテクダサイ」と私の声色《こわいろ》を使って同じことを言った。

自分の力で排便《はいべん》できないので一日おきに浣腸《かんちょう》のおせわになっていた。

しばらくすると看護婦《かんごふ》さんがやってきた。

うしろをみるとなんと五、六人の看護学生《かんごがくせい》もくっついてきた。

「エライことだ。これはエライことになったぞ」

看護学校《かんごがっこう》の実習生《じっしゅうせい》がきていたのだ。私は彼女《かのじょ》らの実習台《じっしゅうだい》にされてしまう。それも、よりによって浣腸《かんちょう》の実習台《じっしゅうだい》とは……。看護婦《かんごふ》さんは、私のそんな気持ちなどまったく無関《むかん》係《けい》といったようすで、そそくさとベッドのまわりをついたてで囲《かこ》いはじめた。

「ふだんほとんど使わないのに、こんな時ばかりついたてなんか立てなくってもよいのに」

私は看護婦《かんごふ》さんにきこえないようにつぶやいた。

それが私からの、小さな悲《かな》しい抵抗《ていこう》の言葉《ことば》だった。今までも何度かこういうことはあったが、それはひとりかふたりの実習生《じっしゅうせい》で、こんなに大勢《おおぜい》の学生の前でしりをまくられるのは初《はじ》めてだった。

彼女《かのじょ》らはみな十九歳《さい》。私は動けないといっても恥《は》ずかしいということだって、自尊心《じそんしん》だって正常《せいじょう》に持っている二十代《だい》の男である。

「浣腸《かんちょう》してください」とマイクに向《む》かって大声《おおごえ》で言うのも、私が長い間かかって身につけた、のがれようのない、恥《は》ずかしさをかくす知恵《ちえ》だったのに。

彼女《かのじょ》らは真剣《しんけん》な顔で私のむき出しの下半身をのぞきこんでいた。

(……あの顔つきだって作られた表情《ひょうじょう》かもしれない……)

私の骨《ほね》ばったしりの穴《あな》には、今オレンジ色のゴム管《かん》が差《さ》しこまれているのだろう。

看護婦《かんごふ》さんが私の足を持ちあげてよくみえるように説明《せつめい》している。私は目をつぶった。

手が動けば耳もふさぎたかった。顔もおおいたかった。いや、手が動けばこんなみじめな思いはしないだろう。

「医学《いがく》のためなんだ。これがお世話《せわ》になっている人たちへ、私のできるたった一つのお礼《れい》なんだ」と、いくら自分にいいきかせても、恥《は》ずかしさはどうしようもないくやしさとなってしまうのだった。

「バカヤロウ、チキショウ、テメエラ同士《どうし》でケツまくって毎日だって練習《れんしゅう》すればいいじゃあないか」

しかし浣腸《かんちょう》が終《お》わってから、学生たちが口々にありがとうございましたと言うのをきいていたら、私の口からはつい、「お世話《せわ》になりました」という言葉《ことば》が出てしまった。

言ってしまって、思わずひとり、笑《わら》ってしまった。

淋《さび》しい笑《わら》い顔なんだろうと思いながら笑《わら》った。

一九七三年十一月

手が動かないので、食事《しょくじ》は三度三度母に口に入れてもらっていた。

あお向《む》けに寝《ね》たままだから、汁《しる》は大きなスプーンで口に流《なが》し込《こ》んでもらった。

体を動かすことがないのと、病院《びょういん》の食事《しょくじ》時間が朝八時、昼十二時、夜五時と間かくが比較的《ひかくてき》短いため、ほとんど腹《はら》がへらなかった。腹《はら》のへらない時の食事《しょくじ》は、口のそばに持ってこられるからしかたなく口を開《ひら》くようなもので、苦痛《くつう》ですらあった。そんな時、少しでも顔にこぼされたりすると、それを口実《こうじつ》に食べるのをやめてしまった。

やはり食べたくない食事《しょくじ》の時のことだった。母の手元《てもと》がふるえてスプーンの汁《しる》を私の顔にこぼしてしまった。わずかなことだけれど、カッとなってしまい、そのとたん積《つも》り積《つも》っていたイライラがいきなり爆発《ばくはつ》してしまった。爆発《ばくはつ》といっても、どうしようもないほどにふくれあがったいらだちを、なげつける相手《あいて》は母しかいない。

私は口の中のご飯粒《はんつぶ》を母の顔にむけて吐《は》き出して、どなった。

「チキショウ。もう食《く》わねえ。くそばばあ」

ちらかったご飯粒《はんつぶ》をひろいあつめながら、母は泣《な》いていた。

「こんなに一生懸命《いっしょうけんめい》やっているのに、くそばばあなんて言われるんだから……」

「うるせえ。おれなんかどうなったっていいんだ。産《う》んでくれなけりゃよかったんだ。チキショウ!!」

母は涙《なみだ》を拭《ふ》きながら、自分の食事《しょくじ》に出ていき、しばらく帰ってこなかった。

一度開《ひら》いてしまったイライラの出口はよういに閉《と》じることができず、母がやっと帰ってきても、トゲのある言葉《ことば》で母にあたった。

母もよほど口惜《くや》しかったのか、しばらく口をきかなかった。

ハエがうるさく顔の上を飛《と》び回っていた。まるで私の手が動かないのを知っているかのように、いくら顔をふってもはなれてはすぐに私の顔にたかった。

だまりこくっていた母が、とうとうたまりかねてハエたたきをにぎった。足のへんでたたく音がして一匹取《ぴきと》ったようだったが、少しすると、また別《べつ》のハエがあらわれて、私の顔に止まった。母がハエたたきをにぎってたたこうとしたが、気を取《と》りなおしてハエたたきを左手に持ちかえて、右手で私の顔のハエをたたくかまえをした。そして母の手はたたくというよりも、そっとさわるように私の顔をおさえた。

もちろんハエは逃《に》げてしまったが、ハエの止まっていた頬《ほお》に母のしめった手のぬくもりが残《のこ》った。ザラついていたけれど、やわらかな母の手だった。母の感触《かんしょく》は、私の頬《ほお》からいつしか体じゅうに広がっていった。

あれほどの言葉《ことば》をあびせた私を母はきっと憎《にく》んだのにちがいない。

しかしその憎《にく》しみのなかでも、母は私の顔につきまとうハエをみすごしていられなかったばかりか、ハエたたきで私の顔をたたくこともできなかった。

母の顔にご飯粒《はんつぶ》を吐《は》きかけた私の、顔のハエを母は手でそっとつかまえようとした。

私は思った。これが母なんだと。私を産《う》んでくれた、たったひとりの母なんだと思った。

この母なくして、私は生きられないのだ――。

その日から私はしばらくやめていた絵を描《えが》きはじめた。母が左手にハエたたきをにぎり右手をふりあげて私の顔に止まっているハエを取《と》ろうとしている絵だった。

母の手は
菊《きく》の花ににている
かたくにぎりしめ
それでいてやわらかな
母の手は
菊《きく》の花ににている

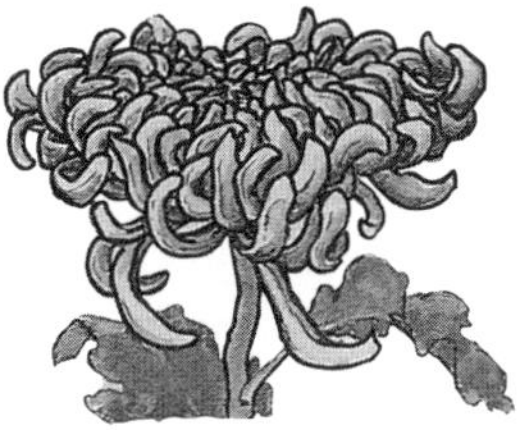

〈カルテより〉

73年7月10日膀胱結石《ぼうこうけっせき》のため泌尿器科《ひにょうきか》に転科《てんか》。

8月16日整形外科《せいけいげか》へもどる。

絶食《ぜっしょく》して自殺《じさつ》をはかるつもりなのか、食べるのを拒否《きょひ》して困《こま》ると看護婦《かんごふ》が訴《うった》える。

残存機能《ざんぞんきのう》を使って何かリハビリの方法《ほうほう》を検討《けんとう》するが、特《とく》になし。

（せめて、指《ゆび》一本でも動けば車椅子《くるまいす》にでも乗《の》れるのだが……。しかし、体位《たいい》を起《お》こすと未《いま》だに呼吸《こきゅう》や心臓《しんぞう》に影響《えいきょう》し、原因不明《げんいんふめい》の熱《ねつ》が出たりするので、体を動かすこともためらわれる。そこで彼《かれ》のために首のささえのついた、リクライニングつきの特製《とくせい》の車椅子《くるまいす》を購入《こうにゅう》。）

〈母の回想《かいそう》〉

同室《どうしつ》の人たちもつぎつぎに退院《たいいん》したり転院《てんいん》したりして去っていくのに、富弘《とみひろ》ひとりとり残《のこ》されたようで……。病《やまい》の治《なお》るあてもなく、闘病《とうびょう》の日々を送《おく》る私たちは、精神的《せいしんてき》におちこんでしまいました。富弘《とみひろ》はやり場のないいらだちにさいなまれているようで、私につらくあたることが多くなりました。大部屋《おおべや》なので大声で口論《こうろん》するわけにもいかず、二度ほど部屋《へや》を出て泣《な》きました。

一九七四年　初夏《しょか》

「小林《こばやし》君が星野《ほしの》さんの名前を呼《よ》んでいるんだけれど、ストレッチャーに乗《の》った時にでも会いにいってあげて」

看護婦《かんごふ》の池田《いけだ》さんが私に言った。小林《こばやし》君は私の向《む》かい側《がわ》のベッドにいた、重い脊椎《せきつい》の病気《びょうき》にかかってしまった高校生だった。空手道場《からてどうじょう》に通っていて、合宿《がっしゅく》から帰ってきて突《とつ》然背中《ぜんせなか》が痛《いた》み出して病院《びょういん》にきたのである。

おどろくほど素直《すなお》な礼儀《れいぎ》正しい少年で、病院《びょういん》ずれしてしまった私には、年下とはいえ彼《かれ》のすがすがしい人柄《ひとがら》に、教えられることばかりだった。彼《かれ》の新鮮《しんせん》さに少しでも多くふれたくて、私は古狸《ふるだぬき》の自分をすてて素直《すなお》な気持ちで彼《かれ》といろいろな話をした。無理《むり》に素《す》直《なお》になろうとしなくても、彼《かれ》と話をしていると自然《しぜん》に自分が素直《すなお》になっていくような気がした。

彼《かれ》は空手《からて》の話をしている時がいちばんうれしそうだった。私も人間の手がなぜあんなにたくさんのカワラや氷柱《つらら》を割《わ》ることができるのか、前から知りたいと思っていたので、彼《かれ》の話を熱心《ねっしん》に聞いたり貸《か》してくれた写真《しゃしん》入りの本を読んだりした。

彼《かれ》もまた私のやっていた器械体操《きかいたいそう》やロッククライミングの話を興味深《きょうみぶか》くきいてくれた。

彼《かれ》は私を兄のようにしたい、私も彼《かれ》を弟のように思うようになった。

彼《かれ》の手術《しゅじゅつ》は大手術《だいしゅじゅつ》だったので、看護婦《かんごふ》さんは彼《かれ》に個室《こしつ》にはいるようにすすめたが、彼《かれ》は私のいる大部屋《おおべや》にいたいといって、手術後《しゅじゅつご》も私の向《む》かい側《がわ》の元《もと》のベッドにもどってきた。しかし手術後《しゅじゅつご》も彼《かれ》の病気《びょうき》はどんどん進《すす》んでしまい、しばらくしてどうしても個室《こしつ》に移《うつ》らなければならなくなってしまった。

個室《こしつ》に移《うつ》されてから、彼《かれ》は私の母を呼《よ》んで言った。

「看護婦《かんごふ》さんからテレビを持ってきてもよいという許可《きょか》がおりたけれど、長くいる星野《ほしの》さんがテレビをみられないのに、僕《ぼく》がみてよいのか……、悪《わる》くて」

「遠慮《えんりょ》するなよ、小林《こばやし》君のところにあれば、おれだってみにいけるんだから」

私は母に言ってもらった。それにしてもどこまで彼《かれ》はやさしいのだろう。

ある日廊下《ろうか》で彼《かれ》のお母さんから、彼《かれ》の命《いのち》がもういく日もないことを知らされた。

私も人のうわさや今まで亡《な》くなっていった人の例《れい》から、ある程度《ていど》の覚悟《かくご》はしていたが、はっきりと知らされた時には凍《こお》るような悲《かな》しみが体の中をかけめぐった。

池田《いけだ》さんの話では、もう食べる力もなく目もみえない状態《じょうたい》なのに、時々うわ言《ごと》のように私の名を呼《よ》ぶというのである。

しかし私は、小林《こばやし》君に会いにいくことができなかった。

母に毛布《もうふ》を顔の上までひきあげてもらって、あふれ出てくる涙《なみだ》を、人にみられないようにしてひとり泣《な》くだけで精一杯《せいいっぱい》だった。

私は今まで死にたいと思ったことが何度もあった。

けがをした当時《とうじ》は、なんとしても助かりたいと思ったのに、人工呼吸器《じんこうこきゅうき》がとれ、助かるみこみがでてきたら、今度は死にたいと思うようになってしまった。

動くことができず、ただ上を向《む》いて寝《ね》ているだけで、口から食物《たべもの》を入れてもらい、しりから出すだけの、それも自分の力で出すことすらできない、つまった土管《どかん》みたいな人間が、はたして生きていてよいのか。女性《じょせい》を好《す》きになっても抱《だ》くこともできないだろう。それも頭からはなれない深刻《しんこく》な苦しみだった。

舌《した》を噛《か》み切《き》ったら死ぬかもしれないと考えたりした。食事《しょくじ》をしないで餓死《がし》しようともした。が、はらがへって死にそうだった。

死にそうになると生きたいと思った。母に首をしめてもらおうとも思ったが、母を殺《さつ》人犯《じんはん》にさせるわけにはいかなかった。

エキスパンダーや鉄《てつ》アレイを、細《ほそ》くなった腕《うで》でにぎりしめながら、病気《びょうき》の治《なお》る日に備《そな》えようとしていた小林君《こばやし》を思うと、一時的《いちじてき》にせよ、自殺《じさつ》を考えた自分が恥《は》ずかしかった。今までに死ということを真剣《しんけん》に考えたことがあっただろうか。私が死にたいと思っていた時は、もっとも死を真剣《しんけん》に考えていなかったときではなかっただろうか。

生《せい》を受《う》けた者に最《もっと》も確実《かくじつ》に約束《やくそく》されているのは、死である。私もおそかれ早かれ必《かなら》ずいつかは死ななければならない。自殺《じさつ》を考えていた時は、神様《かみさま》の定《さだ》めておいてくれるほんとうの私の死から逃《に》げようとしていた時ではなかっただろうか。

死から逃《に》げてはならないと思った。

いつかはわからないが、神様《かみさま》が用意《ようい》していてくれるほんとうの私の死の時まで、胸《むね》をはって一生懸命《いっしょうけんめい》生きようと思った。

井上陽水《いのうえようすい》の『人生《じんせい》が二度あれば』という曲《きょく》が、ときたまラジオから流《なが》れてきた。でも私は人生《じんせい》が二度あればなどと考えるのはよそう。今の人生《じんせい》を精一杯《せいいっぱい》生きられない者が、二度目の人生《じんせい》など生きられるはずがあるだろうか。

木は自分で動きまわることはできない
神様《かみさま》に与《あた》えられたその場所《ばしょ》で
精一杯《せいいっぱい》枝《えだ》をはり
ゆるされた高さまで一生懸命《いっしょうけんめい》伸《の》びようとしている

そんな木を友だちのように思う

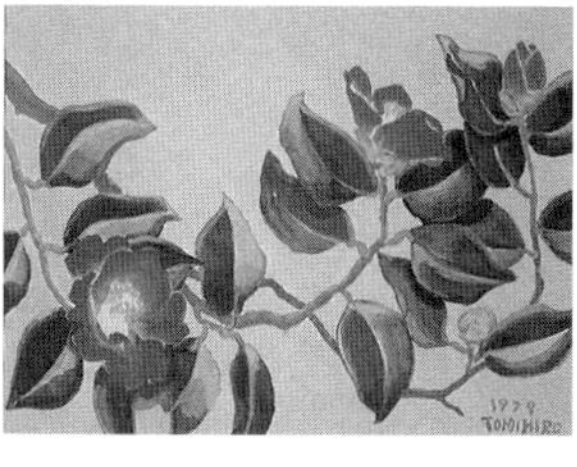

一九七四年十月

売店《ばいてん》に買物《かいもの》に行った母がうれしそうな顔をして帰ってきた。医局《いきょく》の前に新しい車椅子《くるまいす》がきていて、先生がたがみていたというのである。普通《ふつう》の車椅子《くるまいす》と違《ちが》って首のささえがついていたから、もしかすると私の車椅子《くるまいす》がきたのかもしれないと言った。

夏の頃《ころ》だったろうか、回診《かいしん》にきた先生に車椅子《くるまいす》に乗《の》りたいと言ったことがあった。ひざは長いこと寝《ね》ていたためにほとんど曲《ま》がらなくなっていたし、首も体をおこして自分の力でささえられるだけの力はなかった。

でも、もし首のささえがあり、ひざをのばしたままでも乗《の》れる車椅子《くるまいす》があれば……、と何日も考えた末《すえ》、整形外科《せいけいげか》にあった木の車椅子《くるまいす》に板《いた》をしばりつけて何度かためしてみたりもした。しかしほとんど体を起《お》こさずに四年間も寝《ね》ていたために、大さわぎしてせっかく車椅子《くるまいす》に移《うつ》っても貧血状態《ひんけつじょうたい》になってしまい、車椅子《くるまいす》に移《うつ》ったかと思うとすぐまたベッドにもどらなければならないことのほうが多かった。

高いお金を出して車椅子《くるまいす》を買っても、はたしてのれるようになれるか自信《じしん》はなかったが、婦長《ふちょう》さんが、

「あなたに合う車椅子《くるまいす》を先生がたが探《さが》していてくださっていますから楽しみにしていなさいよ」

と言ってくれた。私は体の血の量《りょう》が倍《ばい》ぐらいふえたのではないかと思えるほど、うれしさで体がほてるような感じがした。

そして、どこからか力がわいてくるような気がした。

その日から私は半ベッドを使って体を起《お》こす練習《れんしゅう》の時間を少しずつ長くしていった。

はたしてその車椅子《くるまいす》は私のためのものだった。

車椅子《くるまいす》は外国製《がいこくせい》で首のささえといい足をのせる所といい、私のために作ったのではないかと思えるほど申《もう》し分《ぶん》のないものであった。おまけに私の貧血《ひんけつ》を知っていたかのように、背《せ》もたれが四十五度うしろにたおせるようになっていた。

母の押《お》す車椅子《くるまいす》にのって廊下《ろうか》に出ると、みんなが私に注目《ちゅうもく》しているような気がした。

私はうれしくて、会う人、会う人、みんなに声をかけたかった。

「こんにちわあ、オレ車椅子《くるまいす》に乗《の》れるようになったんです。あのう、すみません、ちょっとこの車椅子《くるまいす》みてください。きょう初《はじ》めて乗《の》ったんです。これ外車なんですよ」

私と母は大廊下《だいろうか》を何回もいったりきたりした。外来《がいらい》の人混《ひとご》みの中にもはいっていった。入院《にゅういん》して四年、こんなうれしい気分《きぶん》になったのは初《はじ》めてだった。

私は自分の足で歩いている頃《ころ》、車椅子《くるまいす》のひとを見て気《き》の毒《どく》にと思った。みてはいけないものをみてしまったような気持ちになったこともあった。

私はなんと、ひとりよがりな高慢《こうまん》な気持ちを持っていたのだろう。

車椅子《くるまいす》に乗《の》れたことが、外に出られたことが、こんなにもこんなにもうれしいというのに。初《はじ》めて自転車《じてんしゃ》に乗《の》れた時のような、スキーをはいて初《はじ》めて曲《ま》がれたときのような、初《はじ》めて泳《およ》げた時のような、女の子から初《はじ》めて手紙《てがみ》をもらった時のような……。

でも今、廊下《ろうか》を歩きながら私を横目《よこめ》でみていった人は、私の心がゴムまりのようにはずんでいるのをたぶん知らないだろう。

健康《けんこう》な時の私のように、哀《あわ》れみの目で、車椅子《くるまいす》の私をみて通ったのではないだろうか。

幸《しあわ》せってなんだろう。

喜《よろこ》びってなんだろう。

ほんの少しだけれどわかったような気がした。

それはどんな境遇《きょうぐう》の中にも、どんな悲惨《ひさん》な状態《じょうたい》の中にもあるということが。

そしてそれは、一般《いっぱん》に不幸《ふこう》といわれているような事態《じたい》の中でも決《けっ》して小さくなったりはしないということが。

病気《びょうき》やけがは、本来《ほんらい》、幸《こう》、不幸《ふこう》の性格《せいかく》はもっていないのではないだろうか。

病気《びょうき》やけがに、不幸《ふこう》という性格《せいかく》をもたせてしまうのは、人の先入観《せんにゅうかん》や生きる姿勢《しせい》のあり方ではないだろうか。

一九七四年十二月二十二日

ガラスごしにさし込《こ》む冬の陽《ひ》が、シクラメンの花びらの重なりに柔《やわ》らかな影《かげ》をつくっていた。ベッドが部屋《へや》の隅《すみ》に寄《よ》せられ、その上に真《ま》っ白《しろ》なシーツがかけられてあった。私はガウンのそでに片腕《かたうで》だけを通して（ひじと肩《かた》の関節《かんせつ》がかたくなってしまい、両袖《りょうそで》を通して着《き》ることができなかった）、新しい車椅子《くるまいす》でその病室《びょうしつ》にはいった。

教会《きょうかい》へいけない私の洗礼式《せんれいしき》のために婦長《ふちょう》さんが用意《ようい》してくれた病室《びょうしつ》だった。

「おめでとう」

教会《きょうかい》の人たちの明るい顔が、次々と部屋《へや》にはいってきた。牧師《ぼくし》の祈《いの》りのあとみんなで讃美歌《さんびか》を歌い、私は「父なる神《かみ》とキリストと聖霊《せいれい》を信《しん》ずる」と信仰《しんこう》の告白《こくはく》をした。

私のひたいに牧師《ぼくし》の手によって三滴《てき》の水がつけられ、私が神《かみ》の言葉《ことば》に従《したが》って、この地《ち》上《じょう》での道を天国《てんごく》の故郷《ふるさと》に帰れるその日まで、神《かみ》の愛《あい》によって力強く歩んでいくことができるよう祈《いの》ってくれた。そしてまた讃美歌《さんびか》を歌った。

歌っている人のなかに安中《あんなか》さんの顔もあった。この一年間、毎週私のベッドの横にきて聖書《せいしょ》を読み、祈《いの》り、相談相手《そうだんあいて》になってくれた、神学校《しんがっこう》に進《すす》むという鎌田《かまた》さんもいた。うしろのほうに渡辺《わたなべ》さん。彼女《かのじょ》は二年も前から通《かよ》いつめて、食《た》べ物《もの》や身のまわりの細《こま》かいことに気を配《くば》ってくれては、私と母を自分の手足をつかって助けてくれた。私の前で聖書《せいしょ》の話はあまりしなかったが、彼女《かのじょ》のまなざしに、いつも深《ふか》い祈《いの》りがこめられているのを感じた。

私は聖書《せいしょ》のほんの一部しかそれもほんのうわっつらしかわかってはいなかったが、キリストの「私の所へきなさい」という言葉《ことば》に、素直《すなお》についていきたいと思った。

私のいまの苦しみは洗礼《せんれい》を受《う》けたからといって少なくなるものではないと思うけれど、人を羨《うらや》んだり、憎《にく》んだり、許《ゆる》せなかったり、そういうみにくい自分を、忍耐《にんたい》強く許《ゆる》してくれる神《かみ》の前にひざまずきたかった。

許《ゆる》されても許《ゆる》されても、聖書《せいしょ》のいう罪《つみ》を犯《おか》しつづけるかもしれない。苦しいといってわめき散《ち》らす日もあるかもしれない。

でも、「父よ彼《かれ》らをお赦《ゆる》しください。彼《かれ》らは何をしているのか、自分でわからないのです」と、十字架《じゅうじか》の上から言った、清《きよ》らかな人に従《したが》って、生きてみようと思った。

式《しき》のあと、集《あつ》まった人たちと少し話をした。久《ひさ》しぶりに大勢《おおぜい》の人を前にしてすっかりあがってしまったが、つっかえながらも、私は母について語《かた》った。

私はけがをして失《うしな》ったものもずい分あるけれど、与《あた》えられたものは、それ以上《いじょう》にあるような気がした。

私が入院《にゅういん》する前の母は、昼は畑《はたけ》に四つんばいになって土をかきまわし、夜はうす暗《ぐら》い電灯《でんとう》の下で、金がないと泣《な》きごとを言いながら内職《ないしょく》をしていた、私にとってあまり魅力《みりょく》のない母だった。私がけがをした時、話をきいただけで貧血《ひんけつ》をおこし、気管切開《きかんせっかい》の手術《しゅじゅつ》あとをみて、へなへなと坐《すわ》りこむ母だった。

母が世間一般《せけんいっぱん》にいう強い人なら、私をおいて家へ帰り、私のために自分のすべてを犠《ぎ》牲《せい》にするようなことはしないで、もっと別《べつ》な方法《ほうほう》を考えたかもしれない。

しかし母には、私をおきざりにできない弱さがあった。そのどうにもならない弱さが、いまの母を支《ささ》えているもっとも強い力なのではないだろうか。

もし私がけがをしなければ、この愛《あい》に満《み》ちた母に気づくことなく、私は母をうす汚《よご》れたひとりの百姓《ひゃくしょう》の女としてしかみられないままに、一生《いっしょう》を高慢《こうまん》な気持ちで過《す》ごしてしまう、不幸《ふこう》な人間になってしまったかもしれなかった。

淡《あわ》い花は
母の色をしている
弱さと悲しみが混《まじ》り合った
あたたかな
母の色をしている　（ばら）

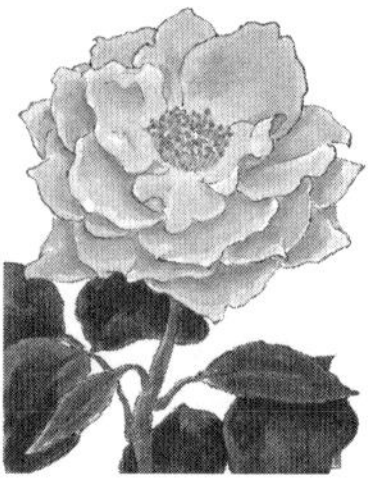

〈母の回想《かいそう》〉

かねてより、しばしばいらしてくださっていた牧師《ぼくし》さんたちのお話を、熱心《ねっしん》にきくようになり、ついに入信《にゅうしん》しました。この苦しみから救《すく》われるなら、この苦しみがいつか希望《きぼう》へとつながるなら……、私としては、わらにもすがる思いでした。

先生がたが尽力《じんりょく》して入手《にゅうしゅ》してくださった特製《とくせい》の車椅子《くるまいす》は、闇《やみ》にとざされた私たちの生活に光を投《な》げかけてくれました。なにしろ世界がひらけたのですから。四年めにしてはじめて、車椅子《くるまいす》に乗《の》って人ごみの中にはいっていきました。

車椅子《くるまいす》に乗《の》れる日がくるなど考えられもしなかったのでその喜《よろこ》びたるや!! 外出用《がいしゅつ》の着物《きもの》など用意《ようい》していません。こんなとまどいもうれしいことでした。とりあえず、みの虫のように毛布《もうふ》やふとんを体にまいて出かけました。医学部《いがくぶ》の学園祭《がくえんさい》にも出かけました。

Ⅵ

詩画《しが》に明日《あした》を託《たく》して

['75・3～'78・10]

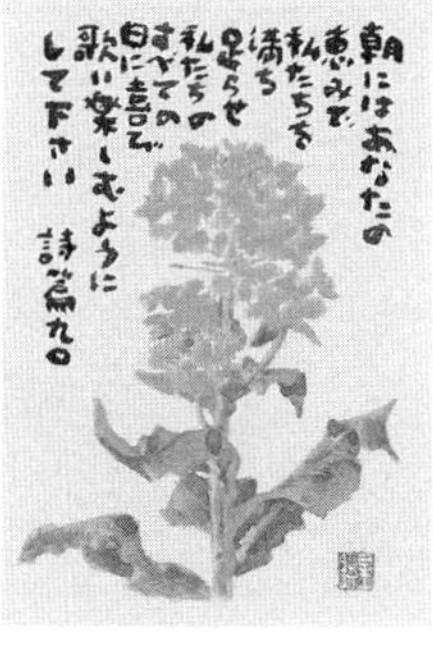

朝にはあなたの
恵みで
私たちを
満ち
足らせ
私たちの
すべての
日に喜び
歌い楽しむように
して下さい　詩篇九〇

思い出

一九七五年一月十五日

晴《は》れ着姿《ぎすがた》の女の子がふたり病室《びょうしつ》にはいってきた。そういえばきょうは成人式《せいじんしき》。同じ部《へ》屋《や》に入院《にゅういん》している人の娘《むすめ》さんかもしれないと思った。しかしそのふたりは私のベッドの横にきて、お互《たが》いに肩《かた》をつつきあってクスクス笑《わら》いはじめた。そして、

「こんにちは先生」

ふたりは私に向《む》かって頭を下げたのである。

「!?!?……ウヒャー、みたことあると思ったら、おめえらかあ」

なんと晴《は》れ着《ぎ》のふたりは、私がけがをした時、体操部《たいそうぶ》にいたデメとキミだった。彼女《かのじょ》たちは、中学を卒業《そつぎょう》して高校にはいってからもずーっと私を先生と呼《よ》んで、時々顔をみせにきてくれていた。現在《げんざい》、デメは美容師《びようし》、キミは店員《てんいん》。ふたりとも社会《しゃかい》人として立派《りっぱ》に働《はたら》いているのだが、私の前では、あの頃《ころ》のあどけない少女にもどって、いつも

冗談《じょうだん》を言いあっていた。

そのふたりが、いつの間《ま》にか成人式《せいじんしき》を迎《むか》える年になっていたのである。式《しき》が終《お》わると、高崎《たかさき》からタクシーできたというふたりは、新日本髪《しんにほんがみ》に、かんざしをゆらしながら息《いき》をはずませてきた。

「おめでとう。しょんべん娘《むすめ》だったのが、いつの間《ま》にか、こんな立派《りっぱ》なおとなになっていたんだなあ」

「そうですよ先生。私たちだっておとなになるんだから……。でも外側《そとがわ》だけみたいです」

胸《むね》の帯《おび》が窮屈《きゅうくつ》そうだったが、ふたりはいつものようにさんざん笑《わら》いこけて帰っていった。

「星野《ほしの》さんの同級生《どうきゅうせい》かい？」

晴《は》れ着《ぎ》のふたりを鏡《かがみ》に映《うつ》してみていた、向《む》かい側《がわ》のベッドの人が言った。

私は心の中で宝石《ほうせき》のようにキラキラかがやいている倉賀野《くらがの》中学校での二か月間を思い出した。大学を五年生までやってしまった私は、十二月から三月までのひと冬を、野沢《のざわ》温泉《おんせん》スキー場《じょう》でパトロール隊員《たいいん》としてアルバイトをしながら過《す》ごした。山をおりてきたのは三月三十日であった。

四月八日の始業式《しぎょうしき》で、新任《しんにん》の挨拶《あいさつ》をするとき、私は雪焼《ゆきや》けで表《おもて》も裏《うら》もわからないような真《ま》っ黒《くろ》の顔を紅潮《こうちょう》させて、壇上《だんじょう》で自分の名前を言うとき、舌《した》がもつれて、

「ホヒノ……ホミヒロです」

と言ってしまった。

大学は教育学部《きょういくがくぶ》を選《えら》んだくせに教育《きょういく》にはまったく無関心《むかんしん》のまま卒業《そつぎょう》してしまい、それなのに赴任《ふにん》すると、いきなり一年生から三年生までの体育《たいいく》の授業《じゅぎょう》を受《う》けもたされて途方《とほう》にくれてしまった。何もわからなかった。わからないということを生徒《せいと》たちに気づかれないように振舞《ふるま》うのに必死《ひっし》だった。

同じ運動着《うんどうぎ》を着《き》ると、坊主頭《ぼうずあたま》の生徒《せいと》たちはだれもが同じ顔にみえてとまどった。

私は背《せ》があまり高くなかったので、三年生の中にはいると、私の姿《すがた》はみえなくなってしまったにちがいない。

女生徒《じょせいと》たちはいつも恥《は》ずかしそうであった。すれちがう私の背中《せなか》には、彼女《かのじょ》たちのかわいらしい視線《しせん》がいっせいに振《ふ》りむくのを感じた。

毎日がすがすがしくて新鮮《しんせん》で、私はドキドキしていた。

ある朝、私が校門《こうもん》をはいっていくと、二階《かい》の窓《まど》からたくさんの顔が私をみている。ネズミというあだ名の生徒《せいと》が物陰《ものかげ》からとび出してきて、いきなり私に言った。

「先生、先生はどんな歌手《かしゅ》が好《す》きですか？」

「そうだなあ、小川知子《おがわともこ》なんていいね」

「キャア、小川知子《おがわともこ》のどこがいいんですか？」

「あなたがかんだ小指《こゆび》がもげた、という歌なんか、しびれるなあ」

「ヤダッ、先生それちがうよォ、伊東《いとう》ゆかりだよ」

次の日、同じ物陰《ものかげ》からまたネズミがとび出して、私の顔の前にだれか女優《じょゆう》の顔が写《うつ》っているポスターみたいな紙を広げて逃《に》げていった。そういえばあの時ネズミのうしろには、きょう成人式《せいじんしき》を迎《むか》えたデメとキミのいたずらっぽい顔もみえたっけ。

校庭《こうてい》にいると二階《かい》から三年の男子生徒《だんしせいと》が大声で話しかけてきたこともあった。

「星野《ほしの》先生は群大《ぐんだい》を出たんかい」

「おう！　群大《ぐんだい》だ」

「体育専攻《たいいくせんこう》ってのは体育《たいいく》ばっかりやってればいいんかい」

「ほかの勉強《べんきょう》もやるよォさ」

「先生をみてると体育《たいいく》しかやってなかったみたいだけどなあ。おれも体育《たいいく》の先生になりてえんだけど、だめかなあ」

「俺《おれ》がなれたんだ、いい商売《しょうばい》だぞ、がんばれよ」

彼《かれ》は今なにをしているだろうか。


放課後《ほうかご》、クラブ活動《かつどう》が終《お》わり、生徒《せいと》の帰った静《しず》かな校庭《こうてい》を、私はよく短《たん》パン一つで走った。授業《じゅぎょう》でクタクタに疲《つか》れてしまうのに、それでも走りたりないような気がして、うすもやの立ちはじめた校庭《こうてい》を走った。初夏《しょか》の風がほてったはだかの胸《むね》に快《こころよ》かった。

「せんせぇー、ほしのせんせぇー」

かん高い声がはるか遠くの方からきこえた。

穴《あな》のあいたブロック塀《べい》に登《のぼ》ると、桑畑《くわばたけ》の中のひときわ大きな桑《くわ》の木がゆさゆさゆれて、

「せんせぇー、ここだ、ここだよー」

声はその桑《くわ》の木の中からしていた。

「だれだあ、なにしているんだよー」

私も大声で叫《さけ》んだ。

「先生、泉《いずみ》だよォ。どどめ食《く》ってるんだよォ」

なるほど、よくみると桑《くわ》の葉の間から手や足がみえ、そして泉《いずみ》の顔がのぞいていた。

彼《かれ》は、みんなから〝いずみちゃん〟と呼《よ》ばれている一年生のなかでもいちばん背《せ》の低《ひく》い男の子だった。入学式《にゅうがくしき》の日、いちばん前列《ぜんれつ》のいずみちゃんをみたとき、この子は小学校の入学式《にゅうがくしき》をまちがえてここにきてしまったのではないかと思ったほど、かわいかった。

いずみちゃんは大きくなっただろうか？

わずか二か月間の先生。いやなことなどなんにもなかった。ふりかえらなくても、向《む》こうからやってきて、私の目の前に美しい映像《えいぞう》を再現《さいげん》してくれる。

倉賀野《くらがの》中学校での思い出は、まだまだいっぱいある。

道のわきには長い長い塀《へい》があり、その塀《へい》にはたわいない落書《らくが》きがしてあって、人間を形どった線の股《もも》のところはちょうど穴《あな》があいたりしている。

塀《へい》の内側《うちがわ》には、曲《ま》がったプラタナスの木が立ち、その向《む》こうの校庭《こうてい》では体育《たいいく》の授業《じゅぎょう》が行《おこな》われていて、短い笛《ふえ》がなっている。

木造《もくぞう》の校舎《こうしゃ》の窓《まど》は、いっぱいに開《ひら》かれて、生徒《せいと》の合唱《がっしょう》する歌声《うたごえ》が流《なが》れてくる。

——思い出の中の学校のそばを、私は歩いてゆく。

歩いても歩いても、穴《あな》のあいた塀《へい》と学校はつきることなくつづいている——。

■花の絵■

一九七五年三月

初《はじ》めてクレヨンを買ってもらった時
うれしくて壁《かべ》や戸板《といた》に
やたらとチューリップの絵をかいた
今、私は口にサインペンをくわえ
やはりチューリップをかいている

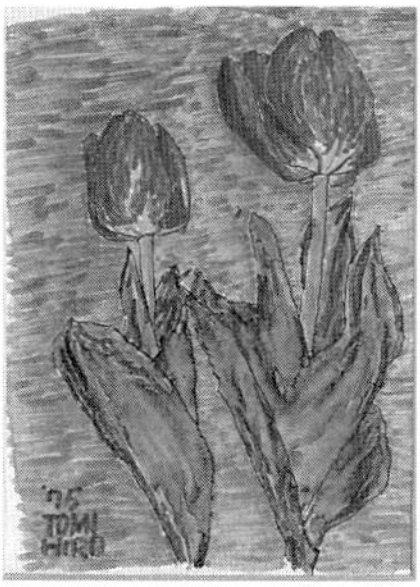

今までにたった一度だけ、私の絵が展覧会《てんらんかい》で入賞《にゅうしょう》したことがあった。ほんとうは、私が描《えが》いたものではなかったが、みんなに拍手《はくしゅ》をされて、賞状《しょうじょう》と賞品《しょうひん》をもらった。

小学校三年生の時である。

図工《ずこう》の時間に、本にのっていた動物園《どうぶつえん》のキリンを描《えが》くと、先生が、

「村の展覧会《てんらんかい》に出してあげるから、ぬりたらないところをもっとていねいにぬりなさい。その絵、けっこうよいから」

と言ったものだから、私は、はりきってキリンの大きな斑点模様《はんてんもよう》を一つ一つ心をこめてぬりあげた。できあがった絵を得意《とくい》になってもっていくと、先生は、

「なんということをしてくれたんでしょう」

と頭をかかえこんでしまった。

私はなぜ先生がガッカリしてしまったのか、しばらくわからなかったが、あとで考えてみると、少し「そんなものかなあ」と思ったものである。

私ときたら、思いきり派手《はで》な色をたくさんつかって、きれいに描《えが》いたものがうまい絵だと思って、キリンの模様《もよう》を赤や緑《みどり》はもちろん、空色やピンクなどありったけの色で美しくぬりあげてしまったのである。

私はまだ本物《ほんもの》のキリンをみたことがなかったのである。

結局《けっきょく》その絵はボツになってしまい、宿題《しゅくだい》としてもう一枚描《まいえが》いてくるように言われ、家

の縁側《えんがわ》で秋の山を描《えが》いていた。

またまた私がしょうこりもなく、紅葉《もみじ》の山をキリンの背中《せなか》のようにぬっていると、そばでみていたいとこが、私の手からクレパスをとりあげて、かなり乱暴《らんぼう》に秋の山をぬりあげてしまった。

ひどいことをしてくれたと思ったが、翌日《よくじつ》その絵を学校にもっていくと、それを先生が展覧会《てんらんかい》に出品《しゅっぴん》、入賞《にゅうしょう》してしまったという次第《しだい》なのである。賞品《しょうひん》は石けん一箱《はこ》。以来《いらい》、私は、同級生《どうきゅうせい》からも家族《かぞく》からも、絵が上手《じょうず》だと思われるようになってしまった。

月日がたつうちに、罪《つみ》の意識《いしき》がうすれ、自分でもほんとうに、絵がうまいと思いこむようになり、いつか私は図工《ずこう》の時間が大好《だいす》きになってしまった。

もちろん、それ以後、私の絵は展覧会《てんらんかい》で賞《しょう》をもらったことは一度もなかったし、それどころか、展覧会《てんらんかい》に出品《しゅっぴん》されたことすらなかった。しかし絵が好《す》きだということだけは、今に至《いた》るまで、残《のこ》っているのである。

絵が好《す》きだといっても、授業《じゅぎょう》中ノートの裏表紙《うらびょうし》にクラスメートの横顔《よこがお》や先生の似顔絵《にがおえ》、窓《まど》の外の風景《ふうけい》などを描《えが》いたり、たまにスケッチブックに、水彩《すいさい》で、好《す》きな山の絵を描《えが》いた程度《ていど》で、本格的《ほんかくてき》に習《なら》ったりしたわけではなかった。

私はいただく手紙《てがみ》にはできるだけ返事《へんじ》を書いていたが、この頃《ころ》には、文字だけでなく、かたわらに花の絵も描《か》きそえていた。花の絵のはいった手紙《てがみ》を、友だちはとても喜《よろこ》んでくれた。私はますます、はりきって手紙《てがみ》を書いた。

私はそれまで花をじっくりとみたことなどなかったが、病室《びょうしつ》の中ではお見舞《みま》いの人にもらった花が、ただ一つだけ身近《みぢか》に接《せっ》することのできる自然《しぜん》だった。床頭台《しょうとうだい》や窓辺《まどべ》におかれた小さな花を毎日みつめながら寝《ね》ていると、その色、その形の美しさに、驚《おどろ》かされることばかりだった。

花には、一つとして余分《よぶん》なものがなく、足らないものもないような気がした。ちょうどよいところに花がつき、ほどよいところに葉があり、葉と花に、似合《にあ》った太さの茎《くき》があった。葉は花の色を助け、花は葉の色と形をそこなわずに咲《さ》いていて、一枝《ひとえだ》の花とはいえ、広大《こうだい》な自然《しぜん》の風景《ふうけい》をみる思いがした。

役割《やくわり》を果《は》たし今まさに散《ち》ろうとしている花
そのとなりでは開《ひら》きかけたつぼみ

ひと枝《えだ》の椿《つばき》も
大自然《だいしぜん》の縮図《しゅくず》だ

（つばき）

私は絵に関《かん》してなにもわからなかったが、この自然《しぜん》のままに咲《さ》いている花を、そのまま写《うつ》していれば、よい絵が描《えが》けるようになるのではないかと思った。構図《こうず》だとか色の使い方だとかは知らないけれど、神様《かみさま》がつくった自然《しぜん》の花なら、そのままでもきっとすばらしい調和《ちょうわ》を持って咲《さ》いているはずである。

そう思うと、花はますます大きくみえ、夢中《むちゅう》になって描《えが》いていると、私はいつか蟻《あり》のように小さくなって、花びらの間をはいまわっているような気持ちになり、体じゅうに黄色い花粉《かふん》がついてしまった錯覚《さっかく》さえしてしまった。

花には、美しさばかりでなく、時には、私にぶつかってくるような力強さもあった。

からみ合うやつ
天にはい登《のぼ》ろうとしているやつ
あきらめてたれさがるやつ

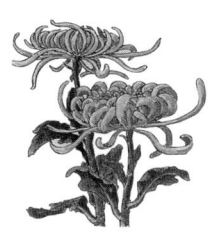

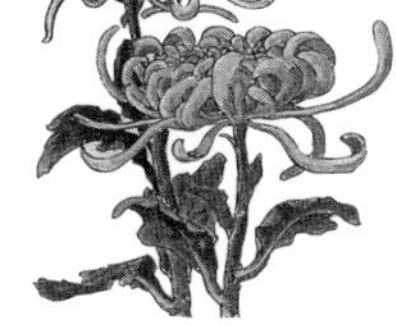

花びらは岩壁《がんぺき》に打《う》ちつける海の波《なみ》
引《ひ》き返《かえ》す距離《きょり》が長いほど
力をたくわえる波《なみ》の激《はげ》しさ　（きく）

消灯後《しょうとうご》、非常口《ひじょうぐち》からもれてくるうす白い電灯《でんとう》の光にてらされて咲《さ》いている花を、眠《ねむ》れないままにながめていると、せつなく生きている人間の姿《すがた》が美しいはずの花と重《かさ》なってしまった。

むらがって咲《さ》いていると
楽しそうで
ひとつひとつの花は
淋《さび》しい顔をしている
おまえも人間に似《に》ているなあ　（らん）

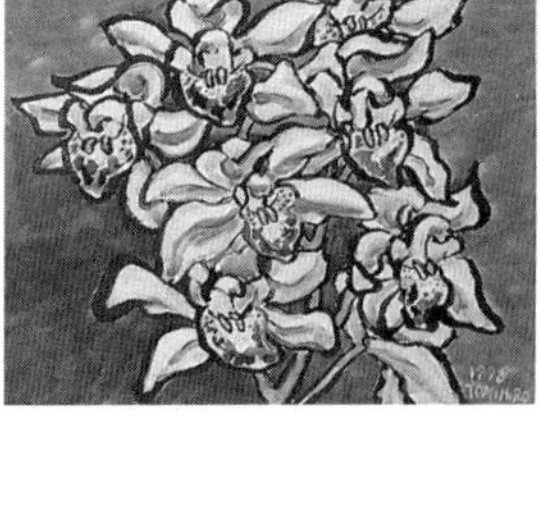

私の指《ゆび》の間に
さつきの花をはさんでくれたね
それから君は
自分の義足《ぎそく》のくつひもにも
同じ花をさして
言葉《ことば》ではなかったけれど
「頑張《がんば》ろう」って言ったっけね

元気かい
あの時の赤い花が咲《さ》いているよ　（さつき）

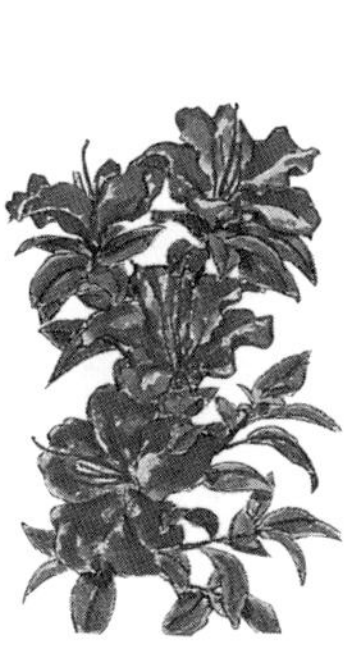

「あの時、泣《な》きすぎちゃってもう涙《なみだ》の残《のこ》りがないんです。少し残《のこ》しておけばよかったんだけれど……」
以前《いぜん》、個室《こしつ》で夜ごと泣《な》いていたあの荻原《おぎわら》さんは、手術後《しゅじゅつご》元気で退院《たいいん》し、職《しょく》についてからも私のところに遊《あそ》びにきてくれた。若《わか》い女性《じょせい》だけに足の切断《せつだん》ということは、そうとう

の苦しみだったと思うけれど、彼女《かのじょ》ときたら底《そこ》ぬけに明るい顔で、私の病室《びょうしつ》によくきた。

その彼女《かのじょ》が、高崎《たかさき》の病院《びょういん》に入院《にゅういん》した。三年前の病気《びょうき》の再発《さいはつ》かもしれないと恐《おそ》れながら、私はサインペンをくわえて手紙《てがみ》を書いた。

こんにちは荻原《おぎわら》さん、きょうは菜《な》の花をおとどけします。

この花は今野《こんの》さんが「これから荻原《おぎわら》さんの所へ行くんですよ」と私の窓辺《まどべ》においていってくれた菜《な》の花です。そんなわけでこの花を描《えが》いている間じゅう、「荻原《おぎわら》さんがんばってください、早くじょうぶになってください」という気持ちでいっぱいでした。

できあがった絵をみたら、茎《くき》が太すぎて……、しかし、じょうぶそうな菜《な》の花になっていました。

菜《な》の花には、背中《せなか》の黄色い子供《こども》の親指《おやゆび》くらいの大きさの、ハチが集《あつ》まりますね。私の手の親指《おやゆび》がまだそのハチくらいしかなかった頃《ころ》のことですが、菜《な》の花の咲《さ》く季《き》節《せつ》になると、そのハチをつかまえて、もめん糸でしばり、とばしてあそぶのが、いちばんの楽しみでした。そのハチはふだんは刺《さ》さないのですが、ある時つかまえたとたん「チクリッ」とやられてしまいました。

そのいてえの、いたくねえのといったら、それまでの経験《けいけん》からして、泣《な》いていいだけの痛《いた》さと価値《かち》は十分《じゅうぶん》にありました。

涙《なみだ》はちゃんとでてきたし、声さえだせばいい状態《じょうたい》にさえなってきたんです。

その時のことを不思議《ふしぎ》と今でもはっきりおぼえているんですよ。私は山すその、くずれおちるほどに咲《さ》きみだれている黄色い菜《な》の花畑《はなばたけ》のまん中に、たったひとりでいたんです。何千というみつばちの羽音《はおと》が、地の底《そこ》からわきあがるようにきこえ、その中をチョウチョが楽しそうに、とんでいました。私が泣《な》いたって、誰《だれ》もきいてはくれないんです。私は急《きゅう》にさびしくなって、とおくの畑《はたけ》にいる父のところまで走っていきました。

父は私のはれあがった指《ゆび》をみると、菜《な》の花の畑《はたけ》の方をにらみつけ、カンカンにおこっていいました。

「わりぃハチだ、今度《こんど》、とうちゃんがめっけたら、うんとおこってやる」

私はそれをきくと、さびしさも指《ゆび》の痛《いた》みもふっとんでしまいました。

そして、またハチを取《と》りに走っていきました。

手紙《てがみ》を受《う》け取《と》った荻原《おぎわら》さんは非常《ひじょう》に喜《よろこ》び、自分だけで読んでいるのはもったいないからお見舞《みま》いにきてくれる人みんなにみせてしまった、と返事《へんじ》をくれた。
彼女《かのじょ》からの手紙《てがみ》は、病気《びょうき》の重さをまったく感じさせなかったが、次の年、南の地方《ちほう》から菜《な》の花の便《たよ》りが届《とど》く季節《きせつ》に、美しさと明るさを私の心にのこして、天国《てんごく》に旅立《たびだ》っていった。

菜《な》の花の風に
思い出すことがある
しりもちを
ついてしまったといった
つつじの花かげに
君と話したゴーギャンの絵の中に
年とらぬ君を
思い出すことがある

私が口に筆《ふで》をくわえて絵を描《えが》く間ずーっと動かずに、母がスケッチブックを持っているのは大変なので、弟にスケッチブックを取《と》りつける台を作ってくれるようにたのんだ。ベッドの横に立てて上下、左右、前後に簡単《かんたん》に動き、しかもぜったいにぐらぐらしないで、病室《びょうしつ》のすみに、小ぢんまりとおけて……。弟は鉄《てつ》パイプや機械《きかい》の部品《ぶひん》やスプリングまでつかって見事《みごと》にその台を作ってきてくれた。

私の絵を描《えが》く時間《じかん》は大きくのび、母の両手《りょうて》があいたので、色もつけられるようになった。油性《ゆせい》のサインペンでふちどりをした絵に、友だちがすすめてくれた水性《すいせい》のカラーサインペンで色をぬってみた。まんがのデザインつきサインペンを、子供《こども》のおもちゃ程度《ていど》にしか考えていなかったが、何色《なんしょく》もまぜ合わせ、その上を水だけつけた筆《ふで》でなでると、思いがけなく美しい色になった。

中学生の時、美術《びじゅつ》の先生が万年筆《まんねんひつ》でスケッチし、つばきをつけてぼかしていたのをまねたのである。……そういえば私が尊敬《そんけい》していたあの先生は、絵の描《えが》き方よりも自然《しぜん》の美しさ、東村《あずまむら》の山の美しさばかり教えてくれたっけ……。

花びらのやわらかな色は、サインペンで直接《ちょくせつ》ぬるよりも、一度ちがう紙にぬったものを筆《ふで》でとってぬった方がよいという方法《ほうほう》に気がついたり、サインペンの先《さき》をつぶして太くしたり、一つの失敗《しっぱい》には必《かなら》ず一つの発見《はっけん》が与《あた》えられた。バックもぬって、一枚《まい》の絵として初《はじ》めて仕上《しあ》げたのは、初《はじ》めて見たランの花だった。

私の未熟《みじゅく》な筆《ふで》では
この花の千分の一の美しさも描《えが》き出すことはできない
しかし私はこの花をいつまでも心に留《とど》めておきたい
苦労《くろう》して育《そだ》てた花を
根元《ねもと》からスッパリ切って私にくれた
Nさんの気持ちとともに
いつまでも心に咲《さ》かせておきたい

（ラン）

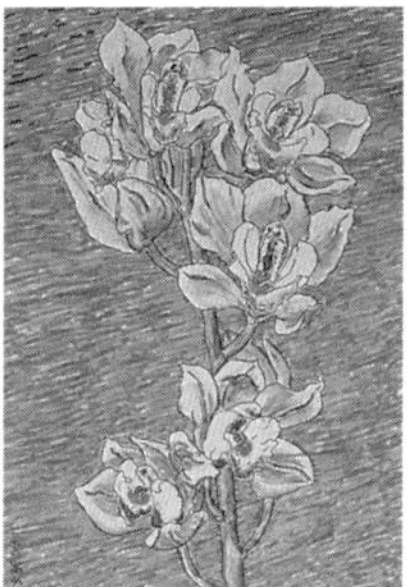

一九七五年四月

向《む》かい側《がわ》のベッドの人が
小さな声でケンカをしている
腹《はら》の中から絞《しぼ》り出すような声が
いつまでも　いつまでも続《つづ》く
私は砕《くだ》けるほどサインペンをかみしめ
椿《つばき》の花をかいた
（つばき）

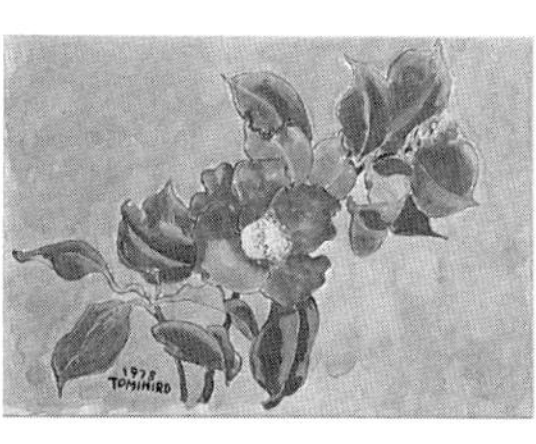

仰向《あおむ》けに寝《ね》ている老人《ろうじん》のまわりを、その人の子供《こども》だろうか、数人の人がとり囲《かこ》み、口々に自分の家の大変な事情《じじょう》をうったえあっていた。まわりにきこえないように声をころしているのだが、狭《せま》い病室《びょうしつ》のため全部《ぜんぶ》きこえてしまうのである。

子供《こども》たち……といっても、それぞれ結婚《けっこん》して家庭《かてい》をもっている大人《おとな》なのだが………。その人たちが交代《こうたい》で親である老人《ろうじん》の付《つ》き添《そ》いをしていることに、疲《つか》れきってしまったらしいのである。

――子供《こども》に手がかかるから。

――○○はあまりきていないじゃあないか。

――私はそれまでする、すじあいはない。

――といったような声が次第《しだい》に高まってきこえた。部屋《へや》の五人の患者《かんじゃ》と付《つ》き添《そ》いは新《しん》聞《ぶん》や雑誌《ざっし》に目をむけているが、それぞれ身につまされる思いだった。

凍《こお》るような淋《さび》しさが、ひとつひとつのベッドの上をおおっていった。

しかしもっと淋《さび》しいことは、それが病室《びょうしつ》ではそれほどめずらしい光景《こうけい》ではないということなのである。この淋《さび》しさをだれもが恐《おそ》れていたから、いつもだれかがおどけ、それに合わせて笑《わら》っていたのではなかったろうか。

母の苦しみ、母のいない家から、ひとり畑《はたけ》に出かけて行く父の淋《さび》しさを思った。

一九七六年四月

長いこと同じ部屋《へや》にいる老人《ろうじん》が、面会《めんかい》に来《き》た人たちに小声《こごえ》で話をしているのをきいてしまった。

「あの人なあ、首から下が全部《ぜんぶ》動かねんだぞ。大学まで出たって、ああなっちまったらおしまいだ」

いい人だと思っていただけに、私は煮《に》えくり返《かえ》るほど腹《はら》が立ってしまった。以後、その人がどんなに楽しい話をしようと「くそ爺《じじ》い、くたばりやがれ！」と心の中で叫《さけ》んだ。

やがて待《ま》ちに待《ま》った、〝くそ爺《じじ》い〟の退院《たいいん》の日がきた。くそ爺《じじ》いは松葉《まつば》づえをついて私のベッドの横に来て、声をふるわせて言った。

「星野《ほしの》さん、頑張《がんば》ってくださいよ、絶対《ぜったい》によくなってくださいよ」

なんということだろう。〝くそ爺《じじ》い〟の目から、涙《なみだ》がボロボロこぼれている。私は些細《ささい》なことで腹《はら》を立て、人をうらんでいた、自分の心の狭《せま》さを、恥《は》ずかしいと思った。

車椅子《くるまいす》を押《お》してもらって
さくらの木の下まで行く
友人が枝《えだ》を曲《ま》げると

私は満開《まんかい》の花の中に埋《うず》まってしまった
湧《わ》き上がってくる感動《かんどう》をおさえることができず
私は
口のまわりに咲《さ》いていたさくらの花を
むしゃむしゃと食べてしまった

花が咲《さ》いたのがうれしいのだろうか、うすぎたない数匹《すうひき》の犬が、木の下にきて、ねそべっていた。

「ああいうふうに、花びらの散《ち》る下で、静《しず》かに死ねたらいいね」

さくらの花をみながら、年とった看護助手《かんごじょしゅ》さんが言った。

私も、看護助手《かんごじょしゅ》さんの気持ちが、わかるような気がした。この人もきっと、さまざまな苦しみを背負《せお》って、今ここにいるのだろうと思った。

四、五日で散《ち》ってしまう花だけれど、その花をみていると、よろこびの裏側《うらがわ》にある、生きていることの悲《かな》しみみたいなものが、静《しず》かに、迫《せま》ってくるような気がした。

人がどんな気持ちでながめようと、さくらはさくらの色を少しも変《か》えやしないし、散《ち》

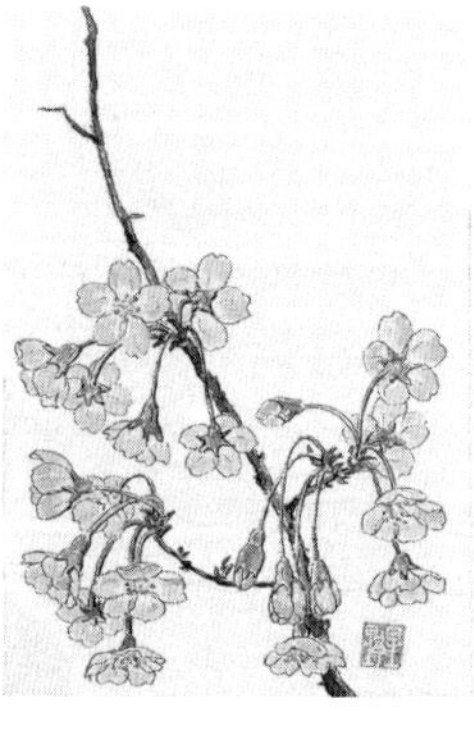

りかけたものは、一秒《びょう》だって待つわけではなかった。

悲《かな》しみの目でみようと、酒《さけ》をのみながらみようと、たとえその枝《えだ》で首をつる人がいたとしても、ぶらさがっている人の横で、さくらはあいかわらず、美しく咲《さ》きつづけることだろう。

私は動けないでいる。おそらくこれからも、ずっと死ぬまで動けないだろう。そして、動けないことを悲《かな》しみながら一生《いっしょう》を終《お》えても、このめぐってくる季節《きせつ》に、何の変化《へんか》があるだろうか。

だとしたら、この摂理《せつり》のなかで、自分の体を悲《かな》しむのなんて、ばかげたことではないだろうか。

動ける人が
動かないでいるのには
忍耐《にんたい》が必要《ひつよう》だ
私のように動けない者が

動けないでいるのに
忍耐《にんたい》など必要《ひつよう》だろうか
そう気づいた時
私の体をギリギリに縛《しば》りつけていた
「忍耐《にんたい》」という棘《とげ》のはえた縄《なわ》が
〝フッ〟と解《と》けたような気がした

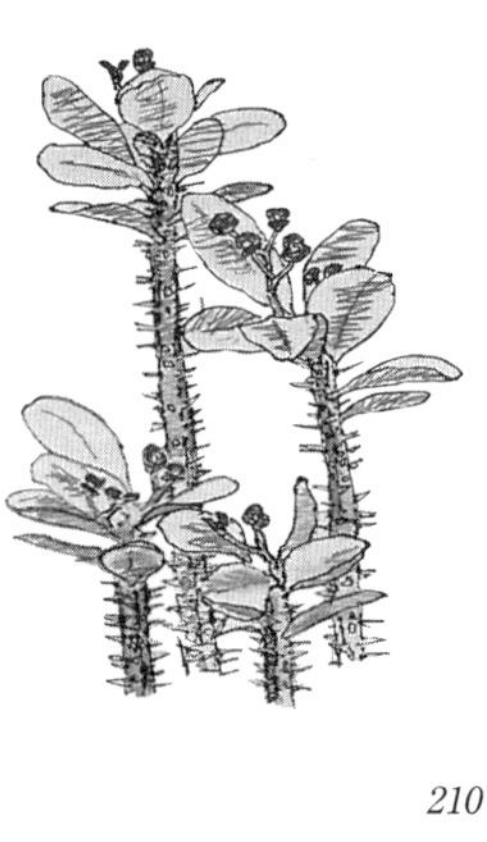

初《はじ》めて絵《え》の具《ぐ》を使って描《えが》いた花は、赤いさつきだった。そしてその絵を同じ教会《きょうかい》にいっている看護学生《かんごがくせい》の熊谷《くまがや》さんに手紙《てがみ》で送《おく》った。
「エノク（聖書《せいしょ》に出てくる人の名前）は、眼がねをかけていて、ちょっぴり太めの心のやさしい人だったと思います。私にとって、熊谷《くまがや》さん→絵《え》の具《ぐ》→エノクと、とても自然《しぜん》に連《れん》想《そう》できるからです」
熊谷《くまがや》さんは私にはじめて絵《え》の具《ぐ》を送《おく》ってくれた人だった。
その日から私と絵《え》の具《ぐ》と母のたたかいがはじまった。私が体を横向《よこむ》きにして顔の前二十センチぐらいの所に立ててあるスケッチブックに向《む》かうと、写生《しゃせい》しようとする花が、紙の横にやっとみえる程度《ていど》で、他《ほか》はほとんど、目にはいらなかった。

私が口で指示《しじ》する色を、母がスケッチブックのうしろで作るのだが、私の思った色ができあがるまでには、気が遠くなるほど時間がかかった。絵《え》の具《ぐ》の分量《ぶんりょう》、水のふくませ方など、意外《いがい》とむずかしいものだ。私も紙にぬってみるまで、わからなかったが、しかも母ときたら尋常高等小学校《じんじょうこうとう》いらいはじめてにぎる筆《ふで》だった。

「もうちっと、青をつけて……」

母は黒っぽいチューブをさし出す。

「バカ、それは黒だ！」

「もっと水をつけて」

「ちきしょう、ぜんぜんだめだ」

こんなやりとりが毎日のようにつづき、ときには、一筆《ひとふで》も色をぬるまでにならずにその日が終《お》わってしまったこともあった。しかし日がたつにつれて、母の耳は、私が言う何種類《しゅるい》もの「ちょっと」の微妙《びみょう》な違《ちが》いをききわけてくれるようになった。

うまくいかなかった絵や、失敗《しっぱい》した絵は、母のせいにしながら、それでもスケッチブックには、その時その時の思いのこもった筆先《ふでさき》から生まれた花が、数をましていった。

病院《びょういん》の庭《にわ》にさつきが咲《さ》いた
母が銀行強盗《ぎんこうごうとう》でもするように
おどおどしながら
ひと枝折《えだお》ってきてくれた
絵を隣《となり》のベッドの人に見せると
「へえー、きれいなユリだなあ」

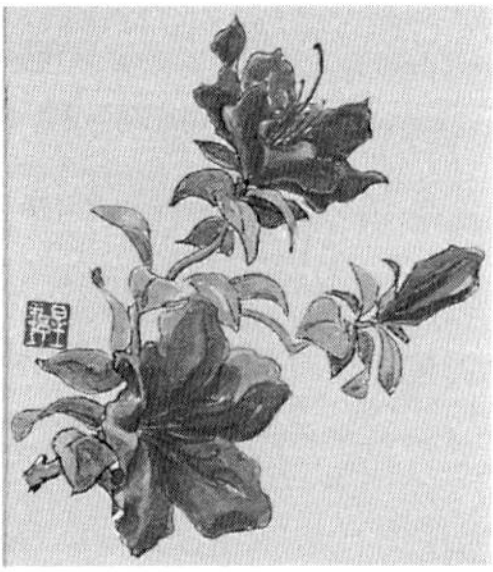

外泊《がいはく》

一九七六年五月

白い障子《しょうじ》を春の闇《やみ》が押《お》し倒《たお》そうとしていた
わき水を竹で引いて、石舟《いしぶね》にためる音が
トロトロとしていた
ぞうりをつっかけて
小便《しょうべん》をしに庭先《にわさき》に出ると
菜《な》の花の田んぼが
ほの白く浮《う》かんでいた
貧《まず》しかった
貧《まず》しかったけれど
山の村に生まれたことが
私のささやかな誇《ほこ》りとなった

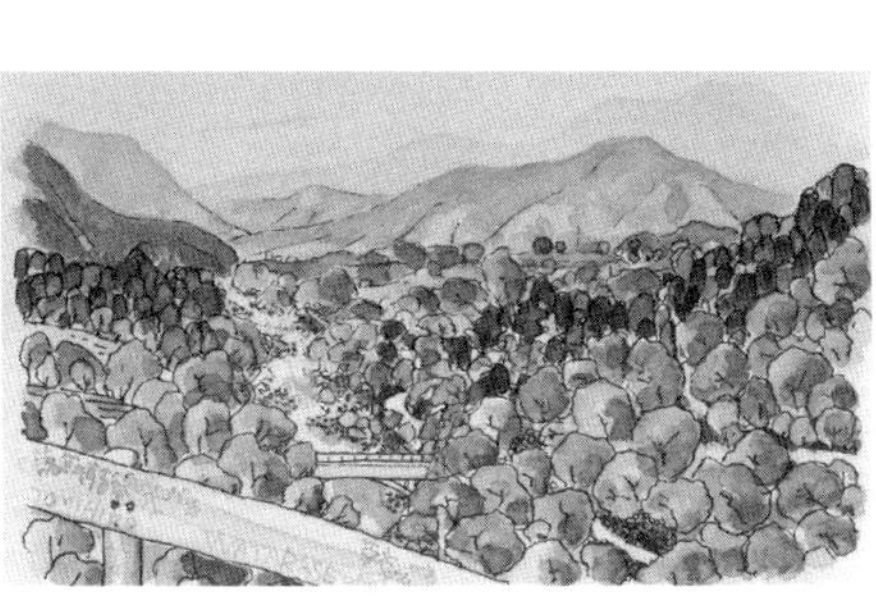

「先生、外泊《がいはく》してもいいでしょうか」

回診《かいしん》に来《き》た主治医《しゅじい》の先生に、思いきってきいてみた。

春になって庭《にわ》のさくらが咲《さ》き、木《こ》の芽《め》が出て暖《あたた》かくなり、それに新館《しんかん》の七階《かい》から見える赤城《あかぎ》の新緑《しんりょく》が、ここ数日しきりに私をおもてにさそうのである。

それは、痛《いた》みにも似《に》た故郷《ふるさと》への誘《いざな》いだった。

「はい、外泊《がいはく》ね。体の調子《ちょうし》は大丈夫《だいじょうぶ》だね」

私が何日も前から、口ごもり、きのうもおといも言いだせなかった重大《じゅうだい》な言葉《ことば》の返《へん》事《じ》は、ガクッとくるほど簡単《かんたん》だった。

入院《にゅういん》いらい六年ぶりに家に帰れることになったのである。

一日おいて、弟が車で迎《むか》えにきた。

片道《かたみち》一時間半、はたして無事《ぶじ》に家までいけるかどうか心配《しんぱい》だったが、車が前橋《まえばし》の市街《しがい》地《ち》をぬけ、桑畑《くわばたけ》の中を走り、出そろった麦の穂《ほ》や、柔《やわ》らかな桑畑《くわばたけ》の緑《みどり》にためいきをついているうち、その不安はどこかに消《き》えてしまっていた。

渡良瀬川《わたらせがわ》の水は以前より少しすくなくなったようだったが、やはり小さな瀬音《せおと》を立てて流《なが》れつづけていた。道路《どうろ》の上には、山吹《やまぶき》の花が咲《さ》き、車の風でゆれていた。

煙《けむ》るような新緑《しんりょく》の木立《こだち》があり、その中に小さな赤や青い色をした屋根《やね》の家が肩《かた》をよせ合うように、たたずみ、所どころに、子供《こども》の日を終《お》えたコイノボリの柱《はしら》が立ち、金色《きんいろ》の矢車《やぐるま》がカラカラと回っていた。

父はもう何時間も前から庭《にわ》に出て私の帰りをまっていたという。

縁側《えんがわ》にしいた座布団《ざぶとん》の上に車からかかえおろしてもらうと、ほてった顔に、柔《やわ》らかな風がふれていった。

家の横の用水路《ようすいろ》の水音《みずおと》と竹の葉のこすれ合う音が、静《しず》けさをさらに深《ふか》め、二十四時間じゅう、器械《きかい》の音をききつづけていた耳は、選局《せんきょく》できないラジオのようにジィーンという、かすかな音を立てていた。

天井板《てんじょういた》は真《ま》っ黒《くろ》にすすけ、かいこを飼《か》っていた頃《ころ》の茶色《ちゃいろ》い新聞紙《しんぶんし》が、天井板《てんじょういた》のすき間《ま》からのぞき、忘《わす》れていたタタミのにおいが、はなをかすめた。

「さあ、何が食べたい。何でも好《す》きな物《もの》を言いな」

コップにあふれるほど水をついでしまって、だきかかえるようにして私の口もとに運《はこ》んできた母が言った。

「あったかい物《もの》なら何でもいいよ。普段《ふだん》父ちゃんなんかが、くっている物《もの》がくいたい」

遠慮《えんりょ》しているわけではなかった。普通《ふつう》のもの、いつも父たちが食べているもの、それが私にとって、最高《さいこう》のごちそうだった。


庭《にわ》に真《ま》っ赤《か》な霧島《きりしま》つつじが咲《さ》き、その向《む》こうにはふるさとの山がやすらかにそびえていた。山の中腹《ちゅうふく》までのぼりかけた新緑《しんりょく》は、銀色《ぎんいろ》の泡《あわ》のようにもりあがって、山肌《やまはだ》をおおっていた。

子どもの頃《ころ》から、みあきるほどながめてきた山なのに、今、山ははじめてみせるような美しさで、私の目に映《うつ》った。

病院《びょういん》に帰ってからも、その美しさは忘《わす》れられなかった。そしてそれは、長い病院《びょういん》生活の中でつい見過《みす》ごしがちなものにも、新しい心で向《む》きあうことの大切《たいせつ》さを、教えてくれた。


枕許《まくらもと》のチューリップがもう三日間も開《ひら》いたり閉《と》じたりしている。

どれも同じ形をしていて、平凡《へいぼん》な花だと思った。

四日めの朝、なんの気なしに横を向《む》いた私の目に、この世のものとは思えない色が跳《と》び込《こ》んできた。チューリップの花びらを、朝陽《あさひ》が貫《つらぬ》いてゆく色だった。チューリップにしてみれば、毎日みせていた色だったのにちがいない。

ただ「平凡《へいぼん》な花」ときめていた私の心に、映《うつ》らなかっただけなのだ。

平凡《へいぼん》なものの中に、底知《そこし》れない美があるということを、教えられた朝だった。


（チューリップ）

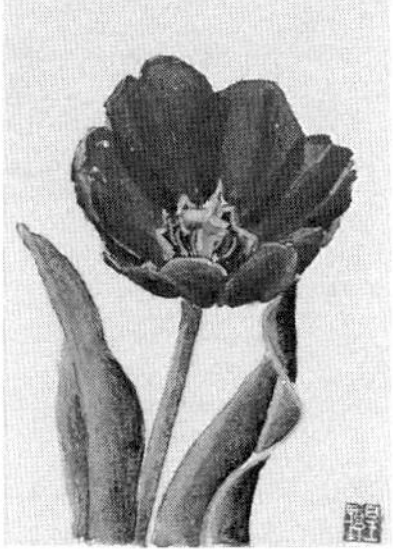

〈カルテより〉

全身管理《ぜんしんかんり》のみ、特《とく》に治療法《ちりょうほう》なし。

（今後《こんご》をお母さんと話しあう。

各地《かくち》のリハビリ施設《しせつ》を検討《けんとう》したが、現在《げんざい》の福祉施設《ふくししせつ》では、彼《かれ》のように重度障害者《じゅうどしょうがいしゃ》を二十四時間看護《かんご》してくれる所もない。

医療《いりょう》でもこれ以上なんの手立《てだ》てもとれない。医者《いしゃ》としての無力《むりょく》をつくづく感じさせられる。ただ彼自《かれみずか》らが生きるすべを見出《みいだ》してくれるのを待つのみ。）

外泊《がいはく》も年に四回ぐらいできるようになった。

ある日、私の外泊《がいはく》に合わせて鎌倉《かまくら》から泊《と》まりにきていた姉が、ふたりの子供《こども》に言った。

「お前たち、富弘《とみひろ》おじちゃんに体操《たいそう》をみてもらいなさい」

ふたりは、はずかしそうに顔をみあわせた。

「体操教室《たいそうきょうしつ》で習《なら》ったところまでやりなさい」

「信《のぶ》と和《かず》ね、体操教室《たいそうきょうしつ》へいきはじめたのよ。体操《たいそう》っていってもこの子たちのことだから……、でもけっこうきびしいのよ」

ふたりの子供《こども》は畳《たたみ》の上で、前転《ぜんてん》や後転《こうてん》、側転《そくてん》などを真剣《しんけん》な顔をして何度もみせてくれた。一度回るたびに体操選手《たいそうせんしゅ》のように両手《りょうて》を上にあげて、フィニッシュのポーズをとり、そのぎこちないかっこうが、なんともいえず可愛《かわい》かった。

姉はふたりの子供《こども》の運動神経《うんどうしんけい》のにぶさをしきりに話したが、私には姉夫婦《あねふうふ》のやさしい気持ちがしみるように伝《つた》わってきた。

私のけがの恐《おそ》ろしさを誰《だれ》よりも知っているのは父母《ふぼ》やこの姉たちなどである。自分の弟をまったく動けなくしてしまった体操《たいそう》を、姉はきっと恐《おそ》ろしいスポーツだと思ったのにちがいない。しかし、それを自分の子供《こども》たちにさせている。

姉は知っているのである。私自身《じしん》が体育《たいいく》の教師《きょうし》としてスポーツを広めなければならなかった者であったのに、私が器械体操《きかいたいそう》をやる者として、その楽しさを人に伝《つた》えなければならない立場《たちば》にいたのに、生徒《せいと》の前でこのようなけがをしてしまったことをどんなに苦しんでいるかを。そして、それにもかかわらず、今でも私が他《た》のどんなスポーツよりも、器械体操《きかいたいそう》を愛《あい》しているかを……。

だからこそ、たいせつな自分《じぶん》の子供《こども》たちを、体操教室《たいそうきょうしつ》に通わせているのだろう、姉の横顔《よこがお》は、寝《ね》ている私にやさしく話しかけているような気がした。

「富弘《とみひろ》、心配《しんぱい》しなくてもいいよ。ほら、この子供《こども》たちだって、こんなに喜《よろこ》んでやっているんだから」

車は夕日《ゆうひ》に向《む》かって走っていた。

妙義山《みょうぎさん》や浅間山《あさまやま》、秩父《ちちぶ》の山々《やまやま》が切絵《きりえ》のように、くっきりとした姿《すがた》で、夕日を待ちつづけている。その手前に、うすもやの前橋《まえばし》の街《まち》のビルが、石塔《せきとう》のように立ち並《なら》んでいた。外泊《がいはく》ももう何度めになるだろうか。

前橋《まえばし》の街《まち》が見えて、ホッとするはずのその道も、最近《さいきん》の外泊《がいはく》の帰りは、なんとなく気持ちが重くなっていた。

動けないとはいえ、私はずいぶん健康《けんこう》になった。病院《びょういん》をはなれてもやっていけるような気がして、それが病院《びょういん》に帰るのを拒《こば》んでいるのかもしれなかった。

整形外科《せいけいげか》は、月、水、金曜日が手術日《しゅじゅつ》で、多い日には、四、五人の人が手術《しゅじゅつ》をうけ、それぞれ痛《いた》みに耐《た》えながら、退院《たいいん》の日をめざして一生懸命病気《いっしょうけんめいびょうき》とたたかっていた。

ひとりが退院《たいいん》すれば、待《ま》っていたように別《べつ》のひとりが入院《にゅういん》し、先生や看護婦《かんごふ》さんは、いつも足早《あしばや》に歩いていた。それだけ患者《かんじゃ》さんの数がふえたのだろうか。

私が入院《にゅういん》した頃《ころ》のようなゆったりとした雰囲気《ふんいき》はなくなり、患者《かんじゃ》さんの出入りが、はげしくなってきたように思われた。

そんななかで、私だけがひとり治療《ちりょう》らしい治療《ちりょう》もなくのんびりと絵を描《えが》き、散歩《さんぽ》に出かけていくのである。退院《たいいん》するようにとか、他《た》の所へ移《うつ》るようにとか、医師《いし》は言わなかったが、私の体がもう病院《びょういん》を出られるようにまでなったことは自分でもわかっていた。

自分のことだけでなく、母のことも考えなければ……。

ベッドと窓《まど》の間の一畳《じょう》にも満《み》たない狭《せま》い所で寝《ね》起《お》きしながら、私の手足となって看病《かんびょう》をつづけてもう何年になるだろう。

ほかの患者《かんじゃ》さんの付《つ》き添《そ》いさんとやっと気心《きごころ》が通じ仲良《なかよ》くなれたと思うころには、もう退院《たいいん》になってしまい、母だけがとり残《のこ》され、またみず知らずの人を迎《むか》えては、最初《さいしょ》からやりなおさなければならない。そんなくり返《かえ》しの連続《れんぞく》。

同室《どうしつ》の人の手術《しゅじゅつ》の夜は、なかなか眠《ねむ》れず、肩《かた》がこったといって、左の肩《かた》を右手でもみ、右の肩《かた》を左手でたたきながら、私のために、自分を無《む》にして、つくしてくれた母のことを思うと、いまや私には一つの決心《けっしん》が必要《ひつよう》なのではないだろうかと思った。

神様《かみさま》がたった一度だけ
この腕《うで》を動かして下さるとしたら
母の肩《かた》をたたかせてもらおう
風に揺《ゆ》れる
ペンペン草の実《み》を見ていたら

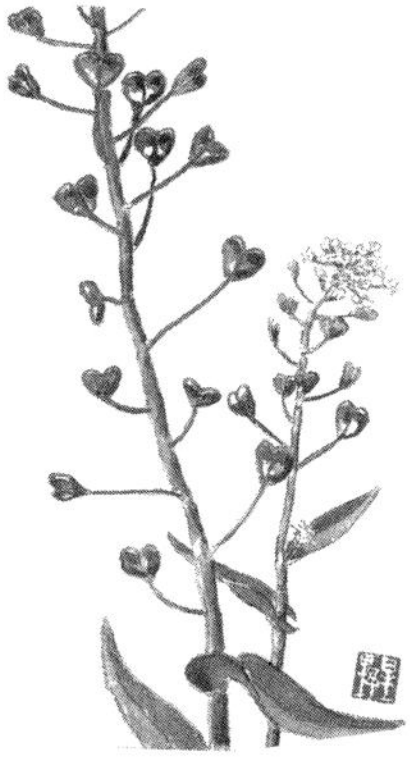

そんな日が
本当《ほんとう》に来《く》るような気がした　（なずな）

しかし私にはどうしたらよいかわからなかった。他《た》の病院《びょういん》に移《うつ》っても、付《つ》き添《そ》いは必要《ひつよう》だし、小さな病院《びょういん》なら、かえって母の苦労《くろう》がますだろう。そうかといって、私を受《う》け入《い》れてくれるような施設《しせつ》があるだろうか。病院《びょういん》にいれば気ぜわしいけれど、いろいろな人と接《せっ》し、話すこともでき、外の世界に間接的《かんせつてき》だが、ふれることもできる。いちばん帰りたいのは、美しい山に囲《かこ》まれた家だけれど、あそこで、訪《おとず》れる人もなく、やることもなく、テレビを見ながら一生《いっしょう》を終《お》えてしまうというのも、淋《さび》しすぎた。

心のまよいを乗《の》せたまま、車は無情《むじょう》なスピードで走っていた。私は少しでも、病院《びょういん》に帰るのをおくれさせたくて、街《まち》の北にある敷島公園《しきしまこうえん》に車を迂回《うかい》してもらった。

日曜日《にちようび》の公園《こうえん》の夕暮《ゆうぐ》れは、やわらかなミカンの房《ふさ》の色をしていた。

おもいおもいのトレーニングウェアを着《き》た親子連《おやこづ》れや、バットをかついだユニホームの子供《こども》たちが、ゆったりとした足どりで、それぞれの家の灯《ともしび》に向《む》かって帰っていくところだった。

幸《しあわ》せそうに歩く細長《ほそなが》い影《かげ》の間を、私と母をふくんだ車の影《かげ》もゆっくりと進《すす》んだ。

〈母の回想《かいそう》〉

特製《とくせい》の車椅子《くるまいす》のおかげで、院内《いんない》をあちこち散歩《さんぽ》でき、ふるさとのわが家に外泊《がいはく》することが許《ゆる》されました。

少し快適《かいてき》になればなるほど、のほほんと病院《びょういん》にいることが申《もう》し訳《わけ》なく、家へ帰ろうか、施設《しせつ》にはいろうかと話しあいました。

家に帰るのが最良《さいりょう》なのかもしれませんが、あまりの田舎《いなか》なのでお医者《いしゃ》さまと遠く離《はな》れるのは不安でたまりません。それに時折熱《ときおりねつ》は出ますし、何か起《お》これば死に直結《ちょっけつ》する危険《きけん》性《せい》は、初期《しょき》とあまり変《か》わりません。

ある人が東京《とうきょう》に重度障害者《じゅうどしょうがいしゃ》の病院《びょういん》があるとすすめてくれましたので、長女《ちょうじょ》に見てきてもらいました。設備《せつび》はそれはすばらしい所だったとか。

でも看護面《かんごめん》では生活するのに必要最低限《ひつようさいていげん》のことしかお願《ねが》いできないだろう、第《だい》一、絵など描《えが》く手伝《てつだ》いはお願《ねが》いできないだろうと思われました。

パレットに絵《え》の具《ぐ》を出して富弘《とみひろ》の指示《しじ》どおりに色をまぜあわせては、一筆一筆《ひとふでひとふで》ごとに色や水をふくませて口にくわえさせ、そして顔の上に紙を広げ、ちょっとぬるとまた筆《ふで》を……こんな気の遠くなるほど根気《こんき》のいることを看護《かんご》のかたに頼《たの》めません。そう思うと、施設《しせつ》にお世話《せわ》になることも不安でした。

だからといって、病院《びょういん》にもおれず、ここを出てどこへ行けばよいのでしょう……。

Ⅶ 新《あら》たな旅立《たびだ》ちの日

［'78・4〜'79・9］

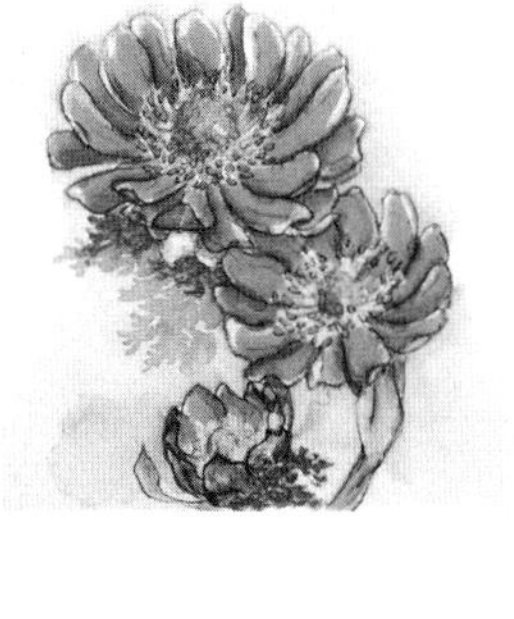

〈カルテより〉

特筆《とくひつ》することもなし。

(最近《さいきん》、電動車椅子《でんどうくるまいす》の開発《かいはつ》がすすんできていたので、早速《さっそく》、業者《ぎょうしゃ》に相談《そうだん》。数回の改造《かいぞう》ののち彼《かれ》にも操作《そうさ》できる、下顎《かがく》レバーにて作動《さどう》する電動車椅子《でんどうくるまいす》を特注《とくちゅう》。身障者《しんしょうしゃ》による、口で描《えが》かれた絵の展覧会《てんらんかい》に彼《かれ》をつれていく。少しでもやる気を出してくれる日を願《ねが》う。)

■展覧会《てんらんかい》■

一九七八年四月

大部屋《おおべや》のベッドはいつも満員《まんいん》だった。

描《えが》いた絵をはなれた所からみたかったが、病室《びょうしつ》の中ではたちまちみんなの注目《ちゅうもく》の的《まと》になってしまい、絵を立てかけることができなかった。

特別《とくべつ》に絵の勉強《べんきょう》をしていないというのが、他人《たにん》にみせられない変《へん》な理由《りゆう》なのである。もちろん長い間かかって一枚《まい》の絵が仕上《しあ》がり、ましてそれが自分でうまくいったと思える時など、喜《よろこ》びを自分のなかにとじこめておくことができず他人《たにん》にもみせたくてならなかった。しかし、やはり恥《は》ずかしかった。一生懸命描《いっしょうけんめいえが》いたものほど、人にみせるのが恥《は》ずかしかった。

日曜日《にちようび》、さわがしい大学病院《だいがくびょういん》のなかで、外来病棟《がいらいびょうとう》とそこに通じる二階《かい》の廊下《ろうか》は、私と母がふたりだけになれる唯一《ゆいいつ》のしずかな場所《ばしょ》だった。両側《りょうがわ》がガラスばりの渡《わた》り廊下《ろうか》は太《たい》陽《よう》がさし込《こ》み、冬でも温室《おんしつ》のように明るく暖《あたた》かかった。

午後《ごご》の検温《けんおん》が終《お》わると、そこにラジカセを持っていき、病室《びょうしつ》では大きな音できけない音楽や教会《きょうかい》の礼拝《れいはい》のテープを聞くのが楽しみだった。

バッハの『管弦楽組曲《かんげんがくくみきょく》』、ヘンデルの『メサイヤ』、讃美歌集《さんびかしゅう》、雪のチラつく日などはシューベルトの『冬の旅《たび》』、イ・ムジチのビバルディ、母の好《す》きな古賀《こが》メロディ、それらを気がねすることなく大きなボリュウムできくことができた。

暖《あたた》かい春の陽《ひ》をあび、若緑《わかみどり》色のセロハン紙を重ねたような銀杏並木《いちょうなみき》の新緑《しんりょく》をながめながら、私も母も眠《ねむ》ってしまったこともあった。

そしてそこは、私の小さな絵の展覧会場《てんらんかいじょう》でもあった。絵を描《か》きためると、ベンチの背《せ》に母が小さな絵を並《なら》べ、大画伯《だいがはく》の私は母の押《お》す車椅子《くるまいす》で、静《しず》かな音楽の流《なが》れる一本道の即席《そくせき》の画廊《がろう》に並《なら》べられた、花の名画展《めいがてん》をゆっくり観賞《かんしょう》するのである。

鼻《はな》をくっつけるようにして描《えが》いた絵は遠くからみるとバランスがくずれていたり、色の調和《ちょうわ》が不自然《ふしぜん》だったりしているのがよくわかった。失敗《しっぱい》したところやごまかしたところは、時間がたっていてもきずあとのようにはっきりと目にうつった。反対《はんたい》に時間をかけて全神経《ぜんしんけい》を集中《しゅうちゅう》して描《えが》いた絵や、花に対《たい》して謙虚《けんきょ》な気持ちで描《えが》いた絵はいきいきと咲《さ》いているようにみえた。

「あのバックの色は変《へん》だよ」

「あの菊《きく》は時間をかけただけあっていいね」

「よせっていったのにあんな色ぬっちゃってさァ」

母もいっぱしの批評家《ひひょうか》となった。

遠くからクツの音が近づいてくると、展覧会《てんらんかい》は一時中断《ちゅうだん》である。

「きたぞ、母ちゃん」

母は大急《おおいそ》ぎでベンチの絵をまとめる。時々守衛《しゅえい》さんや病棟《びょうとう》をまちがえたお見舞《みま》いの人たちが通るのである。その人たちが去ると、また展覧会《てんらんかい》が再開《さいかい》された。

そして夕日であたりがほんのりと赤みをおびはじめ、銀杏並木《いちょうなみき》を準夜勤務《じゅんやきんむ》の看護婦《かんごふ》さんたちが急《いそ》ぎ足で行《い》き来《き》し、実験動物《じっけんどうぶつ》の犬たちが悲《かな》しくほえる頃《ころ》まで、私と母のふたりだけの展覧会《てんらんかい》はつづくのである。

銀杏《いちょう》の梢《こずえ》に沈《しず》む夕陽《ゆうひ》を
母といつまでも見ていた
いつも同じベンチの横で
一日が少しずつ伸《の》びてゆくのが
まるでしあわせでも近づいてくるかのようにうれしかった

病室《びょうしつ》に帰ると
だれがきてくれたのだろう
私の花びんに
沈丁花《じんちょうげ》がさしてあった

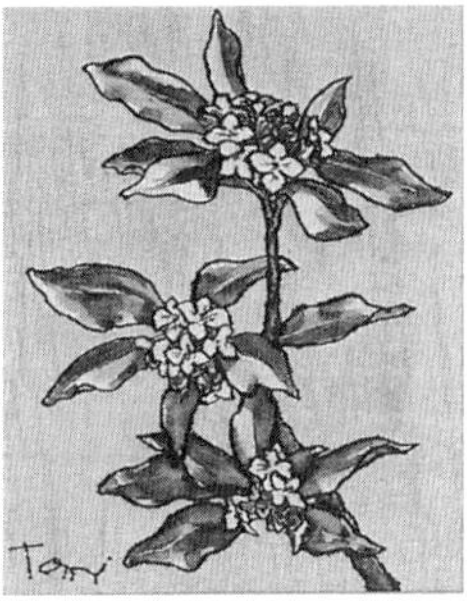

一九七八年七月

裏庭《うらにわ》のさくらの木の下で涼《すず》んでいたら、車の中から声をかけられ、ふりむくと整形外《せいけいげ》科《か》の西村《にしむら》先生と小泉《こいずみ》先生だった。

身障者《しんしょうしゃ》センターでやっている、鷲塚《わしづか》さんの個展《こてん》をみにいくところだから、よかったらいっしょにいこうとさそってくれたのである。

鷲塚《わしづか》さんは小児《しょうに》マヒのため全身《ぜんしん》が不自由《ふじゆう》で、口に筆《ふで》をくわえて油絵《あぶらえ》を描《えが》いている人で、個展《こてん》のことは新聞《しんぶん》にものっていて、私もみにいきたいと思っていた。

しかし外出となると、許可《きょか》をもらったり乗《の》ってゆく自動車《じどうしゃ》の手配《てはい》などもあり、半ばあきらめていたところだった。

小泉《こいずみ》先生の車に乗《の》せてもらい、身障者《しんしょうしゃ》センターで車椅子《くるまいす》に移《うつ》り玄関《げんかん》にはいると、廊下《ろうか》にかざられた大きな絵が目にとびこんできた。

「よい絵だなあ」と思ったら、何とそれが鷲塚《わしづか》さんの口で描《えが》いた油絵《あぶらえ》であった。

私は自分の想像《そうぞう》力のまずしさと、絵のすばらしさにうちのめされる思いだった。私の絵は、まだ未熟《みじゅく》だし、小さすぎて絵の部類《ぶるい》にはいらないと思っていたが、鷲塚《わしづか》さんの絵まで自分の絵を基準《きじゅん》にして考えてしまっていたことを恥《は》ずかしく思った。

展覧会場《てんらんかいじょう》で案内《あんない》してくれた細《ほそ》おもての人は、身障者《しんしょうしゃ》センターの久保田稔所長《くぼたみのるしょちょう》だった。

「星野《ほしの》さんも口でよい絵を描《か》くんですよ」

西村《にしむら》先生が久保田所長《くぼたしょちょう》に話している。私は顔から火が出る思いだった。

二十号《ごう》も三十号《ごう》もある鷲塚《わしづか》さんの大きな絵のどこのすみをさがしても、口で描《えが》いたという、あまえは感じられなかった。私の絵が鷲塚《わしづか》さんの絵のように立派《りっぱ》だと、久保田所《くぼたしょ》長《ちょう》に思われてしまったら大変《たいへん》だと思った。

しかし口の筆《ふで》でもこれほどのものが描《えが》けるという希望《きぼう》にひたりながら、身障者《しんしょうしゃ》センターの門を出た。

暑《あつ》い夏の午後だった。

一九七九年二月

「久保田所長《くぼたしょちょう》が、星野《ほしの》さんの展覧会《てんらんかい》をやろうと言っているんだけれど、どうだい、やろうじゃあないか」

久《ひさ》しぶりに病室《びょうしつ》に来《き》た西村《にしむら》先生が言った。

「おれの絵は小さいし、だいいち人さまの前に出せるようなものではないんです。もっと上手《じょうず》になって、大きな絵も描《か》けるようになったら、その時お願《ねが》いします、と久保田所《くぼたしょ》長《ちょう》に言ってください」

私はとんでもない、と思いながら断《ことわ》ってもらった。一か月程《ほど》して今度は小泉《こいずみ》先生が、

「やる、やらないは別《べつ》として、とにかく絵をみせてほしいと言っているんだけど……、みせるくらいならいいがね」

と絵を持っていった。恥《は》ずかしかったが、絵をみれば、それが人前に展示《てんじ》できるほどのものではないとわかってもらえる、てっとり早い方法《ほうほう》だと思ったのでそれ以上《いじょう》さからわなかった。しかし、誇大広告《こだいこうこく》をしてしまったのにちがいない西村《にしむら》先生たちに申《もう》し訳《わけ》ないような気もした。

おれにもっと才能《さいのう》があったら……。いちまつの淋《さび》しさも残《のこ》った。

さくら草の鉢《はち》を窓《まど》の外に出せるようになった三月下旬《げじゅん》だった。外泊《がいはく》から帰ったばかりの私に、ひとりの面会者《めんかいしゃ》が訪《おとず》れた。顔は忘《わす》れかけていたが、その人が、私の絵の展覧会《てんらんかい》をやりたいといっていた久保田所長《くぼたしょちょう》だった。

登山《とざん》が好《す》きらしく、私の生まれた東村《あずまむら》の袈裟丸山《けさまるやま》まで知っていた。

私は山の話となると、自分の舌《した》を押《お》さえられないほど、しゃべってしまうたちで、例《れい》によって、観光化《かんこうか》されていない袈裟丸山《けさまるやま》の素朴《そぼく》な尾根道《おねみち》の話をはじめてしまった。

久保田所長《くぼたしょちょう》も、あれはよい山です、などというものだからますます調子《ちょうし》が出てきて、袈裟丸《けさまる》のよさがわかるなんて本物《ほんもの》だ、と、もう有頂天《うちょうてん》になってしまった。そこへ、

「お借《か》りした絵、みせてもらいました。驚《おどろ》きましたよ、やりましょう！　すばらしいですよ」

と久保田所長《くぼたしょちょう》。私は、この人じょうずだなあ、と思いながら、

「……展覧会《てんらんかい》ですか？」

とふたことみこと断《ことわ》ってみたが、もう完全《かんぜん》に久保田所長《くぼたしょちょう》のペースになってしまっていた。

「展覧会《てんらんかい》といっても身障者《しんしょうしゃ》センターの廊下《ろうか》だし、おもにあそこの入所生《にゅうしょせい》や、訓練《くんれん》を受《う》けにくる人たちにみてもらうのだから、そんなに大げさに考えなくてもいいんですよ。もちろん、やるからには、小さくてもできるかぎりよい展覧会《てんらんかい》にしたいと思っていますが」

「おれ……、恥《は》ずかしいんです。だいいちあんな絵で展覧会《てんらんかい》だなんて、ほかに真剣《しんけん》に絵をやっている人たちに悪《わる》いです」

私が助けを求《もと》めるように、半《なか》ば母に向《む》かっていうと、久保田所長《くぼたしょちょう》はこんどは母に向《む》かってしみじみと話しはじめた。

「私は長い間、福祉《ふくし》の仕事《しごと》をさせてもらっているのですが、いつも思っていることがあるんです。最近《さいきん》は特《とく》に福祉《ふくし》々と叫《さけ》ばれるようになって福祉《ふくし》への関心《かんしん》が高まってきたのは、よいことなのですが、福祉《ふくし》にいちばん大切《たいせつ》な心が失《うしな》われてきてしまったように思うのです。いくら高いお金を出して立派《りっぱ》な設備《せつび》を整《ととの》えても、そこに心がなかったら福祉《ふくし》とはいえないのです。

お年よりや、障害《しょうがい》を持っている子供《こども》をお金だけ出して施設《しせつ》に預《あず》け、あとは面会《めんかい》にもこない人たちが多くなってしまったんですよ。

立派《りっぱ》なリハビリ施設《しせつ》ができても、そこから出られた人を、受《う》け入れてくれる社会がないのです。そういう中で、九年間も息子《むすこ》さんの手足となってこられたお母さんと、お母さんの混《ま》ぜ合わせた、絵《え》の具《ぐ》のついた筆《ふで》をくわえて描《か》いた絵を通して、福祉《ふくし》でいちばん大切《たいせつ》な心のつながりを紹介《しょうかい》したいのです」

熱《ねつ》っぽく話す久保田所長《くぼたしょちょう》の声は、二千年近い昔《むかし》にパウロが、

「たとえ私が持っている物《もの》の全部《ぜんぶ》を貧《まず》しい人たちに分《わ》け与《あた》え、また私のからだを焼《や》かれるために渡《わた》しても、愛《あい》がなければ、何の役《やく》にも立ちません」

とコリントの人たちへ書き送《おく》った聖書《せいしょ》の言葉《ことば》に似《に》ていた。

「お願《ねが》いします」と久保田所長《くぼたしょちょう》に言ってしまったその日の夜、私はなかなか眠《ねむ》れなかった。

――あんな小さな絵をいったいどうやって飾《かざ》るのだろう――。

翌日《よくじつ》、展覧会《てんらんかい》のことを先生や看護婦《かんごふ》さんに話すと、非常《ひじょう》に喜《よろこ》んでくれて、くよくよ心配《しんぱい》しているのは私と母だけのようだった。

私としては、よく描《えが》けたと思っている絵だけを出そうと思っていたが、ただたんに口で描《えが》いた絵を見てもらうという展覧会《てんらんかい》ではなく、ひとりの人間の「生きざま」の紹介《しょうかい》をしようということになり、サインペンをくわえ、初《はじ》めて書いた文字や、未完成《みかんせい》のへたな絵も展示《てんじ》することになった。

熱《ねつ》を出しながら写《うつ》した八木重吉《やぎじゅうきち》や萩原朔太郎《はぎわらさくたろう》や舘内尚子《たてうちなおこ》さんの詩《し》や、母子草《ははこぐさ》の小さな絵や、一つ一つの線に、一つ一つの思いがこめられているなつかしいスケッチブックを、家の押入《おしい》れのすみから持ってきてもらった。

スケッチブックは、いつの間にか、十冊《さつ》をこえていた。

一九七九年四月

午後三時、だれにでもやってくる午後の三時だけれど、私にとってはベッドから車椅子《くるまいす》にうつる楽しみの時間なのである。別《べつ》にきめられているわけではないが、午後《ごご》の検温《けんおん》が終《お》わるのを待《ま》って乗《の》るものだから、いつのまにかそうなってしまったのだった。

久保田所長《くぼたしょちょう》が展覧会《てんらんかい》の打合《うちあ》わせのためにやってくるのもその時間だった。

久保田所長《くぼたしょちょう》は言った。

「どうですかね、星野《ほしの》さん、絵を描《か》いている時に感じたことやふだん思っていることでもいいんだけれど、そういうのを二、三行《ぎょう》書いて絵のそばに貼《は》ったら、みる人がわかりやすいと思うけれど、なにか書けませんか」

私も大賛成《だいさんせい》だった。花をみつめていると教えられることばかりだったし、小さな花の中に無限《むげん》の自然《しぜん》の広がりを感じたこともあった。花にやりばのない怒《いか》りをぶっつけたことも、胸《むね》にいだききれないほどの感動《かんどう》をおぼえたこともあった。

花は、疑《うたが》いの心のあとに語《かた》りかけてくる神《かみ》の言葉《ことば》のようでもあった。

あおむけに寝《ね》たままで
次から次へと
人の悪口《わるくち》を言った
右眼《みぎめ》の隅《すみ》で
桃《もも》の花が
笑《わら》いながら咲《さ》いていた

（もものはな）


短い文章《ぶんしょう》を添《そ》えることは私も考えていた。

しかし、文章《ぶんしょう》は絵よりも直接《ちょくせつ》人の心にはいっていくものだし、やたらなことは書けないと思っていた。私という人間を知ってもらうためには、飾《かざ》りのない正直《しょうじき》な文章《ぶんしょう》でなければならないが、胸《むね》のなかのものをそのままさらけ出してならべるとなると、読んだ人が吐《は》き気《け》をもよおすほど私の心はみにくくきたない。

そんなことを考えていると、私の思いを見通《みとお》したように久保田所長《くぼたしょちょう》が言った。

「このさい思いきって、あったことをみんな書いちゃいませんか」
展覧会《てんらんかい》は五月十五日から七月三日までと決《き》まった。あと一か月の間に、おそい口の筆《ふで》でどのくらい文章《ぶんしょう》を書くことができるだろう、それよりもどれだけ私の心を文字にすることができるだろう。

体のどこかが
人の不幸《ふこう》を笑《わら》っている
人の幸《しあわ》せがにがにがしく
「あいつもおれみたいに動けなくなればいい」
と思ったりする
体の不自由《ふじゆう》から生じたひがみだろうか
心の隅《すみ》にあったみにくいものが
しだいにふくらんできたような気がする
自分が正しくもないのに

人を許《ゆる》せない苦しみは
手足の動かない苦しみを
はるかに上回《うわまわ》ってしまった
ただ花を見て
白い紙に向《む》かっている時だけ
その苦しみを忘《わす》れる

書きはじめて私は、また自分の弱さやみにくさをさらに知らされたような気がした。

やはり、本当《ほんとう》の気持ちは書くことができず、自分を繕《つくろ》ってしまうのである。

どんな冒険《ぼうけん》にたち向《む》かうことよりも、自分をさらけ出すことのほうがずっと勇気《ゆうき》が必《ひつ》要《よう》なのではないかと思った。

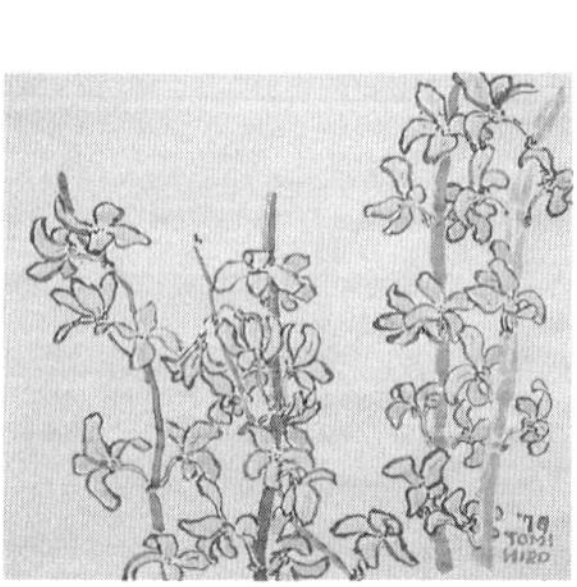

■六十枚《まい》の絵■

一九七九年五月十五日

ついに展覧会《てんらんかい》は開《ひら》かれた。

私は病室《びょうしつ》のベッドに寝《ね》ながら、できることなら体を消《け》してしまいたいと思いながら、落《お》ちつかない気持ちで天井《てんじょう》をみていた。ひっそりとやるはずの展覧会《てんらんかい》が、新聞《しんぶん》に大きく取《と》りあげられ、テレビ局《きょく》まできてしまったのである。

新聞《しんぶん》は『生《せい》の証《あか》し』とか、『お母さんとの二人展《ふたりてん》』などと大きな見出《みだ》しで報道《ほうどう》した。それだけに、展覧会《てんらんかい》をみにいってくれた人が、絵を前にして落胆《らくたん》する姿《すがた》がまぶたにちらついてならなかったのである。

いちばんこまるのは、私の顔みしりの人だろうと思った。

りっぱな展覧会《てんらんかい》だとは、おせじにも言えないだろうし、そうかといって、私の前で正直《しょうじき》な感想《かんそう》も言えないだろうし、悪《わる》いことをしてしまったと悔《く》やまれてしかたなかった。

「いよいよきょうからだね。仕事《しごと》が終《お》わったらみにいかせてもらうね」

先生や看護婦《かんごふ》さんたちが言った。

「かあちゃん、しばらく外泊《がいはく》をもらって家へ帰るか」

私は母に言った。もし、絵を専門《せんもん》に描《えが》いている人がみたらなんと言うだろう。私なりに一生懸命《いっしょうけんめい》描《えが》いた絵だから、うまいへたはどうでもよかったが、構図《こうず》だとか線だとか、いろいろうるさい目でみられるのではないだろうか。

昼食《ちゅうしょく》はほとんど味《あじ》がわからなかった。

昼すぎ、突然《とつぜん》ひとりの女性《じょせい》が病室《びょうしつ》にはいってきた。

「展覧会《てんらんかい》みせてもらいました。わたし群大《ぐんだい》で美術《びじゅつ》をやっている者です」

美術《びじゅつ》をやっている大学生……。私は現場《げんば》を押《お》さえられた犯罪者《はんざいしゃ》のような気持ちで思わず、

「おっかねえ」

と口に出してしまった。しかしその女性《じょせい》は私の顔をじっとみつめながら言ったのである。

「よかったです。本当《ほんとう》に素晴《すば》らしいです。……私も、もっともっと、一生懸命《いっしょうけんめい》やらな

ければいけないと思いました。ほんとうに……、ほんとうに……」

その女性《じょせい》の目からは、大粒《おおつぶ》の涙《なみだ》があふれていた。

一九七九年五月二十日

展覧会《てんらんかい》がはじまって五日め、初《はじ》めての日曜日《にちようび》だった。夕方車椅子《ゆうがたくるまいす》に乗《の》って廊下《ろうか》にいると、付《つ》き添《そ》いをしているおばさんたちがそばにきて言った。

「展覧会《てんらんかい》みせてもらいましたよ、星野《ほしの》さん。みんなで泣《な》いちゃってさあ……。同情《どうじょう》とか、そういうんじゃあないんだよ、なんだか知らないけれど涙《なみだ》が出てきちゃってさあ……、お母さんもよくやったねえ。絵を一枚《まい》買おうと思ったら、もうみんな丸がついちゃっているんだねえ」

おばさんたちのなかには、思い出しているのだろうか、またエプロンで鼻《はな》をおさえている人もいた。

「よわったなあ、俺《おれ》……、人を泣《な》かせべえなんて悪《わり》い魂胆《こんたん》はなかったんだけれど、かんべんしてくんな、おっかさん。だけど丸がついているって、なんだんべえ?」

「あれ……？　なにも知らないんかい。売れちゃった絵についている、しるしだがねえ」

「みんな売れちゃったって……？」

私はどうしても信《しん》じられなかったが、そういえば昼間《ひるま》、展覧会《てんらんかい》をみにきて私の病室《びょうしつ》によってくれた人たちも、

「ひと足おそかったよ」とか「丸がくれてあった」とか言っていたのは、そのことだったのかもしれなかった。

展覧会《てんらんかい》の打合《うちあ》わせをしているとき、久保田所長《くぼたしょちょう》が、

「絵がほしいという人が出てきたらどうしますか」

と言ったので、私は、

「そんな人いるはずないです、でもまんいちそういう人がいたとすれば……、まあ変《か》わった人でしょうけど、俺《おれ》にとってきちょうな人ですから、あげてください」

とかるい気持ちで答えておいたのである。せいぜい一枚《まい》か二枚《まい》だろうと思いながら……。

「全部《ぜんぶ》だとすると、最初《さいしょ》のころ描《か》いた、おそまつな母子草《ははこぐさ》や、色の練習《れんしゅう》をしたけやきの木も……だろうか」

私はあわててしまった。いい絵ならともかく、あんなひどいものまで人の手に渡《わた》ってしまったなんて……。私はまた犯罪者《はんざいしゃ》になってしまったような気がして、大急《おおいそ》ぎで、石《いし》田豊《だゆたか》さんに電話《でんわ》をかけた。

石田《いしだ》さんは画廊《がろう》をやっているひとで、私の展覧会《てんらんかい》の話を整形外科《せいけいげか》の先生からきき、展《てん》覧会《らんかい》の飾《かざ》りつけをやってくれたり、頭をかかえている私に、いろいろとアドバイスをしてくれた人だった。

石田《いしだ》さんの声はいつものように、淡々《たんたん》として、しかしきっぱりと言った。

「感動《かんどう》したから買っていくんだよ。星野《ほしの》君が押《お》しつけて買ってもらっているんじゃあないんだから、胸《むね》をはっていろよ。みなさん、ものすごく喜《よろこ》んでいるんだから、心配《しんぱい》することはないよ。素晴《すば》らしい展覧会《てんらんかい》じゃあないか」

私は胸《むね》をなでおろした。と同時に、なでおろした胸《むね》を、なにか新しいものが、息《いき》づきはじめたような気がした。

石田《いしだ》さんの言ったように展覧会《てんらんかい》は大成功《だいせいこう》だった。会場《かいじょう》の身障者《しんしょうしゃ》センターの廊下《ろうか》のすみにおかれた『語《かた》りかけ帳《ちょう》』という感想《かんそう》を書いてもらうためにおいた大学ノートのコピーを、毎日持ってきてくれる久保田所長《くぼたしょちょう》もうれしくてしようがないといった足どりだった。

「すげえよ、星野《ほしの》さん。センターの廊下《ろうか》が人でいっぱいになっちまったぜ、マイクロバスで団体《だんたい》できてくれる人たちもいるんだよ。たまげたなあ、私もこれほどになるとは思わなかった」

私も何度か展覧会場《てんらんかいじょう》につれていってもらったが、久保田所長《くぼたしょちょう》の言うことはほんとうだった。ひっきりなしにやってくる人たち……、その人たちがみんな絵の前にたたずみ、鼻《はな》をぶっつけるほど近づいて添《そ》えてある文章《ぶんしょう》を読み、なかにはハンカチで目頭《めがしら》をおさえている人もいた。

「おれの絵はそれほどのものではない、なにかのまちがいだ」

そう思いながら近づいてみても、やはりそれはまぎれもなく私の描《えが》いたものだ。立っている人の目もまっすぐに私の絵に向《む》かっていた。

星野《ほしの》さん
お母様《かあさま》の愛《あい》のこもったぬくもりのなかで、力一杯《ちからいっぱい》おかきになられた作品《さくひん》一つ一つ胸《むね》のこみあげてくるほどうれしく楽しくみせていただきました。ありがとうございました。我《わ》が家《や》にも是非飾《ぜひかざ》らせていただきたいと思いましたが、全部予約《ぜんぶよやく》のしるしがあっていただけないのでさびしいです。

五月十九日　岡《おか》　照子《てる》

私も身障者《しんしょうしゃ》です。絵をみせていただき、星野《ほしの》さんの気もちが一枚《まい》一枚《まい》の絵をとおし、苦しみも、悲しみも、よろこびもすべてあらわされているように思いました。私は半身不《はんしんふ》ずいですが、たいへん元気づけられました。

黒田《くろだ》

星野《ほしの》さんおめでとう

六十枚《まい》がみんな星野《ほしの》さんなのに、みんなちがう顔してる。おだまき、じんちょうげ、あやめ、ねこやなぎ、特《とく》に好《す》きです。何年生きるかわからないけど、どれだけ深《ふか》く、どれだけていねいに自分の人生《じんせい》を生きるかが大切《たいせつ》なんですネ。

無名《むめい》

絵は心。どんなに有名《ゆうめい》な人の、どんなに技巧《ぎこう》の優《すぐ》れたどんなにきれいなものであっても、感動《かんどう》は受《う》けない。人が持てるかぎりの力で一生懸命《いっしょうけんめい》に成《な》しとげたものに、それがたとえ下手《へた》なものであっても私は感動《かんどう》をおぼえます。きょう、あらためて思いしりました。それは、なんと人間とはなまけものであろうかと。人間、一生《いっしょう》何を成《な》すべきか、それをはっきりと心に願《ねが》い、つき進《すす》まなければならないと。

私も絵を描《えが》いています。それは常《つね》に母であり、大地であり、光であり、空気でなければならないと思っています。芸術的《げいじゅつてき》にすぐれたものでなくともいい、常《つね》にそれは見る人の心に何かを感じてほしいと願《ねが》っています。

今、体の不自由《ふじゆう》さということから口で描《えが》いたことにおどろくのではなく、その心の強さに感動《かんどう》をおぼえています。ほんとうにありがとうございました。

きり絵画家《がか》　関口《せきぐち》コオ

たくさんの人たちが絵をみた感想《かんそう》をつづってくれた。中に展覧会《てんらんかい》を開《ひら》いてくれた久保《くぼ》田《た》さんの息子《むすこ》さんの言葉《ことば》もあった。

私は父の仕事《しごと》をあまり知らない。しかし星野《ほしの》さんのような純粋《じゅんすい》な心のかたとおつき合いできて、また、ささやかな手助《てだす》けをしている父を、きょうほど大きく感じたことはなかった。頑張《がんば》ってください！

久保田一樹《くぼたかずき》

二か月というあまりにも短かった倉賀野時代《くらがのじだい》――生徒《せいと》たちはもちろん、その間に出会《であ》った人たちもたくさんみにきてくれていた。

一度だけ星野《ほしの》先生にお会いしました。病院《びょういん》へ書類《しょるい》を届《とど》けにいったときです。第《だい》一印象《いんしょう》は、いましがた体育《たいいく》をしてきたような、すがすがしい顔をしていらっしゃいました。とてもハンサムなかただなあと思いました。

でも……、私は、考えていった言葉《ことば》の半分もいえずに、先生の姿《すがた》をみつめることもできずに、逃《に》げるように帰ってきてしまいました。先生の体が細《ほそ》かったから…。でもきょう先生の絵をみてなんだかとても感動《かんどう》し、うれしくなって、そして安心しました。私は手も足も動くけれど、先生のほうがずっと、毎日を大切《たいせつ》に生きているなあと思ったらすごくはずかしくなりました。

うまく言葉《ことば》がでてこなくて、まとまらない文章《ぶんしょう》でごめんください。これからも頑《がん》張《ば》ってください。

倉賀野《くらがの》小　字の下手《へた》な事務官《じむかん》より

星野《ほしの》先生

すばらしい絵と詩《し》、感激《かんげき》で胸がいっぱいです。苦しみをのり越《こ》え、今は神《かみ》のお恵《めぐ》みのなかに生活できて、だれにも得《え》られない喜《よろこ》びと豊《ゆた》かな日々をお過《す》ごしのことでしょう。教えられることがたくさんあって有難《ありがと》うございました。倉賀野《くらがの》の人達《たち》にもっともっと見にくるようおはなしいたします。お母様《かあさま》いつまでもお元気でがんばってください。

倉賀野町《くらがのまち》　矢島《やじま》

前に、女房《にょうぼう》や友人が星野《ほしの》さんの絵をみせて頂《いただ》き、私にもみにゆくようすすめられながら、なかなかこられませんでした。

きょう絵をみることができて、また久保田所長《くぼたしょちょう》さんのお話をきき、とても心打《う》たれました。私はどちらかといえば「非情《ひじょう》」な性質《せいしつ》で、めったに感動《かんどう》したり、涙《なみだ》を出したり、しないのですが――。あなたが、『折《お》れた菜《な》の花』のなかで「強い茎《くき》になろう」と書いていますが、この言葉《ことば》が書かれるまでに、どれだけの心の闘《たたか》いがあっただろうかと思います。その闘《たたか》いを支《ささ》えたお母《かあ》さんの愛《あい》。その事実《じじつ》が、人間というもの、生命《せいめい》というものの、限《かぎ》りない可能性《かのうせい》について、どれだけ多くの人々をはげますことでしょうか。その事実《じじつ》と、あなたの絵そのもの（ハンディをぬきにして）のすばらしさに、私は強く打《う》たれました。これからもお元気で。

中島光一《なかじまこういち》

感想《かんそう》、励《はげ》まし、共感《きょうかん》、自分の身《み》の上話《うえ》、なつかしい友だちの名前、語《かた》りかけ帳《ちょう》は大学ノート四冊《さつ》にもなっていた。

病院《びょういん》のベッドの上で、私と母だけでこそこそと描《えが》いた絵はもうすでに私と母だけのものではなくなっていた。

私の手からも、狭《せま》い病室《びょうしつ》からもぬけ出し、自立《じりつ》し、様々《さまざま》な人の心に忍《しの》び込《こ》み、自由《じゆう》に旅立《たびだ》っていった。ふるえるくちびるで、苦しみながら描《えが》いたものほど、遠くに旅立《たびだ》っていったようだった。

そういえば何年《なんねん》か前に、同じ病室《びょうしつ》で苦しみを共《とも》にしたTさんが退院《たいいん》するときに、私は一枚《まい》の絵を思い出にあげたことがあった。その時も、今と同じような気持ちだった。

Ｔさんは、私の車椅子《くるまいす》を押《お》してよく散歩《さんぽ》につれて行ってくれた。
手品《てじな》や人のものまねが上手《じょうず》で、病室《びょうしつ》に笑《わら》い声を絶《た》やさせない人だった。
退院《たいいん》の日、母と玄関《げんかん》まで見送りに行った。
Ｔさんは、どしゃぶりの雨の中を、幾度《いくど》もふりむいて頭を下げた。
私もあまり動かない頭を何度も下げた。
Ｔさんが車の中から手を振《ふ》った。
私は手が振《ふ》れないので、舌《した》を出して左右に振《ふ》った。
私の描《えが》いた「アイリス」の絵とともに、
病院《びょういん》を出ていくＴさんを、いつまでも見送っていた。

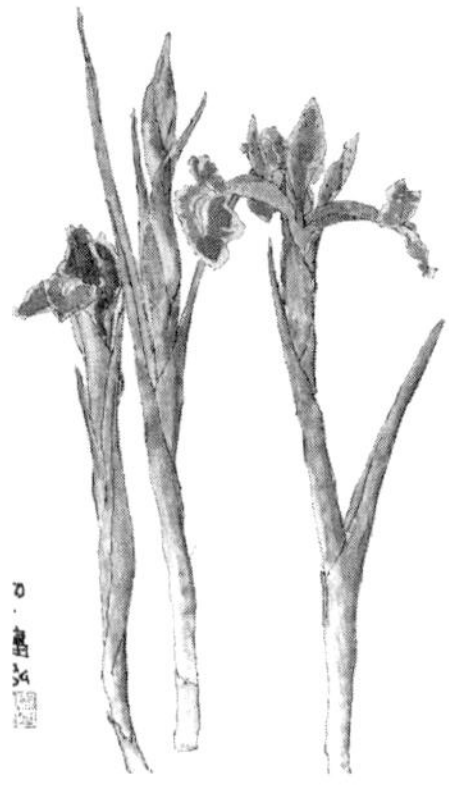

■故郷《ふるさと》へ■

五年間描《えが》きためた六十枚《まい》の絵はすべて私から離《はな》れていったが、晴ればれとした気持ちだった。

「苦労《くろう》して育《そだ》てた娘《むすめ》だって嫁《よめ》にやらなければならない日があるんですよ、その時になってああしておけばよかった、こうしてあげればよかったと悔《く》やまれるんですが、絵だってそれと同じですよ、手ばなして初《はじ》めて、自分の絵がわかってくるのです」

石田《いしだ》さんが紹介《しょうかい》してくれた人の言ってくれたことも、すがすがしく耳に残《のこ》っていた。

展覧会《てんらんかい》が終《お》わった後《あと》も相変《あいか》わらず話し相手《あいて》になってくれる久保田所長《くぼたしょちょう》に、私は長い間、解決《かいけつ》できないでいる問題《もんだい》を相談《そうだん》してみた。

それは、病院《びょういん》を退院《たいいん》したら家に帰るべきか、私を受《う》け入れてくれるような施設《しせつ》に行ったほうがよいか——という二つに一つの選択《せんたく》だった。久保田所長《くぼたしょちょう》は、そくざに答えた。

「病院《びょういん》から出ても体が大丈夫《だいじょうぶ》な状態《じょうたい》ならもちろん家です。どんないい設備《せつび》があっても、施設《しせつ》はしょせん施設《しせつ》です。家があって世話《せわ》をしてくれる家族《かぞく》がいるんなら、家に帰るべきですよ。肉親《にくしん》の手よりあたたかいものはありません」

長年《ながねん》、福祉《ふくし》の仕事《しごと》に従事《じゅうじ》してきた人の言葉《ことば》に、私は動かしがたい力を感じ、すなおに従《したが》おうと思った。

「よし家へ帰ろう」

病院《びょういん》が遠くなることなど多少の心細《こころぼそ》さはあったが、以前《いぜん》のように故郷《ふるさと》の人里離《ひとざとはな》れた山村《さんそん》にひきこもって、寒々《さむざむ》と日々をおくっている淋《さび》しい自分——そんな姿《すがた》は、もう浮《う》かんではこなかった。

「星野《ほしの》さんには絵があるじゃありませんか、あんな素晴《すば》らしい言葉《ことば》があるじゃありませんか。家へ帰ってまたどんどん描《か》くんですよ。私もこの一年で今の職場《しょくば》を離《はな》れる予《よ》定《てい》なんですが、応援《おうえん》します。死ぬまで応援《おうえん》しますよ」

私は本当《ほんとう》によい人にめぐり会えたと思った。……そうだ、私はもうすでに、病院《びょういん》から出ているではないか。私の描《えが》いた絵が、言葉《ことば》が、病院《びょういん》の外にある家の居間《いま》や玄関《げんかん》に飾《かざ》られているではないか。社会があたたかく私を迎《むか》えてくれているではないか……。

私の首のように
茎《くき》が簡単《かんたん》に折《お》れてしまった
しかし菜《な》の花はそこから芽《め》を出し
花を咲《さ》かせた
私もこの花と同じ水を飲《の》んでいる
同じ光を受《う》けている
強い茎《くき》になろう

（なのはな）

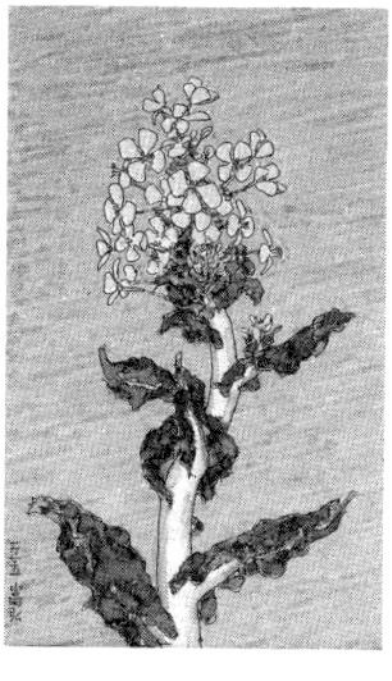

一九七九年　九月十四日

手が動かない私のために、先生がたが長い間かかって頭をひねり、方々《ほうぼう》あたって、やっとみつけてくれたのが、私の唯一《ゆいいつ》自由《じゆう》に動かすことのできるアゴを使って運転《うんてん》する、電動車椅子《でんどうくるまいす》だった。

四月末《すえ》にとどいたその日から一日もかかさずに乗《の》っていたので、もう自分の足のように自由《じゆう》に動かすことができた。しかしその日、私は初《はじ》めて電動車椅子《でんどうくるまいす》に乗《の》った日のような、フラフラ運転《うんてん》の初心者《しょしんしゃ》に急《きゅう》にもどってしまった。

膀胱洗浄《ぼうこうせんじょう》をする母の手つきも、教えてくれた看護婦《かんごふ》さんのようにすっかり板《いた》につき、婦長《ふちょう》さんは朝からもう三、四回顔をみにきて、うれしそうになごりをおしんでくれた。

九年間の最後《さいご》の脈《みゃく》をとる看護婦《かんごふ》さんの細《ほそ》い指先《ゆびさき》は、長い間の私のわがままを、一つ一つ許《ゆる》してくれているような気がした。


「皆《みな》さん、長い間お世話《せわ》になりました。皆《みな》さんも一日も早くよくなって、元気で退院《たいいん》してください。これからもお互《たが》いにがんばりましょう。外来《がいらい》にきた時はよらせてください」

私はこの言葉《ことば》を今までに何度きいたことだろう。百回はかるくこえているはずだった。

そして私自身《じしん》、これと同じことを何度言っただろう。

もっとも今までは、車椅子《くるまいす》で散歩《さんぽ》に出かけるとき、退院《たいいん》して行く人がいつも口に出す、この耳なれた言葉《ことば》を、冗談《じょうだん》に言って病室《びょうしつ》の人たちを笑《わら》わせようとしただけなのだ。そのために隣《となり》の部屋《へや》の人が本気《ほんき》にして走ってきたこともあったが……。

しかし、その言いなれた言葉《ことば》もきょうは冗談《じょうだん》ではないのだと思ったら、目頭《めがしら》が急《きゅう》に熱《あつ》くなってしまった。病室《びょうしつ》の人たちもいつものように笑《わら》ってはいなかった。

病室《びょうしつ》を出ると、ほかの部屋《へや》の付《つ》き添《そ》いさんたちが廊下《ろうか》に待《ま》っていて、私にお別《わか》れの声をかけ、母と手をにぎり合って泣《な》いた。

私は涙《なみだ》が出そうになるのを一生懸命《いっしょうけんめい》おさえ、それでも出そうになるので、きこえないように歌を口ずさんだ。

涙《なみだ》を流《なが》してはいけないと思った。自分では拭《ふ》けないし、母にたのめば母はさらに泣《な》くだろう。知らない人が見れば車椅子《くるまいす》に乗《の》っている私のほっぺたの涙《なみだ》は、悲《かな》しみの涙《なみだ》にしかみえないのだから……。

赤城山《あかぎやま》のなだらかなすそ野《の》が関東平野《かんとうへいや》と接《せっ》するあたりは、上州《じょうしゅう》の桑畑《くわばたけ》が一面に広がっている。

時々あらわれてはうしろに去ってゆく小さな家並《いえな》みと、その桑畑《くわばたけ》の間の細《ほそ》い道を、車は秋の陽《ひ》ざしを背中《せなか》にしょって故郷《ふるさと》に向《む》かって走りつづけた。

外泊《がいはく》のたびに通った、かよいなれた道だけれど、景色《けしき》の一つ一つがはじめて目にしたときのように新鮮《しんせん》に飛《と》びこんでくるのは、やっと探《さが》しあてた故郷《ふるさと》への道を、私の心がドキドキしながら走っているせいだろうか。

日本じゅうどこにでもありそうな山あいの平凡《へいぼん》な村、それが私の故郷《ふるさと》だった。

父は長男《ちょうなん》の私に、

「でっかくなったら町で働《はたら》く者になれ、ここにいたんでは、いつまでたってもろくな物《もの》もできない畑《はたけ》を這《は》いまわっていなければならない」

と小さい頃《ころ》から教えこんでいた。

その父は大正《たいしょう》十年、十八歳《さい》のとき家を継《つ》ぐべき長男《ちょうなん》のはずなのに、百姓《ひゃくしょう》にみきりをつけて単身《たんしん》、東京《とうきょう》へとび出した経歴《けいれき》の持ち主《ぬし》なのである。両親《りょうしん》にみつからないように、家の横の桑畑《くわばたけ》できものを着《き》がえ、風呂敷《ふろしき》包み一つを持って……。旅立《たびだ》ちを打《う》ちあけておいた弟ひとりに駅《えき》まで見送られたそうである。

そして苦労《くろう》の末《すえ》、東京《とうきょう》でいっぱしの成功《せいこう》をおさめることができたのもつかの間、昭和《しょうわ》二十年三月十日の空襲《くうしゅう》ですべてを灰《はい》にしてしまったのである。その無念《むねん》が私に託《たく》されていたのにちがいない。

そんな父の影響《えいきょう》もあったかもしれないが、私はいつもその山の村をとび出したいと思いながら育《そだ》った。私だけではなく、村の子どもたちのほとんどが、そう思いながら大きくなっていったのにちがいない。

狭《せま》い田や畑《はたけ》を泥《どろ》だらけになって這《は》いまわり、やっと穫《と》れたほんのわずかの作物《さくもつ》を、頭をさげながら安い値段《ねだん》で買ってもらい、冬は冬で国から払《はら》い下げてもらった山の木を、命《いのち》と引きかえのような危険《きけん》をおかしながら、土橇《どそり》で山から引きおろす親の姿《すがた》をみていると、子ども心にも自分がおとなになった日の姿《すがた》を考えずにはいられなかった。

都会《とかい》へ出ていった、かつてのガキ大将《だいしょう》たちは盆《ぼん》や正月になると新しい背広《せびろ》を着《き》て、とろけるような甘《あま》いおみやげを持って帰り、都会《とかい》の匂《にお》いをさせながら私たちに話しかけ、お客《きゃく》にきた子どもたちはきれいな服《ふく》を着《き》て、上品《じょうひん》な言葉《ことば》で話していた。

私にとってその人たちの住んでいる町は、すべてのことを幸福《しあわせ》にかえてしまう力を持っている所のように思えた。そして私は希望《きぼう》どおり町に出た。町は華《はな》やかでめずらしい物《もの》があり、活動的《かつどうてき》で便利《べんり》ですばらしい所だった。

私の背後《はいご》に山でまきを切っている父がいることも、手を真《ま》っ黒《くろ》にしてしぶ柿《がき》の皮をむき軒《のき》にぶらさげている母がいることも、町は知らなかった。

大学の寮《りょう》でこんな詩《し》を書いたことがあった。

こんど帰るときは背広《せびろ》で帰ろう
顔が映《うつ》るくらい靴《くつ》をみがいて
髪《かみ》もちゃんととかして
大きなスーツケースを両手《りょうて》にさげて
さっそうとバスから降《お》りよう
あぜ道を歩いてゆくと
麦穂《むぎほ》の中から泥《どろ》だらけの顔がとび出していうだろう
「もう休みになったんかあ」
私はちょっと恥《は》ずかしいけれど
都会人《とかいじん》らしい言葉《ことば》を使おう
「いいえ、日曜日《にちようび》ですよ」
犬のやつらが役場《やくば》の人とまちがえて吠《ほ》えるだろう

いつもは少しの田んぼと少しの畑《はたけ》を耕《たがや》し、かいこを飼《か》っている村人《むらびと》たちも、冬になると薪《まき》や木を切りに毎日山へはいって行った。それは決して登山《とざん》ではなかった。登山《とざん》……、あれはなんと都会的《とかいてき》なスポーツなのだろう。

私は村を出て、ない金をはたいてはアルプスの山々にとりつかれるように登《のぼ》った。それはもしかしたら、故郷《ふるさと》の山とはちがった山を求《もと》めたからかもしれない。

しかし、それらの山も、なかには故郷《ふるさと》の家の裏山《うらやま》よりも山らしくない山もあった。そして、より険《けわ》しくより厳《きび》しい山を求《もと》めてロッククライミングにかりたてられていった。

――しかしそんな私が、山の頂《いただき》の向《む》こうにみたものは故郷《ふるさと》の山だった。

赤城山《あかぎやま》のすそ野《の》を北に向《む》かって大きく回りこむと、そこはもう、故郷《ふるさと》の匂《にお》いのする渡良瀬川《わたらせがわ》の流《なが》れる谷である。御影石《みかげいし》のまじった白い河原《かわら》には、午後の山がその影《かげ》を横たえ、川をみおろしながら走る道路《どうろ》のすぐ下に並《なら》んで、赤字路線《あかじろせん》のトップクラスにあげられている足尾《あしお》線がのんびりと走っていた。

ひさしの長い家が、親《しん》せきのように肩《かた》をならべてよりそい、何億《なんおく》年もの歳月《さいげつ》をかけてもっとも安《やす》らかな形に削《けず》りこまれた山が、その家々の屋根《やね》を静《しず》かに見守《みまも》っていた。

私が故郷《ふるさと》をきらってとび出したのも、故郷《ふるさと》を恋《こい》しく思うようになったのも、結局《けっきょく》は同じ理由《りゆう》からではなかっただろうか。

生まれおちたときから、目の前にあるあまりに見慣《みな》れすぎたもの――、それがこの自分を形造《かたちづく》っているものであることさえ気づかずに必死《ひっし》でふり払《はら》おうとしていた日々。しかし、故郷《ふるさと》以外《いがい》のものをみつけようと探《さが》して歩いた道は、無意識《むいしき》のうちに、故郷《ふるさと》へ通じる道ばかりだった。

今私は、母のひざのように柔《やわ》らかな故郷《ふるさと》の山に向《む》かって進《すす》んでいる。

少年の日、山に向《む》かって夢《ゆめ》みたような華《はな》やかなものは、なに一つ持って帰ることはできないけれど……、でも、胸《むね》を張《は》って帰ろう。

たしかに形のあるものはなにひとつ持っていない。けれども数多くの、目にみえるものを支《ささ》えている目にみえないもっとも大切《たいせつ》なものを、長い苦しみと絶望《ぜつぼう》の果《は》てから与《あた》えられ、それが心の中で息《いき》づいているような気がする。

うす紅色《べにいろ》に出はじめたすすきの穂《ほ》が、ガードレールにそって、うなずくようにゆれ、そのはるか向《む》こうに秋の陽《ひ》をいっぱいにあびて、赤っぽく染《そ》まっている私の家のあたりがみえる。

故郷《ふるさと》を出て故郷《ふるさと》がみえ、失《うしな》ってみてはじめてその価値《かち》に気づく。
苦しみによって苦しみから救《すく》われ、かなしみの穴《あな》をほじくっていたら喜《よろこ》びが出てきた。
生きているっておもしろいと思う。いいなあ、と思う。

まだまだこれからだ。
両手《りょうて》を広げて待《ま》っているあの山のふところで、これから、私にしかできない文字《もじ》をつづっていこう。

あとがき

入院中・看護学校の庭に咲いてたひまわりの花を見ながら、もし退院できたら家の庭にもでっかいひまわりを咲かせよう・・・と思っていました。この夏は雨ばかり降っていましたが、私の家の庭には洗面器ほどもある大きなひまわりの花が咲きました。

電動車椅子で村道を散歩していると

「家《うち》はいいだんべえ・やっぱりいいよねえ」

と、土手の上の畑から近所のおばさんの声がします。

どこの家にもある風よけの古い木は私が小さい頃

登って遊んだ木ばかりです。故郷は想像をはるかに超えて温かく私を迎えてくれました。

そんな故郷の中で入院中のことを書いていると、せっかく離れることができた病院に舞い戻ってしまうようで、私も手伝ってくれた母も複雑な気持でした。忘れようにも忘れられないことばかりなのですが、辛かった時を書いているとのろい筆がますますのろくなってしまいます。結局、本当に苦しかったところはほんの上っつらしか書けませんでした。私が心の哀しみを書くとそれが安易に体の不自由と結びつけられてしまい正確に受けとめてもらえないのではないか・・・という恐れもありました。

でもやっぱり一仕事終えた気分はさわやかです。

家へ帰ってから隔月誌「いつかどこかで」にも絵と詩を連載させてもらっているのですが、そこに「夜があるから朝がまぶしい」と書いたことがあります。

七ケ月かかってこの一冊を書き終えた今、その朝がさらに輝いています。

最後になりましたが私のからだをこんなにまで元気にして下さった群大病院の先生と看護婦さん、所見を書いて下さいました西村

初版 あとがき

先生、ありがとうございました。祈りを持って支えて下さった前橋キリスト教会の皆さん、この本の出版にあたり種々お世話下さいました久保田稔さん、激励して下さった方々。遠い東村まで何度も足を運んで下さった立風書房の山崎園子さん、本当にありがとうございました。

深き淵より　私はまた一歩前に進めそうです。

一九八〇年十一月　星野富弘

新版によせて

『愛、深き淵《ふち》より。』の初版は、一九八一年に出版されました。単行本だけで、年間六万冊もの新刊本が次々に発行されている中で、二十年も前の本が、今日でも書店に並べられ、多くの人に読まれ続けているというのは、異例《いれい》のことだそうです。

二十年も歳月を経ると、学生の頃読んで下さった方も、大人になり、今度は、「自分の子どもに読ませたいから漢字に仮名をふって下さい」とか、お年寄りの方からは、「ずっと手元に置いておきたいから、もっと大きな文字にして下さい」というご意見もいただくようになりました。

そこで、出版社の好意もあり、新しい世紀に向けて、『愛、深き淵《ふち》より。』も新しい形に作り替《か》えてみました。もちろん中の文章は、変えてありませんが、この新版では、入院中、人目を忍ぶようにして白紙に向かって描いた、スケッチブックのささやかな絵や、筆が砕《くだ》けるほど強く噛《か》んで練習した文字を沢山《たくさん》入れました。

さて『愛、深き淵《ふち》より。』を書いた後のことを少しお話します。怪我《けが》から九年間の入院生活は、小さな事までしっかりと脳裏《のうり》に染《し》み付き、忘れようにも忘れられないことばかりでした。

しかしその、さまざまな出来事や思いを、本という形にして世の中に送り出すと、それまで決して私から離《はな》れなかった重い九年間が、思い出の中に静かに去って行った

新版によせて

のです。書くということによって、心の中に残っていた重荷《おもに》を、本の中におろしてしまったようです。

そんなわけで、『愛、深き淵《ふち》より。』は、ふるさとへ帰り、新しい生活を始めた私の出発点となりました。

出版された年の春、本の中にちょっと登場する渡辺さんと結婚しました。

肩から下が動かない車椅子の私を、彼女のお母さんや身内の皆さんに理解していただくのに、本は非常に役に立ち、心配していた方々にも祝福されて、式を挙《あ》げることができました。

また、教科書や、副読本にも採用され、絵や文章という思わぬ形で、懐《なつ》かしい教室に帰ることもできました。

そして一九九一年には、ふるさと東村に村立富弘美術館ができ、三千五百人の村の小さな美術館に、年間十万人もの人が来て下さるようになりました。

入院中、おっかなびっくり開いた展覧会も、退院してからは『花の詩画展』として、全国で二〇〇〇回くらい開いたでしょうか。

最初の頃は、家からほとんど出られませんでしたが、近頃は身体の調子が良ければ、結構遠くまで出かけられるようになりました。昨年、沖縄で行われた『花の詩画展』には、母も一緒に行ってきました。

この新しい本が書店に並べられる頃は、『愛、深き淵《ふち》より。』を読んで下さったハワイの人達によって、ホノルルで二回目の『花の詩画展』が開かれ、私も行ってみるべぇ、と思っています。

文中に少し書かせていただいた、敬愛する三浦綾子先生ともお会いすることができ、対談集『銀色のあしあと』も出版することができました。

私の初めての本『愛、深き淵《ふち》より。』を書いていた頃には、夢にも思われなかった現在です。

あとがきに「深き淵《ふち》より、私はまた一歩前に進めそうです。」と書きましたが、今、もう一度振り返ってみると、深き淵《ふち》には、澄《す》んだ美しい水が湧《わ》き出ていたような気がします。

そして、本の中に書かせていただいた懐《なつか》しい方々、私を支えて下さった沢山《たくさん》の方々に、あらためて「ありがとうございます」と、心よりいいたくなりました。

皆さまの上に、神様の祝福がありますように。

二〇〇〇年三月

星野富弘

星野富弘（ほしの・とみひろ）

1946年4月24日生まれ。

群馬大学教育学部卒業後、高崎市立倉賀野中学校赴任。

2か月足らずで、クラブ活動指導中、頸髄損傷を負う。

首から下の運動機能を失うが、口に筆をくわえて詩を書き絵を描く。詩画集『風の旅』ほか著書多数。

1981年春、結婚。

1991年ふるさとの群馬県勢多郡東村草木ダムのほとりに、富弘美術館が建設され、作品が常設されている。


美術館の住所／群馬県みどり市東町草木86　☎0277-95-6333

新装版　愛、深き淵より。

2020年8月25日　第1刷発行
2024年7月8日　第5刷発行

著　者　星野富弘
発行人　土屋 徹
編集人　滝口勝弘
発行所　株式会社Gakken
〒141-8416
東京都品川区西五反田2-11-8
デザイン　芦澤泰偉
伊延あづさ（アスラン編集スタジオ）
編　集　山崎園子
印刷所　図書印刷株式会社

［この本に関する各種お問い合わせ先］
・本の内容については、下記サイトのお問い合わせフォームよりお願いします。
https://www.corp-gakken.co.jp/contact/
・在庫については
Tel 03-6431-1201（販売部）
・不良品（落丁、乱丁）については
Tel 0570-000577　学研業務センター
〒354-0045 埼玉県入間郡三芳町上富279-1
・上記以外のお問い合わせは
Tel 0570-056-710（学研グループ総合案内）

学研グループの書籍・雑誌についての新刊情報・詳細情報は、下記をご覧ください。
学研出版サイト　https://hon.gakken.jp/

＊本書は2000年4月に刊行された『新版　愛、深き淵より。』を、装丁を変えて再発行した新装版です。